edition atelier

ELENA MESSNER

IN DIE TRANSITZONE

ROMAN

EDITION ATELIER WIEN

NEUIGKEITEN

Die Straße vor dem Lokal war überfüllt. Eine große Lust am Reden war zu spüren, Aufforderungen und Fragen wurden in den Beginn und das Ende anderer Sätze gerufen, Teile daraus aufgegriffen, abgewandelt, neu kombiniert – nichts blieb ohne Einschub oder Gegenargument. Wie viele Gespräche fanden da zugleich statt, schnitten sich gegenseitig ab, griffen ineinander? Das gedämpfte Rauschen der Klospülung im Inneren des Lokals war zu hören, dann das Knallen einer Tür, das Zurren, als eine Frau den Reißverschluss ihres Anoraks öffnete, Möwengeschrei und immer wieder das kurze Zischen beim Öffnen der Bierdosen oder das Knackgeräusch, wenn jemand eine Dose zerknüllte und in die Straßenecke warf. Ein paar Straßen weiter waren Felsenbuchten zu sehen, Häuser direkt auf Stein gebaut, eins ans andere gedrängt, dazwischen die Haustore oder Durchgänge zu kleinen Innenhöfen, verbunden durch nur halb asphaltierte, buckelige Wege, Hunde schliefen vor der Bar, die Mauern daneben waren von Sprayern eingefärbt worden, da hingen auch Werbeblätter für einige Bücher.

Eine Frau, offenbar die Besitzerin, kam auf die Straße hinaus, rauchte vor der Bar, nahm zwischendurch kleine Schlucke aus ihrem Glas, sie hatte ein dunkles Gesicht, ursprünglich weiße Haut, die von der Sonne verbrannt war. Aus ihrer kurzen Hose ragten die nackten Beine hervor. Danach kehrte sie mit einer kleinen Kreisbewegung zurück hinter die Theke, wo eine Karaffe Wasser und mehrere Tassen Espresso standen, jemand hatte sie wohl zubereitet, aber dann vergessen. Mehrere kleine Löffel lagen am Serviertablett daneben. Kurz stand sie im Duft des kalten Kaffees, ging wieder hinaus, um jemandem etwas zuzuschreien, stellte sich dann mit dem Telefon in der Hand in den Lokaleingang. Andauernd zerrte sie an ihren Locken, schob sie hinters Ohr, zog an einem ihr angebotenen Joint, blieb mitten in einem Witz stecken, den sie hustend ausstieß, gemeinsam mit dem weißen Rauch aus ihrem Mund. Sie wurde bloß mit »Nat!« angesprochen, ohne Beiwerk, ohne lange Anrede, ohne Grußwort, als wäre mit ihrem Namen alles gesagt, niemand schien sich an sie wenden zu können, ohne gleich lauter werden zu müssen, und auch sie richtete sich fast ausschließlich mit kurzen Ausrufen an die Leute, die alles um sie herum am Laufen zu halten schienen: »Ha!«, schrie sie, »Du!«, »Weg da!«, »Komm her!«, »Lass das!«, »Stopp!«, »Komm schon!«, »Sicher nicht!«, »Los!«

Die Frauen gingen von der Straße ins Lokal, setzten sich kurz auf die aufgestellten Hocker, stellten sich an das verstimmte Pianino in der Ecke, spielten darauf, tanzten ein paar Schritte, wollten wieder hinaus und drängten sich an der Besitzerin vorbei. Wein, kalte Pizzastücke und eine Plastikschale mit Chips und Erdnüssen wurden herumgereicht. Auf der Straße spuckte eine Frau, nachdem sie sich eine der Erdnüsse in den Mund gesteckt hatte, auf den Boden und warf ihr Haar zurück. Tiefe Falten führten von ihren Augen bis zu den Mundwinkeln.

Ein junger Mann sah ihr zu, stand eine Zeit lang unentschlossen vor der Bar herum, dann noch unentschlossener im Bareingang, den die Besitzerin gerade wieder freigemacht hatte.

»Heiß? Angst, reinzukommen?«

Man schubste ihn in das schwüle Innere des Lokals.

Sein Akzent und die höflich gewählten Worte, auch die Unsicherheit in der Stimme erregten sofort leises Kichern, als er fragte: »Bekommt man hier etwas zu trinken, ich bitte Sie sehr?« Kommentarlos drückte man ihm ein Bier in die Hand, und er setzte sich, legte seinen Rucksack zu seinen Füßen ab, danach bekam er Wein von einigen Frauen, die bald zu dritt um seinen Tisch herumstanden, auf ihn hinuntersahen: »Zigarette? Noch ein Bier?« Eine beugte sich nah zu ihm: »Massage?« Die Besitzerin wollte sie wegscheuchen: »Lasst ihn in Ruhe.«

Zu spät, zwei der Frauen hatten sich schon neben ihn gesetzt, auf Hocker, die sie unter seinem Tisch hervorgezogen hatten. Eine packte eine Stange Slim-Zigaretten aus und sagte: »Kann ich die gegen etwas eintauschen. Magst du?« Sie riss ein paar Zigarettenpackungen aus der Stange, wie man das Ende eines Baguettes abreißt, und er reichte ihr nach einem kurzen Wortwechsel ein paar Münzen, danach steckte er seine Gelbörse wieder in die Hosentasche. Die andere sah zu, schüttelte den Kopf, meinte zu ihrer Freundin, dass sie den Jungen nicht ausrauben solle: »Der kommt sonst nicht wieder«, daraufhin warf ihm die Erste genervt eine weitere Packung zu, ließ sie hoch durch die Luft fliegen: »Zufrieden?«

Er reagierte zu langsam, die Zigaretten fielen zu Boden, und er musste sie aufheben.

Wie konnte man so schmutzige Hände haben?

Die Frauen versuchten, den Mann zum Lachen zu bringen, sagten ihm immer mal wieder ein paar Schmeicheleien und Schweinereien. Zwischendurch ignorierten sie ihn und redeten nur miteinander. Andere Gäste kamen, und sobald sie den Jungen entdeckt hatten, sahen alle zu ihm herüber. Die Frauen, die ihn als Erste gesehen hatten, bauten aber mittlerweile mit ihren Körpern eine Art Mauer um ihn auf, und es war nicht klar, ob dies seinem Schutz dienen oder ihn mit Gewalt in ihrer Mitte halten sollte.

Ein Mann mit Gitarre kam ins Lokal, spielte ein Lied, die Musik aus den kleinen, scheppernden Lautsprechern war verstummt, und es war ruhiger geworden.

Mehrere Uniformierte waren durch den Lokaleingang zu sehen, sie drängten sich auf der Straße, kamen dann ebenfalls herein, scherzten mit einigen der Frauen, die sie zu kennen schienen. Sobald sie ihnen den Rücken zuwandten, verdrehten diese die Augen, eine sagte flüsternd zu ihrer Freundin: »Mit einem von denen, würdest du?« – »Sicher nicht, und wenn er's mir zahlen würde.« Sie lachten, stießen sich gegenseitig an; eine sagte zu dem jungen Mann, der sie beobachtet hatte: »Das Klo ist da hinten.«

Die zu einem Haufen zusammengedrückten Schleifpapierstücke, die er in der kleinen Toilette im Nebenraum vorfand, waren unbrauchbar, feiner Sand bröselte aus der rauen Oberfläche des nass gewordenen und danach getrockneten Papierklumpens, als er einige Schichten voneinander zu lösen versuchte. Durch die dünnen Wände und das kleine Klofenster hindurch war die Gitarrenmusik zu hören. Die Spülung im Klo war falsch eingestellt, er wurde mit Wasser bespritzt, wusch sich lange die Hände, ging zurück in den Gastraum, da applaudierte man gerade heftig: »Bravo, bravo!« Der Gitarrist ging wieder nach draußen, stellte sich etwas abseits, hin zu ein paar jungen Frauen, die mitsangen, während eine immer wieder ausrief: »Schön ist das, als ob es dir die Brust und dahinter das Herz zerreißt.«

Es gab sofort viel Gerede, als der junge Mann seinen Platz am Tisch wieder einnahm. Einer der Uniformierten, ein hochgewachsener, schwarzer Mann, der als Einziger nüchtern schien, sah zu dem Neuen herüber, aber der merkte es zunächst nicht, es waren schon viele Blicke auf ihn gerichtet, und die Leute prosteten ihm von überall her zu.

Eine der Frauen schenkte ihm nach, fragte: »Heute erst in der Stadt angekommen?«, und es folgten Zurufe und Fragen, die sofort weitergetragen wurden: »Neu in Makrique?« – »Das ist ja was.« – »Daniel heißt er.« – »Wie?« –»Daniel.« – »Ist der wirklich neu in der Stadt?« – »Was macht er hier?«

Der große Mann in Uniform hatte, als er den Namen des Fremden mitbekam, ein, zwei Schritte auf sie zu gemacht. Sein Ton vertrieb sofort ein paar der Frauen, als er fragte: »Auf Durchreise, Daniel?« Er wartete kurz und schob dann nach: »Bleibst du, Daniel?«

Etwas in seiner Stimme oder etwas in seiner Frage klang hart nach, außerdem betonte er den Namen des Fremden zu stark.

Der Angesprochene sah sich um, oder eigentlich sah er bloß weg vom Mann, und da war ein plötzliches Misstrauen, mit dem ihn viele betrachteten. Der Schwarze fragte wieder nach, diesmal auf Englisch: »Passing by?« Er wartete, probierte andere Phrasen: »Staying? Just Passing? Going through?«, und noch einmal: »Do you stay?«, sprach in der Landessprache weiter: »Warum bist du gekommen?«, bis endlich eine kurze Antwort kam, etwas in der Art wie: »Ich soll es mir ansehen«, auch die Worte »Information« und »Zusammenarbeit« fielen, und dann noch: »Küstenwache« und »Hafenamt«, was wieder Gemurmel und Gerede auslöste: »Schscht, der redet so leise.« – »Verstehst du ihn?« – »Hey, Kleiner, verstehst du uns? – »Versteht ihn irgendwer?« – »Sollen wir langsamer reden?« – »Understand?« – »Lasst ihn in Ruhe!«

Der Uniformierte beugte sich weit hinunter, schob seinen kahlrasierten Kopf vor den des Fremden und forderte ihn wie zur Strafe, weil er weiterhin keine eindeutige Antwort gab, auf: »Zeig uns deine Papiere.«

Kurz gab es einen Aufruhr, dann Scherze und Lachen, der Schwarze wurde zur Seite geschoben, während er feierlich, als hätte er diese Entdeckung als Erster gemacht, verkündete: »Hmnagut. Der versteht nicht gut, ist neu in der Stadt. Er hat hier etwas zu tun.« Seine Stimme war nun fast besorgt, als täte es ihm leid, dass er zuvor einen falschen Ton angeschlagen hatte.

Das machte die Sache auch nicht mehr gut, Daniel war verunsichert, während ihn einige weiter ausfragten: »Kommst du aus Überzeugung?« – »Kennst du jemanden hier?« – »Gefällt dir, was der neue EU-Kommissar beschlossen hat?« – »Was interessiert dich an Makrique?« Er zuckte als Antwort auf alle Fragen nur mit den Schultern oder sagte ab und zu etwas Ausweichendes.

Er fühlte sich schon erschöpft, bevor er richtig angekommen war. Warum fragten sie ihn gleich solche Dinge, offen und aggressiv? So wie sie schnatterten, blieb kein Platz für ein echtes Gespräch.

Aber sie ließen ihn nicht in Ruhe, es ging ständig so weiter, und alles, was er widerwillig über sich erzählte, wurde multipliziert und diskutiert: »Er ist nur auf Besuch?« – »Auf Besuch ist er!« – »Kooperation sagt er.« – »Na, dann.« – »Du willst wirklich in der Stadt bleiben?« – »Der will bleiben und mittun.« – »Gefällt's dir bei uns in Makrique?« – »Das Meer mag er!« – »Aus dem Norden? Ihr habt doch auch im Norden Zugang zum Meer.« – »Ich geh nur noch ans Meer, um mich auszufurzen.« – »Deswegen ist er gekommen?« – »Er meint doch wegen der Meeresgrenze.« – »Hab's nicht verstanden.« – »Er sagt, Makrique taugt ihm.«

Auf jeden Kommentar folgte zumeist noch eine Beleidigung oder ein Schimpfwort, an niemand Bestimmtes gerichtet, sondern an die Anwesenden insgesamt. Die waren zueinander nicht gerade höflich, warum sollten sie es dann zu ihm sein, tröstete er sich selbst.

Die Besitzerin stellte sich neben ihn, stand mitten im Geschnatter und den Rufen, holte eine zerknitterte Visitenkarte aus ihrer Hosentasche: »Nimm!« Auf der schwarzen Karte war in pinker Kursivschrift ihr Vorname geschrieben, Nathalie, darunter in Gelb einige Zahlen und in Blau eine Adresse, all dies war durchgestrichen worden, darüber handschriftlich ein anderer Straßenname und andere Zahlen eingefügt. Daniel steckte die Visitenkarte ein.

Der Uniformierte hatte sich endlich weiter abseits hingestellt, er nickte ihm aus der Entfernung mehrmals aufmunternd zu, merkte dabei genau, dass seinem Blick ausgewichen wurde, und rief durch den Raum: »Nat, du solltest Tassioni Bescheid geben!«

Ihre Antwort blieb knapp, über mehrere Köpfe hinweg: »Die wird es schon noch erfahren«, aber der Schwarze schrie, wieder nur an sie gerichtet, als sei der, um den es ging, gar nicht da: »Wissen Malika und Hakim schon von ihm?«

Auch diesmal blieb Nat kurz angebunden: »Die Mokaddems werden es herausfinden, wenn sie es herausfinden.«

Die Fragen gingen derweilen weiter im Kreis, richteten sich an alle und an den Neuen: Wie er die derzeitige Situation in Europa einschätzte, was er von der Welt dachte, in der sie leben mussten, warum er allein, ob er überhaupt allein hergekommen war?

Immer wieder wehrte Daniel die Fragen der Umstehenden lächelnd ab und sagte mehr als einmal: »I'm just visiting«, und dann später etwas Gegenteiliges, als sei er sich selbst nicht sicher. Auch zuckte er weiterhin mit den Schultern und versuchte, nicht zum Uniformierten hin zu schauen, der ihm zuzwinkerte und dreimal eine Geste wie zum Gruß – oder als Warnung?, als Drohung? machte: Er tippte sich mit zwei Fingern an die dunkle Stirn, formte mit dem Mund den Namen: »Daniel«, und deutete mit beiden Daumen nach oben.

Wie konnte es sein, dass sie einfach nicht von ihm abließen?

Seine Antworten blieben recht allgemein: dass er aus dem Norden gekommen war, dass die Lage sich auch bei ihnen nicht verbessert hatte, aber auch nicht verschlechtert, dass er mit der lokalen Küstenwache seit Längerem in Kontakt war. Er nannte einen Namen, niemand reagierte darauf. »Zwecks Zusammenarbeit!«, das Wort wiederholte er noch einmal, als ob er nun doch Lust hatte, sich darüber auszutauschen, aber keiner reagierte darauf. Er unterbrach sich beim Reden mehrmals selbst, um hastig zu trinken, und kniff dabei die Augen zusammen, als ob er sich nur schwer konzentrieren konnte.

Nachdem er nun doch, wenn auch stockend, zu sprechen begonnen hatte, ließ die allgemeine Neugierde rasch nach. Nur wenige Leute ließen sich von seiner Art zu reden, von seinen langen Pausen und seinem Akzent nicht abschrecken und blieben bei ihm sitzen. Die Frauen waren bald wieder draußen, sie lachten und sangen.

So leicht war das also?

ANSICHTEN

Eine Wendeltreppe aus Stahl führte nach oben, in eine kleine Wohnung über der Bar. Daniel stand in einer Küche, die mit Geschirr vollgestellt war. Durch eine Tür sah er ins Badezimmer, dort waren überall Gläser und Fläschchen aufgestellt, die matt glitzerten, als wären sie mit Schleim oder Öl gefüllt. Nur wenig Licht fiel durch ein kleines Fenster herein, er trat näher und sah auf die Straße. Eine der Frauen, die mit ihm geredet hatten, stieg gerade in einen quer neben dem Lokal geparkten Laster, der über und über mit Sprüchen besprayt war.

Nat zog ihn ins Wohnzimmer, warf ein paar Bücher und Socken vom Sofa und setzte ihn dorthin. Vor der großen Fensterfront, von der aus man auf die Dächer der Häuser gegenüber schaute und dahinter das Meer im Dunkeln erahnen konnte, stand ein breiter Abstelltisch. Er entdeckte einen großen Haufen Fotografien von Menschen auf Schiffen, die mit geschlossenen Augen auf die Welle warteten und just in der Sekunde, bevor sie ihnen ins Gesicht platschen würde, eingefangen worden waren, Bilder von Ruder-, Segel-, Motorbooten mit Werbeaufschriften, Fahnen in Rot, Blau, Weiß, kleine Gestalten, die unter ihnen herauswuchsen. Immer wieder war Wasser abgelichtet, das gegen Holz, Metall, gegen die gläsernen Windschutzscheiben der Motorboote schlug, viele Schnappschüsse von Menschen, die an Segeln zerrten. Hunderte, wenn nicht Tausende Fotografien musste sie gemacht oder zusammengetragen haben, einige mit dem gleichen Motiv. Sie wühlte in ihnen, deutete auf eine, zog eine andere hervor, tauchte mit beiden

Händen in den Haufen, um ein neues Bild herauszufischen, während sie mit ihm sprach, ihn fragte: »Schön, oder?«, auf eines der Fotos deutete: »Fest des Windes«, oder: »Von der Regatta letztes Jahr« und ihm vorschwärmte: »So ein Wochenende hast du noch nicht erlebt«, »Das war vielleicht was«, »Das sieht man einmal und nie wieder.«

Dabei zog sie ihn kurz an sich. Die enge Berührung tat ihm gut, aber sie sagte gleichzeitig mit strenger Stimme: »Denk bloß nicht, dass alle in der Stadt mit unserem Aktionsplan einverstanden waren. Viele haben uns im Stich gelassen und sind in den letzten Wochen einfach ausgereist.«

Nach einer Pause ließ sie ihn wieder los und führte die Bierflasche an die Lippen: »Was ja nichts Neues ist«, fast pfiff sie den Satz in ihr Bier, zog weitere Fotografien hervor, scheinbar wahllos, aber jedes Mal war doch etwas darauf zu sehen, was sie ihm zeigen wollte. Eine Serie schob sie achtlos beiseite: Sie zeigte eine Frau, die sich ein schwarzes Tuch um den Kopf geknotet hatte, sich damit zugleich den Mund verband. Dieselbe Frau auf anderen Fotos, wie sie sich – offensichtlich am selben Tag – das Tuch um die Augen gebunden oder um den Hals gelegt hatte und eine Grimasse schnitt, als wäre sie am Ersticken. Sie stand an einem Hafen, auf manchen Fotos war im Hintergrund eine Menschenmenge zu sehen. Mal hatte sie sich das Tuch um die Schultern gelegt und lächelte, mal hielt sie es in der zur Faust geballten Hand.

Als Nat bemerkte, dass Daniel gerade diese Bilder genauer betrachtete, hielt sie inne und meinte: »Das ist Marguerite Tassioni. Musst sie unbedingt kennenlernen, wenn dir an Kooperationen gelegen ist. Die sieht recht daneben aus, ist sie aber nicht.« Dabei deutete sie auf eine Nahaufnahme, auf der die Frau das Tuch in den Wind hielt, eine kleine schwarze Fahne, im Hintergrund das Meer. Andere Fotos zeigten sie als schmalen Strich in einer Menge, umringt von Menschen, und dahinter Boote, die im Hafen lagen.

Sie stand auf, holte und öffnete ein zweites Bier, obwohl sie das erste noch nicht ausgetrunken hatte.

»In letzter Zeit sind viele weggegangen. Und du kommst uns also besuchen?«

Jetzt gingen die Fragen wieder los, ähnliche wie die, die ihm die Menschen unten im Lokal gestellt hatten: Wie er hergekommen sei, ob er zu Fuß unterwegs sei, ob sie ihn an den Grenzen einfach durchgelassen hätten. Hatte sie ihm nicht zugehört, als er den anderen schon so vieles zu erklären versucht hatte? Sie fragte immer weiter, drängte ihm das geöffnete Bier auf: »In der Nacht gereist? Und den ganzen Tag? In der Hitze?«

Bevor er antworten konnte, lachte sie über die Nahaufnahme eines vom Kreischen verzerrten Kindergesichtes, das von einer Welle erwischt worden war, und er ahnte, dass sie ihm keine echten Fragen stellte, nur höflichkeitshalber vorgab, etwas über ihn erfahren zu wollen, denn zu Wort ließ sie ihn nicht wirklich kommen. Als sie sich einen Joint drehte, bot sie ihn auch ihm an, er lehnte ab. Sie deutete wieder auf ein Foto. Darauf war ein Surfer zu sehen, der ins Wasser gefallen war und sich an seinem an der Meeresoberfläche schwimmenden Segel festhielt. Die Fotografin hatte genau in dem Moment abgedrückt, als er auftauchte und Wasser spuckte.

Noch einmal servierte sie ihm kalten Couscous und Käse und fragte, ob er einen Kaffee dazu wolle. Er nickte.

»Echten Kaffee gibt's nicht, nur Pulver. Willst du?«

Er schüttelte den Kopf, sie zuckte mit den Schultern: »Dann eben nicht.« Und gleich darauf sagte sie, sie sei müde.

Vor der Haustür standen sie kurz herum, sie redete, er schulterte den Rucksack, sie küsste ihn auf beide Wangen, erklärte ihm den Weg in die Innenstadt, steckte sich dabei eine Zigarette in den Mund und redete nuschelnd weiter darüber, wie er am besten zum Hafenamt käme, wobei sie noch sagte, dass er überall schlafen könnte, denn viele Häuser stünden leer.

Den Weg zur Küstenstraße fand er leicht, dankbar für das Halblicht, das den Morgen ankündigte.

Wo er auch hinsah, saßen Männer auf der Straße – sofort war er sich sicher, dass es die Hafenarbeiter sein mussten, über die so viel in der europäischen Presse geschrieben worden war. Ihre Blicke waren ihm unangenehm, sie sahen ihn mit eingeübtem Gleichmut an und wirkten gebrechlich, waren wahrscheinlich schon pensioniert oder nach jahrzehntelangem Schuften früh gealtert. Er ging an einem Monument vorbei, zu dessen Füßen besonders viele saßen, ein Triumphbogen für die Orienttruppen im Großen Krieg, dahinter der blaue Abgrund, das Meer. Die Männer hockten auf den Bänken unter den steinernen Figuren, die im Morgenlicht wie erstarrte Schatten aussahen, Daniel musste die Augen schließen; vom Blick in die Sonne, die hinter den Dächern hervorkam, wurde ihm schwindelig.

Jetzt nicht schon den ersten Fehler begehen, der dann den nächsten und wieder nächsten nach sich ziehen würde.

Das Gemurmel klang kehlig, tief aus dem Hals hervorgepresst. Zwar sahen die Männer, zumindest empfand er das so, alle gleich aus mit ihrer dunklen Haut, aber im Vorbeigehen merkte er, dass sich hier mehrere Sprachen mischten. Waren das Nordafrikaner, Italiener?, Spanier?, Griechen vielleicht? Sahen in Makrique alle alten Männer so aus? Die Gesichter blieben weiterhin auf ihn gerichtet, sie sahen ihm von den Sitzbänken aus zu, einer deutete mit seinem Spazierstock auf ihn und schüttelte den Kopf. Sie beobachteten ihn, nippten an ihren mitgebrachten Teebechern. Als wären sie einfach sitzen geblieben in ihrem Ruhestand, der vielleicht nicht gerade großartig war, so als Lebensabschnitt, danach kam ja nicht mehr viel, der aber sicher auch viel schlimmer hätte sein können, und außerdem: Das Leben davor konnte auch nicht viel besser gewesen sein. Auf staubigen Autobahn-Baustellen und in Bussen, das Übliche, man kannte das ja, auf Gerüsten und in Kränen, ständig mit dem Ziel, etwas zur Seite zu legen, damit man bald nach Hause zurückkehren konnte, und dann war man dennoch in dem Blech oder Beton der Arbeitersiedlung geblieben. Anfangs das Übermaß an Arbeit, das späte Nachhausekommen, und jetzt das Übermaß an freier Zeit, das Sitzen vor dem Glas Tee, vielleicht ein Domino- oder Kartenspiel, ein Spaziergang entlang der Küstenstraße.

Die Alten waren wirklich überall, und das um diese frühe Uhrzeit schon. Sie wirkten anders als die Uniformierten, die er in der Bar kennengelernt hatte, diese von Alkohol und Witzen aufgeblasenen Kerle, die sich ständig auf die Schultern und den Rücken geschlagen hatten, dabei die weit offen stehenden Münder in ihren Gesichtern. Mit Ausnahme des großen Schwarzen, der nicht getrunken hatte, der ihm diese seltsamen Blicke und Grußgesten zugeworfen hatte und ihn genau so beobachtet hatte wie jetzt die Männer, an denen er vorbeiging.

Da war er wieder, der leichte Verfolgungswahn, der auch schon in ihm hochgestiegen war, als er den Blick des Uniformierten gefühlt hatte. War das nur der Rest von Alkohol in seinem Blut oder die Folge des Schlafmangels?

Vor ihm lag der Stadtstrand, von dem Nat ihm erzählt hatte. Der Weg stimmte zumindest, der Stadtkern konnte also nicht mehr weit sein. Er sprang über das Gerüst und landete im weichen Sand, der bei jedem Schritt nachgab, was ihn beim Gehen ziemlich anstrengte.

Das Meer sah aus der Nähe ruhig aus, es hatte keinen richtigen Schwung, wirkte aber angenehm frisch. Sich hineinwerfen, um den Schmutz von seinem Körper zu waschen? Er konnte sich nicht dazu überwinden, obwohl der Morgenwind warm war, und vergrub die Hände in den Taschen seines Kapuzenpullovers. Der Wind trieb weiße und blaue Plastiksäcke über den Sand, ließ die Türen zu den Umkleidekabinen hin- und herschwenken, bunte Blasen ploppten vor Daniels Augen auf, Kinder im Sand und ihre Eltern, die barfuß umherliefen, Plastikspielzeug und farbige Badehandtücher, aber das verging schnell wieder. Neben dem Sandstrand ragten Felsen aus dem Meeresboden, und darauf war eine Betonformation gesetzt, die an einen Pilz erinnerte, Metalldrähte und aufgerissenes Plastik ragten aus der Platte hervor. Auf der anderen Seite erkannte er die Ruine eines Gebäudes, das zu einem Schwimmklub gehört haben musste, halb abgerissen, mitten in den Renovierungsarbeiten hatte man gestoppt. In Beton eingelassene Glasfronten, auf mehreren Terrassen umgestoßene Liegestühle, die Pools waren lange nicht mehr frisch aufgefüllt oder gereinigt worden, es sammelte sich schimmliger Belag auf den Böden, und in einigen stand dreckiges Regenwasser, das nicht abgeronnen war.

Im Grunde ein schöner Strand. Und doch gab es wahrscheinlich nicht viele Orte, an denen man sich fremder fühlen konnte.

Ob es an ihm lag?

Die allgemeine Verlassenheit erinnerte ihn an die Zollstation und den Kontrollposten, wo er gestern auf dem Weg in die vom Binnenland abgetrennte Stadt aufgehalten worden war. Diese letzte Grenze, die er hatte passieren müssen, war kaum gesichert gewesen, und große Teile des Drahtzaunes waren zerschnitten, man merkte rasch, dass die Grenzanlage aus noch andauernden Konflikten hervorgegangen war, dass sie provisorisch hochgezogen und dann vernachlässigt worden war. Obwohl sie sicher von irgendwelchen Kartographen noch nicht fertig berechnet und endgültig festgelegt worden war, standen da zwei Kontrolleure in Uniform neben einer rot-weiß-gestreiften Schranke vor der Hinweistafel: »You are entering a border area!«, über das jemand den Spruch: »You are leaving our free international area to defend!« gesprüht hatte.

Man hatte ihm abgeraten, sich vom Norden her zu nähern und am Atomzentrum vorbeizugehen, wegen der Polizei, der Feuerwehr und dem Militär. Vom Süden her sei es leichter, da wurden die Stadtgrenzen weniger streng bewacht. Beide waren aber nichts im Vergleich zu den Grenzen zum Mittelmeer hin, die schon durch ihre Erscheinung deutlich machten, dass es ihre Funktion war, die Küstenabschnitte, die man für »sensibel« hielt, komplett abzuriegeln.

Das Meerwasser und der moosige Belag in den Pools riefen ihm mehr und mehr Bilder der letzten Tage ins Gedächtnis. Viele Male war er von Polizisten aufgehalten worden, die sein Gepäck kontrollierten, noch bevor er auch nur in die Nähe der Stadt gekommen war. Niemand hatte aber ernsthaft versucht, ihn von der Einreise abzuhalten, wahrscheinlich, weil er aus dem Landesinneren kam, nicht vom Meer her, und obendrein einen gültigen europäischen Pass hatte. Ein dicker Kontrolleur, der einen gutmütigen Witz machen wollte, hatte zwinkernd auf seinen großen Rucksack gedeutet: »Ihre Geldbörse, nehme ich an?«, und danach beinahe mitleidig geseufzt: »Sind Sie sicher, dass Sie nach Makrique weiterreisen wollen?«

Im Sand steckte eine Spielzeugschaufel, daneben eine kleine Plastikgießkanne. Mit den Füßen schob er sie leicht an, spürte den Sand in seinen Schuhen, die brennende Blase, die aufgeplatzt war und in die das zermahlene Gestein eindrang.

Die Umgebung wirkte durch das sich ausbreitende Licht wie ausgebleicht und beruhigte ihn, denn es passte nicht zu den Eindrücken der letzten Monate, dem ganzen Mischmasch aus offiziellen Empfängen, Besprechungen mit Inlands- und Auslandsgeheimdiensten, gehetzten Verhandlungen und Deklarationspapieren, Hoffnungen auf eine endlich gültige Strategievereinbarung, auf die nächste positive Evaluation oder sonst was. Und hier dagegen diese Sanftheit vor seinen Augen, welch ein Widerspruch.

Warum hatte er »Ja!« gesagt zur vorgeschlagenen Dienstreise? Die vielen entnervten Berater, die Vertreter von Menschenrechts- und Entwicklungshilfebehörden, Beamte, die zu ihnen in die Büros kamen, Fragen stellten, überflüssige Debatten anzettelten, Berichte einforderten oder als Vorschläge getarnte Befehle weitergaben, da begann man sich eben für die Vorgänge zu interessieren.

Als die Idee eines Vernetzungstreffens im Süden Europas in der Sitzung aufgekommen war, hatte er – und zwar als Einziger! – seinem Vorgesetzten erklärt, er habe die nötigen Sprachkenntnisse und das Know-how dafür, nämlich Erfahrung im Umgang mit Kommunikationssoftware für internationale Behörden. Obschon er rasch gemerkt hatte, dass man ihm ohnehin von allen Seiten zunickte, hatte er noch hervorgehoben, die Koordination des Austausches von Feuerwehren und Wasserwachten sei zu Ausbildungszeiten sein Schwerpunkt gewesen und das Wissen über integrierte Datenbanken sowie das Sammeln von Informationen zu technischen Fragen solcher Projekte mittlerweile sein Spezialgebiet. Am Ende bedrängte er den Chef und betonte mehrmals, er sei der Richtige für den Job.

Seine Erinnerungen lösten sich auf, jetzt bemerkte er auch den Uringeruch, den der Wind mit sich trug. Am Strand stehen zu bleiben schien ihm nun doch ein wenig lächerlich, so auf halbem Weg, nur weil der Ausblick schön war. Er musste das Gebäude der Küstenwache finden beziehungsweise das der Schifffahrtsbehörde, oder wie auch immer die Kollegen sich hier nannten. Auf einem Papier hatte er sie als »Kompanie für maritime Sicherheit«, auf einem anderen als »Meeresgendarmerie« gelistet gefunden, gemeint war wohl beide Male dieselbe Freiwilligenbrigade, die sich in der Stadt in den letzten Monaten formiert hatte. Man kam ja mit den vielen Namen ebenso durcheinander wie mit den neuen Gesetzen.

Zurück auf der Küstenstraße verscheuchte er mehrere magere Katzen, die ihn mit gesträubtem Fell anfauchten und den Weg freimachten, um sich, sobald er vorbei war, wieder zusammenzurollen und zu Füßen der Mauer in Schatten zu verwandeln.

Daniel war überrascht, als der Hafen vor ihm lag, leerstehende Imbissbuden, kleine Cafés, Fast-Food-Ketten, auf dem Uferbeton übereinandergestapelte Plastikstühle und Plastiktische, wie ineinander verkrochen; Tische um Tische gruppiert, Stühle um Stühle, als hätten sie sich von ihren früheren Ordnungen zu befreien versucht. Die Vitrinen und Fensterfronten der Bistros, Pubs und Restaurants glitzerten schon in der Morgensonne, überall lag Müll.

Etwas weiter weg sah er eine Festungsanlage, und daneben endlich den ehemaligen Yachtklub, in dem, zumindest seinen vielleicht schon wieder veralteten Informationen nach, die Küstenwache untergebracht sein sollte. Er betrachtete die Boote, schon überfielen ihn weitere Erinnerungen, immer schwerer fiel es ihm, auseinanderzuhalten, was Gegenwart und was Vergangenheit war und was vielleicht schon Bilder im Schlaf. Er hatte das Gefühl, die Stadt in einem computergenerierten Raster zu sehen, als kleinen Punkt darauf sich selbst an diesem Kai, markiert in einem Viereck, auf digitalen Karten, die nur dem Handel und dem Militär bekannt waren.

Das Gebäude schien verlassen, wo waren die Kollegen? Wo waren überhaupt Menschen in dieser Stadt? Die ja im

Grunde keine echte Stadt mehr war, sondern genau genommen nur noch ein Grenzstreifen, jedenfalls auf den Landkarten. Lebte niemand mehr hier? In der Presse waren so viele Gerüchte über diesen Ort verbreitet worden, es konnten doch nicht alle Zeitungsartikel so stark übertrieben oder gelogen haben, als sie berichteten, dass es hier zuging wie nirgendwo sonst.

Er ging über einen kleinen Holzsteg, um ins Gebäude zu treten, aber die Tür war verrammelt, deswegen warf er seinen Rucksack in eines der daneben angelegten Boote, stieg danach selbst hinein und wollte sich kurz ausruhen.

Man würde ihn schon nicht verhaften deswegen.

Sofort verhedderte er sich beim Hinlegen in einem Fischernetz, das zum Trocknen ausgelegt war, er spürte die Knoten und kleinen Gewichte in den Schnüren – oder waren es Schwimmer, eingenähte Korkstücke?, jedenfalls zwickten und piksten sie ihn, bohrten sich in seinen Rücken und, als er sich umdrehte, in seinen Bauch. Das Stechen und Scheuern an seinen Wangen, als er den Kopf tiefer in das Netz vergrub, um sein Gesicht vor der Sonne zu verstecken, das Kratzen auf der Haut, der leichte Geruch von Salz und Moder, auch das Morgenlicht, das ihn weiter blendete, obwohl er die Augen geschlossen hatte, das war ihm nun alles schon gleich.

WASSERRINGE

Die Haut des Mannes, der sich über ihn beugte, glänzte in der Sonne. Einige hellere kleine Flecke bildeten Muster auf den dunklen Wangen, vielleicht Narben aus der Kindheit. Nur seine Stirn war frei von Farbschattierungen oder Unreinheiten. Der Gesichtsausdruck war misstrauisch.

»Ich bitte ...«, murmelte Daniel auf die Frage, was er da mache, »... bitte Sie sehr, ich will weiterschlafen, ich bitte Sie.«

»Was machst du hier?«, fragte der Mann erneut, und: »Wer bist du?« Der Schatten, den er über Daniel warf, schien riesig, jetzt rüttelte er ihn sogar an den Schultern, und Daniel gab ein flehendes Geräusch von sich. »Please ...«, murmelte er, »... please ...«, und wiederholte in mehreren Sprachen das Wort »Schlaf!«

Als der andere endlich verstand, dass es sich bei dem Eindringling um einen Ausländer handelte, legte er den Kopf schief, skeptisch, nicht mehr böse, sein Blick wurde weicher. Er blieb aber weiterhin so nah vor ihm stehen, als wolle er ihn nicht aus den Augen lassen. Zwei andere Kerle hüpften ins Boot, sie versuchten, Daniel hochzuziehen und vom Boot zu drängen, aber er wehrte sich, redete auf sie ein, langsam kam er zu sich.

Man wusste nicht Bescheid, sein Kontakt hatte offensichtlich niemanden vorab informiert, keiner wusste von etwas; auch nicht, als er seinen Namen sagte und erklärte, dass er eigentlich schon vor mehreren Tagen hätte eintreffen sollen, dass sich aber seine Abreise ständig verzögert hatte. Er richtete Bestellungen, Grüße, Nachrichten aus und betonte, dass es um Informationsaustausch ging, vielleicht sogar um eine künftige Zusammenarbeit, nannte noch einige Namen, aber das sagte denen alles nichts. Nach dem fruchtlosen Wortwechsel sprangen die zwei wieder an Land.

Der Mann, der ihn geweckt hatte und während des Gesprächs stumm daneben gestanden war, fragte nur: »Dann willst du also mit? Um es dir anzuschauen?«, und ging dann ans andere Ende des Bootes. Daniel lag nun wieder in der prallen Sonne und legte sich, halb aufgerichtet, schützend den Arm über den Kopf. Der Tag trug keine Spur des frühen Morgens mehr, es war bereits sehr heiß. Das Motorengeräusch ließ ihn zusammenzucken, er richtete sich noch weiter auf, rieb sich ein paar schmerzende Körperstellen, jetzt war es aber zu spät, um noch vom Boot zu springen.

Der Mann bediente beiläufig einige Knöpfe, Hebel und Schalter, zog an ihnen, verschob sie, stellte sie anders ein. Das Boot bewegte sich an anderen vorbei. Daniel wartete ab, ob ihm übel würde, und betrachtete seine in Seile und Netze verhedderten Beine. Es dauerte noch, bis er sich wirklich sicher fühlte, dann stellte er sich aufrecht hin, das ging ganz gut, er löste einige Schnüre, die sich in seinem Pullover verfangen hatten.

»Der Rucksack!«, das fiel ihm jetzt auf. »Der Rucksack ist weg!«

Es dauerte nur eine Sekunde, bis er verstand, dass er, während er geschlafen hatte, bestohlen worden war, und in dieser Sekunde erfasste ihn unvermittelt ein kalter Schauder. Zunächst dachte er an die schmutzige Wäsche, dann an sein Handy, gleich darauf fielen ihm die Geldbörse und dann der Pass ein, er griff sich an beide Hosentaschen – zum Glück hatte er die eingeschoben, alles da, alles gut! –, sein Notizheft allerdings, dachte er, war futsch, und auch die Infobroschüren, die man ihm beim Briefing letzte Woche überreicht hatte. Das war ihm aber egal, kein Gefühl des Bedauerns kam nach diesem Schreckmoment in ihm auf. Wenn er jetzt an das Telefon, das Heft und die Mappe dachte, war er sogar erleichtert und spürte, dass die Gänsehaut auf seinen Unterarmen bereits vergangen war.

Weil ihm nach dem kurzen Schock, die Hitze umso mehr zu schaffen machte, zog er seinen Pullover aus und warf ihn aufs Fischernetz. Das Baumwollhemd darunter hing zerknittert und schmutzig an seinem Oberkörper, er stopfte es in die Jeans und krempelte die Ärmel hoch. An seinen Ellbogen war die Haut an manchen Stellen wieder frisch aufgerissen, an anderen noch blutverkrustet.

Das Geräusch des Motors hatte ein paar Möwen aufgeschreckt, die laut und rhythmisch loskreischten, als riefen sie sich gegenseitig Warnungen zu. Die ganze Zeit über beobachtete ihn der Kapitän, und irgendwann stellten sie sich einander mit Namen, Lächeln und Händedruck vor. »Bakary«, wiederholte der andere mehrmals, nachdem er über Daniels Akzent gelacht hatte, und Daniel ahmte ihn nach, bis er mit der Aussprache zufrieden war. Er erzählte ein paar Witze, lachte und redete, sie wechselten öfters von der Landessprache ins Englische, es ging fast freundschaftlich zu. Das Boot tuckerte aus dem Hafen, an den kleinen Ausflugsbooten, an den Festungsmauern und an der Mole vorbei, weiter hinaus, immer mehr steigerte Bakary jetzt die Geschwindigkeit.

So also sah die Stadt vom offenen Meer her aus.

Daniel entdeckte in der Ferne die Küstenstraße, später die kleine Bucht mit der Bar, in der er gestern Abend getrunken hatte. Die Häuser waren winzige Farbpunkte, ocker, rosa, weiß, hinter dem Blau, das zwischen ihm und der Küste lag. Sie waren nicht größer als die über ihnen Kreise ziehenden Möwen. Er hielt sein Gesicht in den Wind und versuchte breitbeinig sein Gleichgewicht zu halten, wenn das Motorboot schwankte.

Bakary deutete übers Meer hin zur Stadt, kommentierte die Küstenabschnitte, plapperte: Der Strand dort, »einer der schönsten, glaub mir!«, da könne man hingehen und nichts tun als herumliegen, ins Wasser gehen, wieder in der Sonne liegen oder im Schatten unter den kleinen Sonnenschirmen. »Früher jedenfalls!«, oder drüben, noch weiter abseits, »genau dort!«, er deutete auf einen Teil der Stadt, der vom Meer aus wie ein Farbstreifen am Ufer wirkte, nein, »noch weiter links!«, das sei der Industriehafen, der vom Wasser aus nur klein zu sehen war, obwohl er eigentlich riesig sei.

Als sie sich nach längerem Schweigen wieder etwas dem Ufer näherten, lösten sich die Schatten, die Daniel aus der Entfernung für Spiegelungen von Wolken gehalten hatte, in ein Dutzend kleinerer und größerer Boote auf. Im Hintergrund war ein weiterer Stadtstrand zu erkennen, mit Bars, Duschen und Toiletten, die Farben von der Sonne aufgehellt. Mehrere der Boote gehörten wohl, ihren Farben und Aufschriften nach zu urteilen, zur Küstenwache, andere schienen Ausflugsboote oder private Kähne zu sein. Zwei Gummiboote wurden mitgezogen. Beim Näherkommen konnte er an Deck Menschen ausmachen, die sie zu erwarten schienen. Nicken, Winken, scherzhaftes Salutieren, man sprang zu ihnen ins Boot herüber, man beredete etwas mit Bakary, man wusste ebenfalls nichts von alten oder neuen Vereinbarungen.

Angeblich war Daniels Kontakt schon seit Wochen nicht mehr in der Stadt.

Rufe flogen hin und her, Anleitungen und Befehle, die Boote wurden in Formation gebracht, das Netz, in dem Daniel eben noch geschlafen hatte, wurde ausgeworfen, Ziehen, Loslassen, Wieder-Anziehen, es war riesig, die Glaskugeln und Eisengewichte glitzerten in der Sonne, einige versanken, andere schwammen. Menschen in Neoprenanzügen und mit Tauchermasken warfen sich rittlings ins Wasser, und ihr Strampeln hinterließ kleine schäumende Ringe an der Meeresoberfläche. Eines der Boote hatte einen Krahn eingebaut, der mehrfach neu eingestellt wurde, er schien nicht zu funktionieren. Auch aus den anderen Booten warf man kleinere Netze aus.

An manchen Stellen wirkte das Meer wie von der Sonne durchleuchtet, als wäre es teils weiß, teils türkis gefleckt, an anderen warfen Steinformationen am Meeresboden Kühle und Dunkelheit herauf, und auch die Spiegelungen der Boote schwärzten vereinzelt das Wasser.

Einige Schwimmer tauchten auf, riefen den anderen etwas zu, eine Frau an Bord des größten Bootes warf ihnen Leinen und Werkzeug zu. Die im Wasser nur noch als Schatten sichtbaren Menschen versuchten etwas mit Händen einzufangen, es festzubinden?, anzuschieben?, die Sicht unter Wasser musste schlecht sein, es dauerte alles seine Zeit. Man spannte Schnüre, dunkel und schwer wurde der Fang mithilfe einer schwimmenden Trage aus dem Meer gehoben, das Wasser bildete glitzernde Perlen, die von Haut und Kleidung tropften.

Daniel merkte erst nach einigen Sekunden, dass er aufgeschrien hatte; Bakary rief in Richtung der verwunderten Gesichter auf einem nahen Boot: »Er ist neu. Er hat das noch nie gesehen«, und wandte sich danach vorwurfsvoll Daniel zu: »Ich habe es dir doch gesagt.«

Die anderen nahmen ihre Arbeit wieder auf, ließen sich wieder ins Wasser fallen und tauchten ab. Wenige der Toten, die sie aus dem Wasser holten, waren unversehrt, da gab es alles: zertrümmerte Kiefer, zerquetschte Schädel, entstellte Gliedmaßen.

Er kenne das doch bestimmt, erklärte Bakary Daniel mit angespannter Stimme, die Stadtufer müssten von den Angetriebenen freigehalten werden, denn wenn sie auf den

Stränden verwesten, breiteten sich Krankheiten aus. Außerdem reagierten die Menschen unterschiedlich, wenn sie auf sie stießen. »Die hier sind höchstens dreißig Stunden im Wasser gelegen.« Am Anfang habe es bei den Aktionen noch Schaulustige gegeben, aber heute interessiere das niemanden mehr. Einige Freiwillige von der Küstenwache versuchten weiterhin jeden Tag, Überlebende zu finden, aber zumeist erfolglos. Etwas freundlicher im Ton meinte er dann, manchmal kämen auch ihm beim Arbeiten noch die Tränen. Daniel wünschte sich, er würde wegschauen und aufhören, ihm all das zu erklären, was er ohnehin wusste, weil der andere aber immer weiter redete, wohl um ihn zu beruhigen, bekam er das Gefühl, es an Bord nicht mehr auszuhalten. Er stürzte sich bekleidet ins Wasser, nachdem er Bakary seine Geldbörse und seinen Pass in die Hand gedrückt hatte.

Das Meer war kalt, und die Nasenschleimhäute, das Zwerchfell und die Lunge reagierten sofort darauf. Durch die halbgeöffneten Augen sah er die Boote und den Himmel darüber. Seine Augen brannten, und es ekelte ihn, im Wasser zu schwimmen, in dem auch die Leichen lagen. Aber es tat zugleich gut, also tauchte er noch tiefer hinab und blickte in das schaumige Weiß um ihn herum. Es war schön, als versuche die Helligkeit im Wasser zunächst mit ihm zusammen abzutauchen, würde aber nach oben getragen, wo sie sich in Bläschen verwandelte, die in verschiedene Richtungen auseinandertrieben, der Oberfläche entgegen und zum Sonnenlicht hin.

Mit Armen und Beinen schob er kurz darauf seinen Körper wieder nach oben, vom Meer niedergedrückt, aber mit heftigen Bewegungen dagegenhaltend. Dann griff er nach den Händen, die ihm vom Boot aus entgegengestreckt wurden.

TRANSPORT

Der LKW war von einem pulvrigen Grau überzogen, einer Mischung aus getrocknetem Schlamm und Staub. Die Toten wurden in den Laderaum gelegt, und bald war dessen Boden vom Meerwasser nass, man ging behutsam vor, wenn es ging, und gehetzter, sobald die nächste Leiche herbeigetragen wurde. Den Tauchern half man aus den Anzügen, zwei Bootsfrauen stritten sich leise mit ihnen, Schnalzgeräusche und Surren, sie überprüften ihre Ausrüstung und die Masken, diskutierten miteinander, einer wischte sich die Augen, schüttelte immer wieder den Kopf, andere klopften ihm auf den Rücken. Die Toten wurden mit braunen Tüchern zugedeckt, und da sich die Körperreste durch den Stoff abzeichneten, wurde noch deutlicher, wo ein Kopf, ein Arm oder ein Bein fehlte. Daniel strich mehrmals über sein Hemd und seine Hose, sie trockneten bereits im Wind und in der heißen Sonne. So wie die anderen ihn mit Blicken maßen, wurde ihm klar, dass er rote Augen haben musste. Es war ihm peinlich.

»In den Wagen!«, rief Bakary durchs Seitenfenster in seine Richtung, und er stieg auf einen der Vordersitze. Zwei Typen quetschten sich neben ihn, einer der beiden zog an der Tür, die zunächst knirschte und dann mit einem Knall zufiel, daraufhin drehte er gleich die Fensterscheibe hinunter und rief, während der Wagen losfuhr, einigen Leuten am Ufer Aufforderungen zu.

Die anderen schienen sich untereinander nicht zu kennen, stellten sich der Reihe nach vor. Zu beiden sagte Bakary: »Was für ein hübscher Name.«

Niemand fragte Daniel, was er hier mache, und er war dankbar, nicht reden zu müssen.

Dem LKW fuhren ein paar Autos hinterher, die am Strand auf sie gewartet hatten, Verstärkung?, dahinter reihten sich Fahrräder und Motorroller ein. Der Beifahrer kurbelte jetzt die Scheibe des Autofensters wieder nach oben, weil der Wind ihm die schulterlangen Haare ins Gesicht warf, und danach war es, als hätte sich die Stimmung im Wagen mit einem Mal verändert. Permanent spuckten die beiden Männer in Richtung Bakary Sätze aus wie: »Was wir uns schon wieder antun müssen!«, »Hundsarbeit!« Der eine seufzte darüber, dass »es« auf die Art nicht weitergehen könnte, der andere meinte, dass »es« von Anfang an schiefgelaufen war, auch waren sich beide darin einig, dass man »es«, weil es aussichtslos war, sein lassen sollte. »Wir sind doch keine Viecher!« Es fielen auch ein paar Namen und Flüche.

Stritten die, oder war das ihre Art zu reden?

Bakary hielt die ganze Zeit über den Kopf schief, wie alt der wohl war, er hatte überall feine Falten in der dunklen Haut, nicht nur am Ellbogen, auch am Hals oder an den Knöcheln der Finger, mit denen er auf das Lenkrad trommelte. Eine Zeit lang hörte er nur zu, dann unterbrach er die beiden doch, das Gespräch schien ihm keinen Spaß zu machen, sogar aufzuregen, er meinte, es seien nicht die Hafenarbeiter, sondern es sei die Regierung gewesen, die den Hafen gesperrt habe.

Das ließ man nicht gelten: »Keineswegs die Regierung, auch nicht die Hafenarbeiter. Die Flüchtlinge, die waren es. Die haben blockiert. Und zu uns haben sie immer so schön gesagt ...«, der Mann verstellte seine Stimme spöttisch, »... die Flüchtlinge werden uns näher zusammenbringen.«

Konzentrierte Ruhe in Bakarys Gesicht, der immer schneller fuhr, er sagte nur: »Nein, das ist so nicht korrekt«, was schon ausreichte, um den anderen aufzuregen: »Was aber ist mit –?«, er brach ab, begann wütend einen nächsten Satz: »Müsste man nicht –?«, und setzte noch einmal neu an: »Haben nicht gerade –?« Bakary ermahnte ihn lächelnd, er solle in ganzen Sätzen sprechen, daraufhin schwieg der Mann demonstrativ, aber auch das nur kurz, dann redete er gleich weiter, in der für Daniel schwer verständlichen Sprache der Stadt. »Naaa, ist es nicht so? Das mit den Flüchtlingen ist doch nur die Ausrede gewesen.« – »Und der Lolly-Garche? Hat der nicht mitgetan?« – »Was mitgetan?« – »Er hat erklärt, dass es keine Alternative gab, zu dem –!« – »Dem brauchst du nichts zu glauben.« – »Und der Charbonnier erst!« – »Ist doch unwichtig, mir ganz egal, was der sagt. Es wär' besser gewesen, wenn die Gewerkschaft den Hafen nicht zuzumachen begonnen hätt'!« – »Die haben ihn nicht zugemacht, das war ja nur denen ihr Streik; zugemacht hat die Stadtregierung das Meer; oder du weißt schon, die Grenze hin zum Meer.«

Ein Weg hinaus aus dem gereizten Wortwechsel, den ungehaltenen Gesten und angespannten Mienen wurde immer schwerer. Was Daniel aus allem, was die drei redeten, heraushörte, war, dass der Zugang zum Meer jedenfalls unmöglich geworden war, jede Verbindung zu anderen Häfen gekappt, die Routen nach Afrika geschlossen. Die Marine hielt jedes Schiff an, egal aus welcher Richtung, unter welcher Flagge, mit wie vielen Menschen darauf es in die Stadt unterwegs war.

Immerhin habe es zum angedrohten Militäreinsatz nicht gereicht, meinte Bakary trotzig, aber auch das ließen die anderen beiden so nicht gelten: »Weil die Grundlage dafür noch nicht gegeben ist. Nach dem, was bislang in den Verordnungen steht, ist ein Einsatz dann möglich, wenn Makrique gegen die neuen Regelungen verstößt. Absurd, das musst du zugeben: Das Militär hindert uns dran, die Boote bei uns anlegen zu lassen. Deswegen können wir nicht anders, als uns an die Gesetze zu halten, und so bewahren die uns vor ihrer Bestrafung, immerhin. Aber so wird es nicht bleiben, da arbeiten sie längst daran. «

Der Laster polterte mit zu hoher Geschwindigkeit durch ein Schlagloch.

Einer der Mitfahrenden ergriff wieder das Wort, nachdem sich alle aneinandergeklammert hatten, jetzt schimpfte er darüber, dass die Fischerboote und Motoryachten in den Bootstankstellen oder an den hölzernen Anlegestellen in den Stadthäfen geplündert worden waren, und als Bakary wieder beschwichtigend dazwischengehen wollte, hieß es: »Red' nicht! Ich hab's ja selbst gesehen.« Der andere nickte bestätigend, beschwerte sich über die von Schlamm und Algen überschwemmten Uferbänke, dann redeten sie über den Industriehafen, über seinen Untergang, die verwaisten Container, die stillgelegten Kräne, die aus dem Beton ragten wie riesige gebrochene Mittelfinger, vor allem aber über die Kolonnen von Lastern, die die Einfahrten zu den Depots blockierten, weil sie seit Wochen niemand wegbrachte.

Der Wagen war in eine Straße eingebogen, die vom Meer weg und einen eng bebauten Hügel hinauf führte. Einige Autos, Fahrräder und Motorroller fuhren ihnen noch immer hinterher, die Fahrräder fielen wegen der Steigung der Straße zurück. Daniel versuchte sie durch den Seitenspiegel zu beobachten, aber Bakarys Hände am Lenkrad versperrten ihm die Sicht. Die Fahrt dauerte insgesamt nicht lange. Bevor die kurvenreiche Straße wieder abwärts führte, hielten sie an. Die Männer sprangen aus dem Wagen, Bakary klopfte an die Glastür eines Lokals, die zwei anderen schlugen sachte gegen die Fenster. Niemand reagierte.

Hinter ihnen trafen die ersten Mopeds, dann weitere Autos ein.

Wie springlebendig die Männer wirkten, während sie versuchten, auf sich aufmerksam zu machen, alles an ihnen war beweglich und kraftvoll. Das fiel Daniel jetzt besonders auf, weil er sich beim Aussteigen wieder an die Ladung im LKW erinnert hatte. Wie konnte es sein, dass ihn die Erinnerung an die Toten in diesem Moment, obwohl er noch kurz davor geglaubt hatte, ihren Anblick nicht verkraften zu können, so wenig in Schock versetzte?

Bakary schlug heftiger gegen das Glas, einige der Männer fingen an, »Hallo!«, »Hey«, »Jemand da?« zu rufen, zunächst immer noch sachte, vorsichtig, fast steif, dann immer lauter, geradezu rücksichtslos. Erst nach einiger Zeit erhob sich im Inneren des Lokals eine Frau hinter einem der Tische.

ABMACHUNG

»Was willst du?« Hinter ihr standen mehrere Frauen, sie alle hatten ihr Haar streng zurückgebunden und tauschten mit den Besuchern Wangenküsse aus, ohne dabei zu lächeln, kaum dass sie überhaupt eine Miene verzogen. Mit einigen Männern, die verspätet hereinkamen, stießen sie zum Gruß nur die Fäuste kurz aneinander. Es stank nach Schweiß und Zigaretten. Bakary hob die Arme, abwehrend, fast entschuldigend: »Etwas mit dir besprechen, Malika.«

Er sah sich um, einige der Frauen folgten seinem Blick: »Ist Hakim hier?«

Eine Zeit lang blieb es still. Eine der Frauen, die weit auseinanderliegende Augen hatte, trat zur Seite, als Malika einen Schritt zurück machte, ihre Arme ausbreitete und in mehrere Richtungen deutete: »Siehst du ihn irgendwo?«

Sie schaukelte ihren dünnen, leicht gekrümmten Oberkörper dazu, unruhig. Als sie ihnen kurz den Rücken zukehrte, war an ihrem Hinterkopf das zu vielen Zöpfen geflochtene Haar zu sehen und eine kleine kahle Fläche dazwischen, wo die braune Haut hervorblitzte, die sich dann in ihrem Nacken und auf den Schultern fortsetzte, nur abschnittsweise von einem T-Shirt verdeckt. Irgendetwas störte Daniel an ihr, vielleicht bewegte sie sich auch nur zu viel.

»Siehst du nicht, dass wir Besuch haben?«, Bakary deutete auf ihn. »Der da ist neu in der Stadt.« Ihr Nicken war schamlos gleichgültig, statt ihn zu begrüßen, sagte sie nur gelangweilt zu Bakary: »Hab ich nicht gesehen«, dann ungeduldig: »Lass mich raten? Es ist wieder wegen einer Verabschiedung?«

Es folgten Berichte, Einwände und Bitten, ein paar Fragen: Wie viele Tote? Hinweise auf deren Herkunft? Darauf, woher das Boot kam. Wie es zum Schiffbruch gekommen war. Während sie die Details ausmachten, brachte man ihr einen Kaffee, und gerade als Bakary ein Problem mit dem Transport ansprach, fragte sie, wo der Zucker sei, dabei sah sie an ihm und auch an Daniel vorbei, der sich auf einen Barhocker gesetzt hatte und über der Theke lehnte. Fast direkt vor seiner Nase stand ein Basilikumstrauch in einer bunten Keramikschale, einzelne Blätter waren verwelkt, gräulich und trocken, andere immer noch hellgrün. Er beobachtete von seinem Platz aus alles reglos. Auch Bakary sah jetzt verärgert über Malika hinweg auf etwas an der Decke, als wüsste er, dass es während der Unterbrechung keinen Sinn habe, weiter nachzufragen. Und so schwiegen alle. Nachdem man ihr ein einzelnes Stück Zucker gebracht hatte, rührte sie langsam im Kaffee, danach erst reagierte sie auf die ihr gestellte Frage, abweisend und knapp: Den Transportweg werde sie freihalten. Sie diktierte einer der Frauen den Text für eine kurze Presseaussendung, dann ging es hin und her: Das Material vom letzten Mal?, sei noch im Keller, Musik oder nicht bei der Verabschiedung?, wie viele Reden?, das sei zu viel, das werde kaum möglich sein, sie könne für nichts garantieren.

Die Frauen hinter ihr schauten abweisend drein. Die mit den auseinanderstehenden schwarzen Augen trat immer wieder einen Schritt näher an Daniel heran, verschränkte die Arme, trat wieder zurück. Selbst im dunklen Licht des Lokals zog sie alle Blicke auf sich. Im Hintergrund hingen die Bilder zerstörter Städte, daneben einige an den Rändern klebrig wirkende, abblätternde Plakate, eines davon halb auseinandergerissen, das andere teilweise übermalt; eine Afrika-Karte mit eingezeichneten Routen, darauf das Logo einer Organisation, dem jemand zwei rot ausgemalte Teufelshörner aufgesetzt hatte. Aus den Lautsprechern hinter der Theke war eine Arabisch sprechende Radiostimme zu hören, ein Ventilator drehte sich neben schmutzigen Gläsern auf der Theke im Kreis.

Bakary sagte jetzt etwas an dem Ort unpassend Zärtliches zu Malika, sie rührte sich nicht, wirkte zerstreut, unkonzentriert, es war eine Spannung zwischen den beiden, fast als sähe man ein Flimmern. Zum Glück kicherte niemand, auch wenn einige der Frauen es sich kaum verkneifen konnten. Erst einige Augenblicke später, als hätte sie sich tatsächlich in Gedanken an diese Zärtlichkeit verloren, meinte Malika, das klinge zwar nett, bringe ihr aber nichts, dazu streckte sie ihre Hand aus und machte eine auffordernde Geste, gleich mehrmals hintereinander.

Man holte Flaschen, Gemüse- und Obstkörbe, einige Schachteln Aspirin, weitere Plastiksäcke und einen Karton mit mehreren Stangen Zigaretten aus den vor dem Lokal geparkten Autos und übergab alles den Frauen. Die schienen zufrieden, es gab nichts zu kommentieren. Als das Telefon auf der Theke klingelte, reichte man Malika den Hörer, sie sagte: »Ja?« Ein Augenblick kurzer Stille trat ein, bis sie fragte: »Was?« Dann schwieg sie erneut, antwortete nur: »In Ordnung« und legte auf.

Alle redeten jetzt durcheinander, bis Bakary unterbrach: »Das ist wirklich nicht wichtig, wir müssen los!«, und Malika zum Abschied betont beiläufig auf beide Wangen küsste. Beim Hinausgehen drehte er sich aber noch mal zu ihr um und sagte: »Du weißt doch: Die Leute erwarten etwas.« Als rumorte doch die Angst in ihm, nachlegen zu müssen, wandte er sich kurz vor der Tür an Daniel, der mit ihm hinausgehen wollte: »Du bleibst hier und hilfst ihnen.«

Danach ging er weg.

Daniel ließ sich befehlen, ohne viel zu fragen und ohne viel gefragt zu werden. Mikrofonständer, Verstärker und mehrere Kabelrollen trug er aus dem Keller des Lokals hoch und stellte sie im Raum ab. Er stieg sicher mindestens dreimal die Holztreppe hinab und wieder hinauf, setzte sich dann auf die Couch im hinteren Teil des Barbereichs, um durchzuschnaufen. Das gesamte Lokal war schon vollgestellt mit Geräten, er und ein paar Frauen warteten eine Zeit lang, bis ein paar der Schlepper zurückkamen, um die Boxen und Ständer wegzubringen. Man befahl, diktierte, rief sich zu, redete durcheinander, mehrere Telefone läuteten gleichzeitig: »Den Gerichtsmediziner informieren und einen Polizeifotografen vorbeischicken!« – »Wir sollten herausfinden, wer sie waren.« – »Das Boot ist in Sirte gestartet, so viel wissen wir bislang.« – »Die Behörden in Libyen haben wir in der Datenbank. Und dreizehn Organisationen kooperieren dort mit uns. An Amnesty auch? Das Flüchtlingswerk? Wer ist dort aktiv?« – »Vielleicht waren sie davor woanders.« – »Haben wir Kontakt zu einem Antirassismusbüro oder einem betreuten Lager?« – »Die Fotos sollten trotzdem hingemailt werden.« – »Da musst du telefonieren.« – »Ans Innenministerium schreibst du persönlich?« – »Heute nachmittag.« – »Fotografiert werden sie noch, bevor sie hingebracht werden.« – »Man hat keine Pässe und Ausweise gefunden.«

Die Stimmen um ihn herum wurden langsam zu einem unverständlichen Murmeln, das er nur noch an der ihm fremd gewordenen Oberfläche seines Bewusstseins wahrnahm, es vergingen Stunden oder Minuten.

Diese Müdigkeit, dazu die Schwüle, er musste wohl eingeschlafen sein.

Man zog ihn von der Couch hoch. Was sollte dieses Drängeln, er stand ja schon, er ging ja schon, er konnte das schon selbst, »Verstehst du uns?«, der Geschmack in seinem Mund war unangenehm, und er spürte seine Arme nicht, sie waren taub geworden, als sein Kopf darauf lag. »Der versteht uns nicht.«

Nach einem Türknallen auf einmal die große Helligkeit. Er stand wieder auf der Straße, die Sonne brannte, der LKW und die Autos waren fort, man klopfte ihm auf den Rücken, und aus den grellen Bildern vor seinem Auge entstand die heiße Stadt, durch die ihn eine Gruppe von Menschen mitzog. Jemand reichte ihm Wasser, er trank im Gehen.

Einmal gut essen und dann ausschlafen wäre fein gewesen.

Sie gingen an einstöckigen Häusern und kleinen Stadtvillen vorbei, eine Steintreppe hoch, bis sich der Blick auf einen Hügel und eine Kathedrale öffnete. Kinder kletterten auf den Stufen herum und wurden von Frauen in schwarzen Kopftüchern angetrieben: »Lasst den Blödsinn!«

Der Hügel war mit Hunderten Menschen gefüllt, Motorroller und Fahrräder standen dazwischen oder waren ins Gras gelegt worden, da war auch der Laster mit den Toten, er hätte ihn fast nicht wiedererkannt, so übertrieben bunt geschmückt mit Tüchern, Blumenimitaten aus Plastik und kleinen Palmenzweigen. Die Reifen rollten über Straßenunebenheiten, dann über Gras, das zu dieser Jahreszeit einen Gelbstich hatte; die Erde auf dem Hügel war trocken. Im LKW sah er Bakary sitzen, der jetzt eine große Sonnenbrille trug und ein paar Worte in seine Richtung schrie.

Daneben gingen mehrere Frauen in langen weiten Gewändern, auch sie bunt geschmückt, mit Blumen und Zweigen im Haar, sie trugen große Körbe mit noch mehr Blumen und Tücher um den Hals. Bei dieser Hitze? Der Schweiß tropfte ihnen von Wangen und Kinn. Unter ihnen entdeckte er auch Malika, sie lief umher und gab Anweisungen. Dem improvisierten Leichenwagen hinterher ging eine weitere kleine Gruppe mit Blasinstrumenten, und hinter ihren Füßen rollten Kiesel den Weg hinab, sie wurden schneller und schneller, das erweckte den Eindruck, als löste sich die steinerne, heiße Oberfläche von der Erde ab.

Der Laster stoppte neben einer kleinen Bühne, und die Frauen machten sich daran, die Tür zum Laderaum zu öffnen. Wie erwartet lagen darin die Toten unter den braunen Decken, noch genauso aufgestapelt, wie er es an der Küstenstraße zuletzt gesehen hatte. Die Menge wuchs weiter an, Daniel wurde weggedrängt, mehrere Frauen positionierten sich neben den offenen Ladetüren, blieben fast bewegungslos stehen, sie sahen mit ihren Blumenkörben wie bewaffnete Wächterinnen aus.

Säuglinge, die über ihre Mütter und Väter krabbelten, oder kleine Kinder, die übereinanderkugelten, übermütig, niemand hinderte sie daran. Ein Mann fächelte sich mit seinem Hemd Luft zu, eine Frau verteilte Werbezettel für dieselben Buchtitel, die schon am Vorabend in der Bar beworben worden waren, »Erschlagt die Armen!«, »Die bleichen Füchse« und noch einige mehr. Mehrere Uniformierte spazierten zwischen den Menschen umher, nickten allen zu, jetzt erkannte er den kahlköpfigen Schwarzen, ein Gewehr hing ihm über der Schulter. Der hatte gestern in der Bar aber viel finsterer ausgesehen. Er schwitzte stark, schaute ernst drein, begrüßte nur ab und an einige Bekannte, tippte sich mit zwei Fingern an die Stirn, nickte, stellte ein paar Fragen oder wurde etwas gefragt. Er war groß in der Menge.

Der Lärm stieg rasch an, die Hitze auch, alles schien zu glühen, die Menschen, die Gegenstände, der felsige Grund. Daniel arbeitete sich wieder näher zur Bühne und zum LKW vor, doch die Menge hielt ihn weiterhin von den Ladetüren fern. Ein älterer Mann drückte ihm mehrere Anstecker in die Hand, dazu eine Schildkappe mit Aufdruck. Strengte ihn das alles nur so sehr an, weil er nicht ausgeschlafen war? Dieser Säugling auf dem Rücken seines Vaters, wie nervtötend er unweit von ihm loswimmerte, auf der Holzbühne trampelten Frauen und Männer hin und her, zerrten an Kabeln, riefen durcheinander, drehten an Knöpfen. Die Welt dröhnte grässlich, bis jemand ein Kabel umsteckte.

Ein Mann rief Malika eine Bitte zu, sie rief von der Bühne herab zurück: »Darum kann ich mich jetzt wirklich nicht auch noch kümmern«, und bekam als Antwort ein wütendes: »Knastschwester«, dann unterdrückte Flüche und böses Kichern, woraufhin sie die Lippen zu einem schmalen Strich zusammenpresste und in seine Richtung rief: »Verschwinde!«

Ihr Körper bog sich vor und zurück. Sie schien sich zu ärgern, oder war es etwas anderes?, jedenfalls blickte sie immer wieder unruhig in die Menge und vor allem zum LKW, schaute sich dann erneut um, als warte sie auf etwas oder könne sich nicht entscheiden, anzufangen.

TEILNAHME

Von oben hatte sie zwar einen besseren Überblick, aber dafür Schwierigkeiten, die vielen Menschen auseinanderzuhalten. War der Charbonnier schon da? Wenn er es sich bloß nicht im letzten Moment noch anders überlegt hatte. Lief alles nach Plan? Die Mädels mit den Blumenkörben schauten nicht zu ihr herüber, es schien gut zu gehen. Bakary stand nah an der Bühne, biss dort unten in eine Feige, die Lippen zum gleichen braunroten, auffordernden Grinsen geformt, das er in ihrer Jugend auch immer schon aufgesetzt hatte, wenn er im Schatten liegend abgewartet hatte, bis eine Stechmücke auf ihrer Haut lag, um kurz bevor die Mücke stach, so fest zuzuschlagen, dass es wehtat. Bloß dass sein Gesicht mittlerweile zu alt für Schelmisches geworden war, er sah furchteinflößend aus, wenn er sie so anschaute.

Als wüsste sie nicht, auch ohne Hinweis seinerseits, dass die Menschen etwas erwarteten, als hätte sie nicht selbst mit den Im-Stich-Lassern dieser Stadt genug zu kämpfen. Schlimmer noch, mit der Angst, einmal selbst die zu sein, die alle im Stich lassen würde, gerade weil sie es irgendwann satt haben könnte, ständig gegen das Desinteresse der Menschen vorzugehen, das besonders groß war, wenn es um die gemeinsame Sache ging. Von Verbesserungen war nämlich keine Rede mehr, nur vom Durchhalten. Man konnte sich jeden Tag fragen: »Was haben wir falsch gemacht?«, auch wenn man überhaupt nichts falsch gemacht hatte, und wenn man sich das nicht selbst fragte, tat es ein anderer.

Sie fände es auch schöner, vor jemandem zu stehen, sich die Bluse aufzuknöpfen, die Hose herunterzuziehen, sich streicheln zu lassen – und nichts weiter. Vielleicht hätte das für ein gutes Leben gereicht, verschwitzte Boxershorts, ihr BH daneben, die Finger im Mund, Lecken und Kratzen auf Hintertreppen. Man hätte sich die Jugend leichter machen sollen, fand sie jetzt. Gleich gar keine allzu großen Hoffnungen hegen, sich stattdessen auf das Genießen und nicht auf das Drumherum konzentrieren. Warum hatte sie überhaupt studiert? Im Rückblick waren das verlorene Jahre, überflüssige Vormittage auf der juristischen Fakultät, Nachmittage, an denen man dafür Parkplätze bewacht und alte Kleider und Schuhe verscherbelt hatte, Blinden oder Kindern Märchen vorgelesen, auf der Straße Sonnenbrillen an Touristen verkauft, im Hochsommer Massagen am Hafen angeboten hatte. Nicht eben angenehm, die schwitzenden Touristenrücken. Wozu? Für die Demütigung nach dem Studium, fast zehn Jahre ohne feste Anstellung, die kurzfristigen Honoraraufträge und schlecht bezahlten Praktika, die Aushilfsstellen?

Lauter überflüssige Gedanken, dachte sie sich, man kann es ja nicht mehr ändern. Sie hatte eben weitergemacht, geplant, hatte betreut und beraten, hatte zu allem »Ja« gesagt, zu Ideen, zu Ansinnen, zu fast jedem Projekt, auch zu jeder angebotenen Freundschaft, niemand, für den sie sich nicht Zeit genommen hatte. Dass sie in dem schlecht subventionierten Sozialzentrum die Anstellung bekommen hatte, wodurch wenigstens zwanzig Stunden Arbeit nunmehr entlohnt wurden, änderte nichts daran, dass das Wort Ehrenamt immer noch weit hinein in den Alltag reichte. All das Hickhack, nur um »unsere gute Malika« zu werden, »Malika-Bitte-Sehr«, »Malika-Danke-Schön«, die im kleinen Büro einer Zwei-Personen-Rechtsberatung hockte, Anlaufstelle für drei Initiativen, vier Vereine und für das Forschungsinstitut, kurzum für alles, was am Sozialzentrum dranhing. Dort lernte man sie kennen, die Menschen, kamen ja so einige vorbei, Nervensägen und Großmäuler, Arme und Idioten; manchmal schliefen sogar welche dort.

Es gab schönere Arbeitsplätze.

Die Eingangstür klemmte, und die Häuserfassade, die Innenwände, auch die Einrichtung waren schäbig, außer die der Gemeinschaftsküche und der Bar, wohin jeder etwas mitgebracht hatte: einen Stuhl, ein altes Sofa, Sträucher in Keramikbehältern oder selbstgemalte Bilder. Hakim, den sie persönlich vor ein paar Jahren hinzugeholt hatte, weil es – seit das Zentrum unter der neuen Leitung, die auch sie angestellt hatte, gewachsen war – mehr und mehr Schlägereien gegeben hatte, stand von da an mit verschränkten Armen und abwesendem Blick vor dem Eingang. Zu Stoßzeiten hatte er mit zwei anderen Aufsicht, und draußen drängte die anwachsende Menschenmenge gegen die Tür, die kaum schloss. Wenn jemand laut wurde, war er da, um traurige oder wütende Menschen fest an sich zu drücken und zu flüstern: »Alles gut?« Manchmal, wenn sie sich nicht mehr konzentrieren konnte wegen des Lärms, hängte sie mit ihm gemeinsam ein großes Transparent über den Eingang: »Politische Gespräche heute verboten«, und Hakim rief jedes Mal, wenn sie damit fertig waren, mit dem gleichen Gesichtsausdruck: »Na also, wir haben die Lösung! Sehr schön.«

Während Malika jetzt in die Menge am Hügel vor sich sah, auf die gedrängten Menschen und wie sie sich verhielten, erinnerte sie sich plötzlich wieder an ihre Zeit im Gefängnis, die Zelle, der Gang, das Schlüsselklirren, normiertes Essen, normiertes Weiß der Wände, normierte Überbelegung, normiert auch die Wechselsprechanlagen, die automatisch schließenden Türen, die Gemeinschaftsduschen ohne Luftabzug; es gab nur Metallbetten und Betontische – keine Weichheit gegen die Täter! –, und selbst die ethnischen Hierarchien wirkten wie vorab festgelegt, die weißen Beamtinnen und Psychologinnen blieben eine sichtbare Minderheit. Man regte sich in Makrique nicht über Haftbedingungen auf, manche in der Stadt lebten schlechter. Warum eigentlich bei den Klagen nichts weitergegangen war? Weder bei der Klage gegen die Stadtverwaltung noch bei jener der Korruptionsstaatsanwaltschaft gegen den Polizeipräfekten, in die sie ebenfalls involviert war. Ein reines Hinhalten. Hatten sie etwas ausgerichtet? Die Ausweitung des Grenzschutzes verhindert – oder die Umwandlung der staatlichen Geheimdienste zu Ausbildungsinstituten, die Verwaltungs- und Kontrollsysteme für Grenzagenturen erarbeiteten, auf die sich wiederum der Staat stützen konnte, wenn er neue Gesetze beschloss? Hatten sie dagegenhalten können, wie sie gehofft hatten? Was hatten sie gegen Gesetzesbrüche und schäbige internationale Abkommen gemacht? Gegen ein Denken, das den Einsatz von Gewalt rechtfertigte, wenn es darum ging, Menschen an der Flucht zu hindern?

Kein Wunder, dass diese Gewalt jetzt überall war, mitten unter ihnen, in der Nachbarwohnung, auf der Straße, am Strand, im Wasser, auf den vorgelagerten Inseln, wohin sie früher mit kleinen Kähnen gefahren waren, um unbeobachtet nackt zu schwimmen.

Sie hatten sie alle auf die Schiffe steigen lassen, die der Lolly-Garche herangeschafft hatte, sie hatten sie fotografiert beim Wegfahren und ihnen gewunken, hatten die neuen Verträge vielleicht nicht gebilligt, sie aber auch nicht ausgehebelt, beschränkt und begrenzt bis zur Unwirksamkeit.

Malika zwang sich, um ihre Wut zu dämmen, stattdessen an den Moment zurückzudenken – ein guter Moment –, als sie aus dem Gefängnis getreten war. Die Leute, die gekommen waren, um sie vor dem Gebäude abzuholen, überall Fotoapparate und Videokameras, die Wagen und ein paar Transparente mit ihrem Namen. Die Videos kannte jeder, sie waren leicht im Netz auffindbar: Malika in Jeans und T-Shirt, neben ihren Schultern die beiden Wärter, deren Münder fest geschlossen blieben, während sie ihrerseits beim Gehen andauernd in die kleine Menge rief, ins Auto zu Hakim stieg – und weg war sie –, direkt zur Kundgebung am Hafen gefahren wurde. Was für ein Anblick war das, als sie nach ihrer Freilassung mitten in die bis dahin größte Demonstration geriet. Die volle Ladung politischer Kraft. Und jetzt? Nur so wenig später? Wo war da die Bewegung? Die Hoffnungen waren wie aufgepeitschtes Wasser, das gegen die Felsen klatscht, hochgeschnellt, hatten sich dabei zuerst in Gischt verwandelt – die spritzte nur so in alle Richtungen –, um sich dann ganz in Luft aufzulösen.

So war das, dachte sie sich.

Die Menschen unten im Gras starrten und tuschelten, redeten durcheinander, überall sah sie nur schwitzende Passivität, aufgedunsene Gesichter alter Männer, ein fast faulig wirkendes Kleinkind. Als wäre die Schwüle eine Krankheit, der die Stadt erlegen war. Sie hatte vorhin unter die Decken im LKW geschaut, und bei einem der oben liegenden Toten hatte das halbe Bein gefehlt. Daher das Bild ihres Vaters, ein kurz vor ihren Augen waberndes Bild seiner Finger, wie er seinen Stumpf mit der Spezialcreme einschmierte, an der Stelle, wo die Haut so abstoßend über den Knochen hing.

Konzentrier dich!

Sie ließ jetzt doch von den Kabeln ab und strich sich über den Hinterkopf, über die kleine kahle Stelle, die klebrig war vom Schweiß. Man reichte ihr ein Megafon, sie hob es an den Mund: »Ihr da!«

Da der Ton viel zu leise gedreht war, wiederholte sie noch einmal lauter: »Hey, ihr!«

Der Mikroständer, ohne Strom nutzlos, aber direkt vor ihr aufgestellt, stand ihr im Weg. Sie redete und redete, ohne genau zu wissen was, bedankte sich bei allen, dass sie gekommen waren, sagte ein paar Worte über das Wieder-einmal-zusammengekommen-Sein, dann etwas über die Menschen, die namenlos bleiben würden, und über den letzten Dienst, den es den Toten zu erweisen galt, die gemeinsame Aufgabe, sie in Würde zu verabschieden, und noch Sonstiges in die Richtung.

Nun begannen die Frauen neben dem LKW endlich, ihre Blumen an die Umstehenden zu verteilen, diese Ansprache war das vereinbarte Zeichen. Die Menschen griffen zu, warfen die Blumen in den Laderaum des Lasters und entfernten sich angemessen betroffenen Blickes wieder. Das führte zu ständiger Unruhe in der Nähe der Bühne.

Malika verzettelte sich, was ihr aber auch egal war, denn sie dachte noch immer über die Beschränktheit ihrer Arbeit, die Oberflächlichkeit ihres Beitrags zu alledem nach. Es war eine Schande, eine große Schande, anders konnte man das nicht nennen, und müsste diese Schande nicht eigentlich an ihnen allen sichtbar sein? Sie verfing sich immer mehr in bloßen Anfängen von Gedanken, »Hätten wir gewusst ...«, »Wir haben niemals befürchtet, dass es so schlimm ...«, »Und wenn es doch eine Falle ...?«

Einige Male kam sie deswegen beim Reden durcheinander, verlor dann endgültig den Faden, weil sie anderes im Kopf hatte, und kündigte, um es sich nicht anmerken zu lassen, abrupt die erste Rednerin an. Sie lobte sie als »Freundin der Wahrheit!«, die in den Ring gestiegen sei mit den »Gierigen und Korrupten!«, und forderte am Ende laut und feierlich: »Begrüßt mit mir Marguerite Tassioni, die letzte Matadorin der Gerechtigkeit!«

ZUSPRUCH

Von unten hob, von oben zog man die Rednerin, die von dieser Ankündigung überrumpelt war, umständlich auf die Bühne, und Daniel hatte sofort die Fotografien vor Augen, die er am Vorabend gesehen hatte. Mit dem Widerschein der Sonne auf ihrem Gesicht hatte sie fast das Aussehen eines Mädchens, aber der Stiernacken, ihre hängenden Brüste, die spröden Haare passten nicht dazu, und auch nicht das Gesicht, ganz von Falten überzogen. In der Menge streckten viele die Hände in die Luft, man begrüßte sie mit lauten Rufen: »Tassi-ooo-ni, Tassi-ooo-ni!«, »Mar-gue-rite! Mar-gue-rite!«

Das Stromproblem war behoben, das Mikrofon funktionierte jetzt, nun begrüßte auch Marguerite die Leute, indem sie mehrmals »Freunde und Freundinnen!« rief und dann zweimal: »Wie geht's euch?« Die Lautsprecher übertrugen ihre Stimme, sie war aus mehrere Richtungen zu hören, wodurch die Feier einen offiziellen Anstrich bekam.

Man wollte nicht aufhören zu winken.

Tatsächlich hatte sich die Stimmung mit ihrem Auftritt verändert, bisher war eher eine unbestimmte Anspannung spürbar gewesen, nun lag Stolz in dem ansteigenden Lärm, den der Tonfall von Marguerite noch befeuerte: »Zum wievielten Mal in den letzten Wochen sind wir zusammengekommen, um Abschied von Toten zu nehmen? Ich weiß, ich weiß, ihr fühlt die Traurigkeit um uns, so ist das, aber nicht allein wollen wir sein, und traurig, sondern gemeinsam, und wütend.«

Daniel schaute sich um, Malika, die inzwischen von der Bühne weggetreten war, stand jetzt neben Bakary.

Sonst keine vertrauten Gesichter.

Marguerite setzte noch einmal an, machte mit den Armen beschwichtigende Gesten in Richtung des Publikums, als wolle sie die Aufregung, die sie selbst hervorgerufen hatte, dämpfen: »Wisst ihr noch, wie es angefangen hat? Als sie uns erklärt haben, dass der Industriehafen geschlossen wird. Sie haben uns erzählt ...«, endlich wurde es ruhiger, »... wir wären nicht mehr gewesen als eine ineffiziente Transportstation, finanziert auf Kosten der Stadt.«

Das Publikum hörte ihr nicht mehr nur zu, es gehörte ihr. Daniel sah, dass sich mehrere Männer nach vorne zur Bühne drängten, deren Kleidung und Gesichter ihn sofort an die Alten erinnerten, die er in der Früh an der Küstenstraße gesehen hatte. Marguerites Sätze wirkten, wenn auch auf verschrobene Weise, magisch, sie redete über den Arbeitsalltag, Löhne und Arbeitszeiten, und erntete Begeisterung; nur vereinzelt mischten sich in den Beifall freche Zwischenrufe, eine Gruppe skandierte: »Genug! Genug!«, und ein paar andere betätigten die Hupen ihrer Mopeds oder ließen kurz die Motoren aufröhren, um zu stören. Sie wurden sofort beschimpft. Marguerite, ohne sich darum zu kümmern oder es überhaupt zu bemerken, hatte keine Hemmungen, die Schlüsselworte, die ihren Alltag bestimmten, immer wieder in den Mund zu nehmen. Sie sprach von Arbeitgebern, Arbeitnehmern, Arbeitslosen, deutete in Richtung des Alten Hafens, wo kleine Lichtflecke glänzten, weil das Wasser und das weiße Plastik der Boote die Sonnenstrahlen zurückwarfen: »Warum wollten sie den Industriehafen schließen? Wegen ein paar Hunderttausend Menschen, die in unserem Land verteilt kaum aufgefallen wären, hätte man nicht ständig mit Geschrei immer wieder auf sie hingewiesen. Warum wollten sie zugleich neue Gesetze für die Hafenverwaltung aufstellen, Schifffahrtsgesetze und Handelsgesetze und Arbeitsgesetze festlegen, die ihr alle kennt, und ihr kennt ebenso die Folgen, die das für die Stadt gehabt hätte? Darauf hat man nicht hingewiesen, und darum wäre es auch fast keinem aufgefallen.«

Sie kletterte, weitaus eleganter, als sie hinaufgestiegen war, von der Bühne herunter in die Menge, nahm das Mikrofon mit und zog mit dem Kabel eine schwarze Spur im Gras hinter sich her. Manchmal musste sie fest am Kabel ziehen oder es über einen Menschen heben, denn überall saßen sie in Gruppen oder hockten, knieten und lagen im Gras.

Nur um den LKW herum war viel Bewegung, die Menschen kamen hin, warfen weiterhin die Blumen in den Laderaum, die ihnen die Frauen in die Hand gaben, und waren dann wieder weg.

Marguerite ging wie eine Priesterin umher, ihr freundliches, faltiges Gesicht schien immer weniger zu dem zu passen, was sie sagte: »Du?«, so trat sie an einen jungen Mann heran. »Was ist mit dir passiert?« Sie riss seinen Arm in die Höhe, drehte die Handinnenfläche zur Gruppe hin: »Wie lange hast du in deine Versicherung eingezahlt?« Sein Flüstern, seine Antwort wiederholte sie: »Monatlich. Hört ihr? Monatlich hat er in die Versicherung eingezahlt. Wer hat ihm den Aufenthalt im Krankenhaus bezahlt, als er von einem Gerüst gefallen ist?« Die Menschen, die um den Angesprochen herum saßen, begannen ihm über den Kopf zu streichen, ihm auf den Rücken zu klopfen, sie betrachteten die hochgehaltene, von Verletzungen überzogene Handinnenfläche.

Marguerite beugte sich über den Jungen, es war so ruhig, dass man ihre Stimme auch ohne Mikrofon gehört hätte: »Und deine innere Stimme? Was sagt sie?« Auf das

Murmeln hin, das vom Mann am Boden kam, der schwer atmete, den Blick gesenkt hielt, ließ sie seinen Arm los, ging vor ihm auf die Knie, hob seinen Kopf, sah ihn zärtlich an, beugte sich zu seinem Ohr und flüsterte ihm etwas zu. Nickte er? Sie schnellte wieder in die Höhe: »Ja, das sagt ihm seine innere Stimme: dass es nicht gerecht ist.«

So ging das dahin: »Und du?« Sobald sie das Wort an einen der versammelten Menschen richtete, zitterte dieser, oder er nickte, oder er schaute erwartungsvoll drein, mancher schluchzte sogar auf. »Wo bist du geboren? Hast du dir ausgesucht, gerade dort geboren zu sein? Du da? In einer Lehmhütte? Hast du darum gebettelt, in die ärmste Familie deines Dorfes hineingeboren zu werden? Hast du mit abgestimmt, als entschieden wurde, dass deine Eltern die und die Hautfarbe haben sollten? Dass deine Eltern mit dir auf dem Rücken aufbrechen würden, um ihr Glück zu suchen? Du da! War es gewollt, dass die Mutter von dem dort bei seiner Geburt gestorben ist? Weshalb hört ihr nicht auf eure innere Stimme? Was sagt sie euch?«

Große Sonnenbrillen waren auf sie gerichtet, in manchen der schwarzen Gläser spiegelte sich das Licht, man konnte nicht sehen, wen oder was die Träger musterten, ob sie Marguerite ansahen oder jemand anderen, der es gar nicht merkte.

Es gab ja viel zu schauen: die Leute, ihre Kleidung, die Fäden in den Turbanen, die Flecken auf Baskenmützen und Stoffbändern, die Ränder der Schatten, die ihre Kappen mit den Schutzschirmen auf Nasen und Wangen warfen. Hatten sie absichtlich ihre Gesichter vermummt? Nur wegen der Sonne oder aus anderen Gründen? Kapuzenpullis, Hüte, fettiges Haar, Gel in den Borsten eines Irokesenschnitts, die Muster der Stoffe, und dazwischen Marguerite, die auf und ab ging, sie selbst unverhüllt, ohne das schwarze Tuch, das er von den Fotos kannte.

Die Möwen schrien immer wieder auf, wenn zwischendurch der Applaus anschwoll, beruhigten sich danach wieder, zogen weiterhin stumm ihre Kreise über der Menschenansammlung und dem LKW, aus dem immer mehr Buntes von den braunen Decken her blinkte. Die Blüten und Blätter hatten sich teils ineinander verhakt.

»Wir bleiben dabei!«, rief die Rednerin plötzlich besonders laut, und dann dieser Lautstärke entsprechend heftige Dinge, die begannen mit: »Ihr wisst es doch!«, die weitergingen mit »Die Freiheit des Menschen, sein Leben zu lieben!«, die sich noch steigerten: »Die Freiheit, sein Leben zu retten!«, bis zu einem letzten Ausruf: »Diese Freiheit ist die elementarste und gilt für alle gleichermaßen!«

Daniel bekam gegen seinen Willen eine Gänsehaut, dabei war ihm die Aussage in ihrer Banalität, vor allem aber die Leidenschaft, mit der sie vorgetragen wurde, peinlich. War das nicht bloß die Bestätigung der offiziellen Losung des Landes, die auf Ausweise, auf Briefmarken und Münzen, sogar auf Eintrittskarten öffentlicher Museen gedruckt war?

Fehlt nur noch die Hymne.

Als Marguerite an ihm vorbei wieder in Richtung Bühne spazierte, sah er die kleinen Wunden, die sie sich in die Lippen gebissen hatte, die rissig gewordene Haut, die sie wahrscheinlich mit den Zähnen abgezogen hatte.

Sie sprang zurück auf die Bühne, jetzt geradezu leichtfüßig, von dort aus verkündete sie: »Und wir sind stolz!«, der Ausruf wurde von Rufen unterbrochen. »Stolz!«, wiederholte sie, aber es war immer noch zu viel Lärm um sie herum, sodass sie wieder mit beiden Armen die Menschen zu beruhigen versuchte, was nicht klappte, weshalb sie schließlich schreien musste, um den Satz zu beenden: »Stolz darauf, was wir hier machen!« Danach berief sie sich auf nichts Geringeres als das Herz, sich selbst und die

Verfassung, stand dann im Applaus auf der Bühne, aber nicht lange, bald stieg sie ein letztes Mal herunter – schon war sie wieder Teil der Menge.

Das war's?

Der Lautsprecher knackte, etwas im Inneren des Lautsprechers – oder seine Abdeckung? – war lose geworden und schlug gegen die Membran, oder man hatte die Bässe falsch eingestellt. Daniel war noch immer nicht klar, warum die Menschen hier zusammengekommen waren. Wollte man bloß nicht allein bleiben, hoffte auf ein bisschen Trost, vielleicht auf Rechtfertigung oder, warum nicht, auf Unterhaltung? Der Lastwagen mit den Blumen, was bedeutet es schon, Blumen zu werfen, und die Toten, dachte er sich, was hatten sie mit den Toten vor?

Er war enttäuscht, dass die Rede schon vorbei sein sollte.

ANSAGE

Nachdem Marguerite die Bühne verlassen hatte, schien sich unter den Leuten rasch wieder Gleichgültigkeit auszubreiten. Man rief durcheinander, einige begannen, ihr mitgebrachtes, auf Holzstäbe gespießtes Fleisch oder Gemüse in kleine Feuer zu halten, andere stiegen auf Fahrräder oder Roller, um wegzufahren, während der nächste Redner ans Mikrofon trat. Er wirkte verlegen und räusperte sich, um die Aufmerksamkeit auf sich zu lenken. Dann begann auch er, laut zu trommeln, ohne lange Einleitung: »Ein weiteres Mal in der Geschichte der Stadt wird Makrique zum Schauplatz eines finsteren Dramas!«

Seine Stimme überschlug sich beim Versuch, sich angesichts der Menge zu behaupten, und dröhnte dem Publikum wegen der Rückkoppelung verzerrt ins Ohr. Einige riefen ihm zu, er solle den Ton leiser drehen, andere, schon träge geworden, räkelten sich in der Sonne, hörten nur noch halbherzig zu. Alle schienen von der Hitze erschöpft zu sein oder das Gefühl zu haben, mit Marguerites Auftritt sei es nun auch wieder genug. Und dazu passte es nicht, dass der Redner jetzt enthusiastisch rief: »Das Drama um Gerechtigkeit und Freiheit, mehr noch, um die Verteidigung der Gerechtigkeit und der Freiheit! Unsere Stadt hat ein historisches Zusammentreffen mit dem Schicksal! Ihr müsst, wie wir es euch vorleben, tragende Säulen der neuen Gesellschaft sein, die wir in unserer Stadt errichten wollen!«

Auf dem Weg zurück zu ihrem Platz klopfte Malika Marguerite im Vorbeigehen auf den Rücken: »Tassioni, es war grandios.« Die nickte, noch ein paar andere kamen auf sie zu, umarmten sie oder drückten ihr die Hand. »Gute Rede.« – »Du hast sie alle in der Tasche!« – »Bravo, er hat recht, es war großartig.«

Marguerite nahm die Glückwünsche entgegen, nickte in alle Richtungen, packte fest zu, wenn jemand ihre Hand nahm. Später sah sie mit konzentriertem Blick auf die Bühne und reagierte nicht mehr auf Gratulationen und Bemerkungen, nickte aus dem Publikum dem Redner zu, bestätigend, wie um mit gutem Beispiel voranzugehen.

Daniel fixierte sie mit seinen Augen, sie war zu weit weg, als dass er sie hätte ansprechen können, deshalb begann er sich an zwei Sitzgruppen vorbei langsam auf sie zuzubewegen. Warum war er so neugierig auf sie? Nicht weit entfernt stand auch Bakary, der Malika mit schiefem Kopf ansah. »Was?«, fragte Malika ihn gerade, »Was denn?«, Bakary zuckte nur mit den Schultern, doch sie wiederholte ständig dieses »Was?«, wohl um ihn zu ärgern, bis Bakary schließlich ungehalten auf den Redner deutete und den Kopf schüttelte.

Daniel war nun nah genug an sie herangekommen, um zu verstehen, was Bakary zu Malika sagte: »Musstest du den Charbonnier einladen, ausgerechnet den?« Wie schnell die beiden einander nervös machten, die Gegenwart des jeweils anderen schien ihnen unangenehm, als Antwort stieß sie ihn zurück, als hätte sie nur auf die Gelegenheit gewartet, nicht nur einmal, sie schubste ihn mehrmals, und er begann leise und abwehrend auf sie einzureden, während sie, jetzt ihrer Wut freien Lauf lassend, zischte: »Du weißt, dass nicht einmal mehr Marguerite noch auf die Bühne wollte. Ich musste sie auf Knien bitten. Und auch ihn, Charbonnier, auf Knien, gerade ihn.«

Ein Mann kam auf sie zu, unterbrach sie: »Du, ich brauche –!«, sie wehrte ihn ab: »Nicht jetzt«, der Mann zog wieder ab, er schwankte, Daniel stieg sein Geruch in die Nase. Er war zu nah an allem dran, aber zurück konnte er nicht mehr, unglaublich, wie Malika so rasch die Fassung verlieren konnte, und Bakary, der sich bestimmt über sich selbst ärgerte, der ganz sicher schon bereute, dass er sich auf die Diskussion eingelassen hatte, gab beschwichtigende Worte von sich.

Von der Bühne schallten mehrere »Ich garantiere es euch!«, der Redner musste sich einiges überlegt haben an Verheißungen, aber mit jedem Versprechen wurde die Menge unruhiger, man pfiff ihn aus, lachte, andere stimmten ihm begeistert zu. Eine junge Frau im Kleid, auf dem große Blumen leuchteten, schob sich vor Daniel, verstellte ihm die Sicht auf Malika, Bakary und Marguerite, auch auf Charbonnier, sodass er ein paar Schritte zur Seite machen musste und sie nun im Profil betrachtete. Ihr Gesicht war gerötet, sie begrüßte die anderen beiläufig. Als sich Gemurmel und einzelne laute Stimmen um sie herum erhoben, weil sie sich vorgedrängt hatte, wisperte sie »Schschsch!« und führte den Zeigefinger an ihren Mund. Man sah sie mit bösen Seitenblicken an, sie aber schaute gebannt auf den Redner, der gerade mit seiner Ansprache zum Ende kam.

Vereinzelt wurde geklatscht.

Es war schwer, alles gleichzeitig im Auge zu behalten: diesen Charbonnier, der nun von der Bühne sprang, die Frau im Blumenkleid, die heftig applaudierte, aber zugleich ironische Grimassen schnitt und dabei Malika zuzwinkerte, die wiederum ihrerseits immer noch mit Bakary stritt, während sich Marguerite etwas weiter weg Luft zufächelte. Jetzt sah sich der Charbonnier um, ging durch die Menge geradewegs zu Marguerite und trank einen Schluck Wasser aus der Flasche, die sie ihm entgegenhielt. Immer noch Unruhe, Buhrufe und zugleich andauernder, schwacher

Applaus. Zwei Männer kamen auf Charbonnier zu, um ihm zur Rede zu gratulieren, sie klopften ihm auf den Rücken, wie sie es zuvor bei Marguerite getan hatten, legten ihm die Arme um die Schultern, aber er schüttelte sie ab, schüttelte den Kopf. Als sie ihn fragten, was los sei, zuckte er mit den Achseln, machte ein paar Schritte weg von ihnen.

Die Menschengruppe um den LKW wurde kleiner, und die Frauen mit den Blumenkörben vor dem Laderaum des Lasters sahen immer wieder ratlos zu Malika, die ihnen deutete, weiterzumachen und die Blumen zu verteilen. Dabei redete sie noch immer wütend auf Bakary ein, der wiederum, wenn auch in ruhigerem Tonfall, die ganze Zeit etwas erwiderte, von wegen, das käme davon, nicht auf ihn gehört, obwohl er darum gebeten, man erwartete doch, es sei alles halbherzig, ohnehin schon schlechte Stimmung und so fort. Er schien Malika gar nicht mehr zuzuhören, während er vor sich hin murmelte, sondern sah sich in alle Richtungen um und blieb mit seinem Blick an Daniel hängen.

Stand er zu nah? War das sehr unhöflich? Er kannte sie ja kaum.

Ein, zwei Schritte machte Bakary auf ihn zu, schon stand er vor ihm, packte ihn am Arm, zog ihn mit sich. Auf die Bühne? Der Kerl hielt ihn so fest, dass er sich ohne Gewalt nicht losreißen konnte. Sie gingen Hand in Hand auf das Mikrofon zu, Bakary rief hinein: »Hört her!«

Als die Unruhe nicht gleich nachließ, klopfte er dagegen, die dumpfen Töne verschafften ihm sofort Geltung: »Leute, ihr werdet es nicht glauben, wir haben – wir haben –! Glaubt's oder nicht – wir haben – Besuch!« Dabei hielt er Daniel immer noch fest an der Hand. »Besuch!«, wiederholte er und warf, wohl absichtlich in die Richtung, wo Malika stand, eine Kusshand in die Menge, während er mit der anderen Hand Daniels Arm hochriss und schüttelte. Noch einmal beugte er sich zum Mikrofon vor: »Hier ist ein – ihr werdet staunen –!«, er brüllte im Ton eines Zirkusdirektors, der seine Hauptattraktion ankündigt:

»Ein Tourist!«

Danach nickte er Daniel aufmunternd zu, ließ endlich seine Hand los und drängte ihn vor das Mikro.

Schon klar, er sollte etwas sagen. Die Frage blieb aber: was?

Im Publikum wurde gepfiffen und geklatscht, der Überraschungsmoment hielt an.

Von der Bühne sah alles ganz anders aus, vor allem war da das Meer zu sehen, das weit unten dalag, ein großes, fernes Glitzern. Außerdem die vielen Leute, da war etwa die junge Frau im Blumenkleid, die ihn ansah, lächelnd, erwartungsvoll, und auch der große schwarze Uniformierte, der ihm zunickte, sein Kopf stach aus der Menge heraus, er tippte sich wieder mit zwei Fingern an die Stirn. Doch Daniel fühlte sich Augenpaar um Augenpaar entmutigt, anstatt sich über das große Interesse zu freuen. Wie schon am Vorabend in der Bar fühlte er sich unbehaglich, plötzlich zum Sprechen aufgefordert zu sein, und obendrein auch noch öffentlich. So spontan fiel ihm doch nichts ein. Und es wäre ohnehin alles unplausibel, wenn er es nicht mit langen Einleitungen versehen würde, wozu er sich wiederum nicht in der Lage fühlte. Das alles hatte er sich anders vorgestellt, Makrique und die Menschen hier, die ihm zum zweiten Mal schon nicht einmal die Freiheit ließen, zu sprechen, wann er Lust dazu hatte.

Dass mein Zusammentreffen mit dieser Stadt so schlecht beginnen muss, dachte er sich, so schlecht.

Die Stille dauerte schon zu lange. Sollte er einfach nichts sagen? Das ging nicht. Darum sagte er das Erste, was ihm einfiel: »Ich möchte hier bei euch sein.« Und weil das viel zu schwach war und alle ihn weiterhin anschauten, wagte er doch den Versuch einer Erklärung: »Ich bin gekommen ...«, schon fiel ihm nichts mehr ein, und er behalf sich mit Floskeln wie am Vorabend in der Bar: »... um mich anzuschließen, um mitzutun«, er kam noch mal an den Beginn zurück: »... um hier mit euch zu sein.«

Man applaudierte, man pfiff, und das stachelte ihn nun doch an: »Denn ihr seid ein Hafen.«

Was für eine dumme Bemerkung, aber da musste er durch: »Also seien wir ein Hafen! Seien wir gemeinsam Makrique!«

Danach fiel ihm wirklich nichts mehr ein, und er schwieg, während die Menge unter ihm verschwamm. Da war es aber auch schon vorbei, Bakary ergriff wieder seine Hand, gemeinsam sprangen sie in eine Sitzgruppe direkt vor der Bühne, sodass sie als bejubeltes Paar inmitten der Menge standen. Man applaudierte, die Leute riefen ihnen zu, lachten, aufgeheizt von der Sonne, von ihrem eigenen Lärm und Klatschen. Bakary machte Victory-Zeichen in alle Richtungen, ging dann an der begeisterten Menge vorbei zum Lastwagen.

Aus dem Laderaum stank es, wie Daniel erst jetzt bemerkte, obwohl er mittlerweile von Blumen und Palmenzweigen überquoll. Mehrere Blüten rutschten von dem Haufen hinunter, fielen zurück ins Gras, noch während die Frauen begannen, endlich die Türen zu schließen und dabei einige Stängel einquetschten.

Wann hatte Bakary seine Hand losgelassen? Ihn auf beide Wangen geküsst, zum Abschied oder zum Dank, wann war er auf den Fahrersitz gesprungen und hatte die Tür zugezogen?

Der Wagen setzte sich bergab in Bewegung, die Menschen winkten ihm hinterher, folgten ihm zu Fuß oder auf Rädern, auf Rollern, manche klatschten noch im Gehen weiter, die Musik setzte wieder ein.

Malika kletterte zurück auf die Bühne und rief ins Mikrofon, dass die offizielle Beisetzung, wie immer, in zwei Tagen abends im Rathaus stattfinden werde, dass alle, wie immer, kommen sollten, dass die Zeremonie, wie immer, die gleiche sein werde, dass Makrique großartig sei, weil die Stadt, wie immer, zusammenhalte. Daniel stand inmitten von Menschen, die ihm die Hand reichten und dann an ihm vorbeidrängten, entweder dem LKW hinterher oder hügelabwärts in die andere Richtung. Im Grunde hatte niemand ernsthaftes Interesse an ihm. Da war nur ein großes Erstaunen darüber, dass er überhaupt da war und dass er etwas gesagt hatte. »Ein Tourist?«, flüsterten einige und deuteten auf ihn. »Schau, das ist er, der Tourist.«

Malika war schnell wieder von der Bühne gesprungen und sagte im Vorbeigehen zu ihm: »Was Dümmeres hätte nicht mal ich sagen können.«

Es war wohl als Kompliment gemeint, denn sie lachte dabei.

»Ein Tourist?«, er drängte sich, ohne sich von jemandem zu verabschieden, an allen vorbei, hatte nur einen Wunsch: von der Menge wegzulaufen, nicht zuletzt, um endlich der lähmenden Hitze zu entkommen. Er wusste nicht wohin, bergab jedenfalls, hinunter zum Stadtkern, er bog in eine kleine Straße ein, dort schien es ruhiger. »Tourist!«, wiederholte er bei sich das Wort, mit dem Bakary ihn belegt hatte: Das sollte er sein? Hatte er das langweilige Gesicht eines Touristen, an den sich schon bald niemand mehr mit Namen erinnern würde, von dem niemand mehr genau wissen würde, wohin er verschwunden war, was er nun tat, ob er noch in der Stadt war oder sie wieder verlassen hatte? Er war doch nicht auf Urlaub hier!

Ohne seine Kontaktperson würde es deutlich schwerer werden, gemeinsam mit den Leuten hier neue Strukturen aufzubauen. Warum der einfach abgehauen war und ihm nicht einmal Bescheid gegeben hatte! Vielleicht hatte er es sogar versucht? Während der Reise hierher war er ja nicht erreichbar gewesen. Musste man mit Bakary alles neu absprechen, oder mit wem sonst?, der war doch auch nicht hauptverantwortlich, er war nur ein Freiwilliger, wie die anderen. Hatten die hier überhaupt schon etwas aufgebaut? Es war ja alles erst im Entstehen.

Mit jedem Schritt bergab wurde ihm leichter. War es die Wärme des Tages, die mit jedem Schritt abnahm, oder war es die Hitze der Menge, die er hinter sich ließ? Vielleicht war es nur seine Anspannung, die ihn so ins Schwitzen gebracht hatte, schließlich hatte er seit Tagen nicht richtig geschlafen.

Das Knattern, das hinter ihm lauter geworden war, verstummte, ein Moped hielt neben ihm. Unter dem Helm blonde Haare, das Gesicht erkannte er sofort wieder, es war die junge Frau, die ihn vorhin so angesehen hatte.

»Steig auf!«, sagte sie. Als er zögerte, streckte sie ihm die Hand hin: »Annie!«, und forderte ihn dann erneut auf: »Komm schon!«

RATTENGIFT

Das Übermaß der Farben ihrer Kleidung fiel ihm als Erstes auf. Sie trugen bunte Röcke, Tuniken, enge blaue und weiße Jeans, bedruckte T-Shirts und Blusen. Ihre Füße hatten sie auf die Plastiktische gelegt oder einander in den Schoß, hielten sich an Armen und Schultern, lachten, sahen immer wieder zu ihnen herüber. Er saß mit Annie nahe am Meer, sie mit den Beinen über dem Wasser baumelnd, er im Schneidersitz. Die hellblaue Jeansjacke über dem Blumenkleid war ihr zu weit, das Haar am Hinterkopf zu einem Knoten gebunden, einzelne Strähnen hatten sich daraus gelöst, die Lippen sehr rot. War das Lippenstift, oder kam es davon, dass sie ständig auf ihnen herumkaute?

Im Hafen war es kühler.

Bevor sie sich neben ihm niedergelassen hatte, hatte sie den Sitz ihres Rollers aufgeklappt, mehrere Spraydosen darin zur Seite geschoben und eine Zweiliterflasche Wasser herausgeholt, aus der sie jetzt im Sitzen trank. Ihr Schluckauf legte sich trotzdem nicht. Sie neigte ständig ihren Oberkörper zu ihm hin, von ihm weg, murmelte ihm ins Ohr: »Schön hast du das gesagt. Genau richt-hick. Auauf der Bühne, wirklich, das war gut.« Sie kicherte über ihren Schluckauf. »Und so wahr. Ich habe das oft gedacht. Weißt du? Nur deswegen bin ich noch in Makrique, während alle anderen gehen.«

Sie rückte näher an ihn heran, machte einen Schluck aus der Flasche, das Gesicht war auch ganz rot, fast wie die Lippen darin: »Wir können wirklich ein richtiger Hafen sein. Nicht nur wir hier in Makrique. Ein Hafen! Ich meine: unser Kontinent, ich meine: die ganze Welt.«

In ihrem Atem der Geruch von Alkohol, süßlich, und jetzt erst merkte er, dass sie stark angeheitert war, daher ihre Begeisterung. Oder war sie immer so?

Sie hatte ihn offenbar mitgenommen, um ihm zu sagen, dass sie genauso – und zwar, wie sie wiederholte, wirklich genauso – dachte wie er, dass sie an alles, was er am Hügel ausgesprochen hatte, glaubte, dass sie das selbst schon oft gesagt hatte. Überhaupt gab sie ihm das Gefühl, als gäbe es zwischen ihnen nur Gemeinsamkeiten. »Diese Idee, von Ter-ri-to-ri-al-staaten, die ist …«, seufzte sie, »asymmetrisch. In ihrer Grundkonzeption, meine ich. Immer dieses groteske Festhalten am Territorium. Wir sind ein Hafen, so ist es.«

Es war für ihn gewöhnungsbedürftig, dass in dieser Stadt alle bereitwillig mit ihm sprechen wollten, geradezu heiß darauf waren, obwohl sie ihn nicht kannten und er sie nicht gut verstand. Man kam sich hier, vielleicht auch nur scheinbar, schnell nah.

Obwohl Annie betrunken war, sprach sie langsam und deutlich, und aus allem, was sie sagte, konnte er ableiten, dass sie als Dolmetscherin aus dem Arabischen gearbeitet hatte. Diese Tätigkeit habe sie in der Auffassung bestätigt, dass es nur, wie sie es formulierte und oft genug wiederholte, »sprachlich bedingte Denklücken« gab, und »einen oft fehlerhaften Abgleich des Wortschatzes«, nicht aber »wirkliche Unterschiede« zwischen den Menschen: »Niemand ist unbefangen, niemand unschuldig, wenn es um Heimat geht! Wie kommen wir dazu, uns mit deren Grenzen anfreunden zu müssen? Du hast das ja verstanden, und gut, dass du es gesagt hast, denn man muss es immer wieder sagen, ein Kommen und Gehen ist die Welt.«

Die Hälfte der Worte wiederholte sie für ihn auf Englisch, weil er sie nicht verstand. Zweimal beugte sie sich weit übers Wasser, hielt sich dabei an ihm fest.

»Hast du Feuer?«

Er verneinte. Sie zog eine Streichholzschachtel aus der Jackentasche und zündete sich eine Zigarette an. Das Meer schwappte in kleinen Wellen gegen die Hafenmauer, mehrere Stummel trieben neben Algen und Plastikteilen im Wasser, sie warf auch ihren hinein, nachdem sie fertig geraucht hatte. Daneben schwamm ein Zettel mit der Warnung in Großbuchstaben, man solle seine Hunde nichts von der Straße essen lassen. Es sei Rattengift gestreut worden. Das überraschte ihn nicht, wie ihn auch die Anzahl der Ratten in der Stadt nicht überrascht hatte, es gab sie ja in allen Städten zuhauf. Ihre ständige Sichtbarkeit aber war ihm aufgefallen, sie waren alles andere als menschenscheu, schon auf der Küstenstraße hatte er sie gesehen, auch im Felsgestein am Strand, wo sie sich, zumindest wohl früher, vom Müll der Billigtouristen gut ernähren konnten, und zwischen den Straßenbahnschienen, an denen sie eben vorbeigegangen waren.

Annie bemerkte, dass er in das im Wasser schwimmende Blatt Papier vertieft war, und meinte, sie verstehe nicht, warum man Jagd auf die armen Tiere mache, sie fände deren tägliche Leistung im Abbau organischen Straßenmülls beachtlich. Aber das sei eben so, weil der Mensch die Natur hasse, sie überall ausrotten wolle und so weiter.

Als wäre ihr langweilig geworden, zog sie ihn im Aufstehen hoch, er musste sich an ihr festhalten, um nicht das Gleichgewicht zu verlieren.

»Hast du kein Gepäck?«, fragte sie.

Die Gruppe, die zu ihnen herübergesehen hatte, war verschwunden, er hatte nicht gesehen, wann sie aufgebrochen war. Mit großer Geste deutete Annie auf das Dunkelblau des Meeres, dann auf die Hauptstraße, die wie eine verlassene Fluglandebahn vom Hafen weg führte, dort standen zwei ausgebrannte Autos, der Wind wehte Staub aus den Wrackteilen.

»Uns steht alles offen.«, sagte sie. »Ich kenne ein paar Orte, an die wir gehen können.«

Er versuchte ihr zu erklären, wie müde er war. »Von der Hitze!«, sagte er, »Und vom Wind.« Sie machte zwei Schritte auf ihn zu, ihre Lippen auf seiner Wange: »Ich verstehe.«

HOTEL

Die weißen Laken und die Staubschicht darüber sahen im Abendlicht unheimlich aus. Im ganzen Raum gab es keine funktionierende Lampe, der Strom war in diesem Teil der Stadt abgedreht worden. Sie lag ausgezogen auf der Überdecke. Nachdem sie aus der Dusche gekommen war, hatte sie sich ein Handtuch um den Kopf gebunden, jetzt löste sie es im Liegen, warf es auf den Boden. Aus dem nassen Haar flogen Tropfen auf ihn. Sie wollte unter die Decke schlüpfen und schlug sie zurück, eine blau leuchtende Bettwäsche darunter, bestimmt seit Wochen unbenutzt, leichter Geruch nach Waschmittel. Sie erklärte ihm, er könne im Hotel bleiben, so lange er wolle, es stehe leer.

Durch die große Balkontür, die offen stand, drang die Abenddämmerung, und das Zimmer wurde schnell dunkler, wie der Himmel draußen.

Er stand neben dem Bett, schaute auf sie hinunter, fühlte sich todmüde, Arme, Schultern, alles hing an ihm herab, auch sein Schwanz und sein von Wind und Sonne ausgeblichenes Haar, er kroch rasch zu ihr unter die Decke und gähnte. Noch wollte er aber nicht schlafen. Seine Haut war heiß von der Sonne, die Wangen fühlten sich an wie zerstochen, vom Salz, vom Sonnenbrand, und sie war dagegen so angenehm kühl von der kalten Dusche.

Noch flüsterten sie sich einige Worte zu, »Morgen werde ich dir alles zeigen. Du wirst sehen, wie schön es hier ist!« Aber die Lust zu reden wurde weniger und weniger.

Er lag in diesen frischen Laken, was gab es Besseres?, spürte die Wunden an seinen Ellbogen, dachte an die

Falten an Bakarys Armen. Mittlerweile stand die Nacht schon ganz schwarz vor der Balkontür. Bevor er einschlief, hörte er ihren leisen, schnarchenden Atem, sah auf ihre Ohren unter dem nassem Haar, war schon halb im Schlaf und fühlte sich wie als Kind in der Dorfkirche, wenn das Licht durch die Glasfenster fiel und dunkle Farbflecke auf den Boden vor ihm warf, während die kleine Orgel dazu spielte und er in seinem Inneren wie ein Verräter aufzählte, weswegen er nicht an die Wiederauferstehung glaubte. Er fühlte sich, wie wenn der Schwindel ihn ergriff, weil er den Weihrauchgeruch kaum ertrug – als wäre er seekrank –, das Gefühl, etwas Wichtiges zu verpassen, es nicht zu verstehen, auf den Wangen der Sonnenbrand, vor ihm die Hinterköpfe unbekannter Menschen und weiter vorn das geheimnisvolle Konstrukt aus Gold, dazu unverständliche Gemälde an den Wänden. Sein Herz raste. Die farbigen Glasfensterflecken, wie schön sie waren, geheimnisvoll. Saß er auf dem Moped? Raste durch die Gassen der Stadt, weg von der Menge, die ihn angaffte? War er im Laster voller Toter mit Bakary, der durch die kurvigen Straßen – auch: raste – und hielt den Atem an, schloss und öffnete die Augen, weil ihm von der Geschwindigkeit und Angst übel war? Oder lag er noch im Wagen, der ihn in die Nähe der Stadtgrenze gebracht hatte, ebenfalls rasend?

Was sollte er machen, wenn er seinen Kontakt nicht fand? Man hatte ihm Unterkunft und einen Arbeitsraum versprochen, Computer, Drucker, Festnetztelefon, mehrere Informationsgespräche waren für die kommende Woche ausgemacht gewesen. Ob er morgen irgendwo ein Internetcafé suchen sollte, um ein erstes E-Mail an die Vorgesetzen zu schicken?

Aber es gab doch noch nichts zu berichten, es war alles ganz anders, als er es sich ausgemalt hatte.

Ihm gingen Teile der Gebete durch den Kopf, die er in der Dorfkirche gesungen oder im Bett vor dem Schlafengehen hatte aufsagen müssen, während die Großmutter mit dem mit Spucke befeuchteten Daumen kleine Kreuze auf seiner Stirn zog. Verzetteln im Nachtgebet, wie er sich heute oben auf dem Hügel verzettelt hatte im brav aufgesagten: »Ihr seid ein Hafen!«

Im Halbschlaf, bevor der echte Schlaf ihn übermannte, schwirrten ihm mehr und mehr Bilder durch den Kopf, und das Nächste, was er wahrnahm, waren ihre Hände, sie reichte ihm in der prallen Sonne weiße Zuckerstücke, die sich in seinem Mund auflösten und ihre Süße freigaben. Ihm wurde davon leicht schwindlig, er hatte in den letzten Tagen zu wenig gegessen.

Sie saßen am Hotelbalkon und frühstückten, er konnte sich kaum erinnern, sich angezogen zu haben, und betrachtete seinen linken Schuh, eine Sohlenhälfte hatte sich vom Schuhboden gelöst, da waren Sandspuren im aufgerissenen Gummi. Die Blasen am rechten Fuß spürte er kaum mehr, sie waren aufgegangen, es wuchs aber schon neue Haut darüber.

Annie beugte sich über das Balkongeländer, sah hinunter auf die Straße, die Cornflakes in ihrem Mund knackten. »Was hast du geträumt?« Sie drehte sich wieder zu ihm um. Er kratzte Salz aus den Sohlen, leckte die kleinen Kristalle von den Fingern. »Nichts«, antwortete er, man schwieg, lächelte, »Nichts«, antwortete auch sie, als er sie fragte, was los sei, weil sie ihn so amüsiert anschaute.

Beide waren sie träge vom langen Schlaf.

Ihr Gesicht war ganz golden, die Sonne warf kleine Flecken auf ihre Stirn und Wangen. Von der Straße hörte man die Stimmen zweier Männer, die Fischrezepte austauschten. Daniel stand auf, stützte sich neben sie auf das Geländer, sah auf die Balkone und Fenstergitter gegenüber, auf die abblätternden Fassaden. Sie trugen alle die neue Parole: »Wir sind ein Hafen!«

Jemand musste über Nacht im ganzen Viertel gesprüht haben.

Er sah vom Balkon aus hin zum flachen Horizont. Das altbekannte Verlangen, eine Art Heimweh, oder ein Fernweh, nach Masten und Molen, nach dem offenen Meer. Dann der Blick zurück zum Hügel auf der anderen Seite des Hafens, über den sich die Stadt zog.

Annie erklärte ihm die Aufteilung in Stadtviertel, hielt inne, beugte sich dann weit über das Geländer: »Schau dir diese Schweine an.« Sie packte ihn am Arm, deutete auf eine Gruppe von jungen Menschen, auf die Plastikkübel mit brauner Farbe zu ihren Füßen, mit der sie die frischen Buchstaben an der Wand überstrichen. Ein breiter, zähflüssiger Streifen Braun floss über das »Wir sind ein«, dann über das darunter gesprühte »Hafen«. Die Spur der Ölfarbe wurde immer schmaler, nur ein verwackelter Strich erreichte die Straße.

Annie rief Beschimpfungen hinunter, und einige der Schmierer ließen vor Schreck die Pinsel und Farbroller fallen, ein Kübel kippte um und kullerte hügelabwärts. Als sie ihn und Annie auf dem Balkon entdeckten, brachen sie in Lachen aus: »Soso, der Tourist. Was will er denn?«

Waren die oben am Hügel gewesen, hatten ihn gesehen? Einer wandte sich wieder der Fassade zu, malte ein »Stop the«, dann ein großes »B« und ein noch größeres »O« über ein »Seien wir ein Hafen«, dann blieb seine Hand mit dem breiten Pinsel, von dem die Farbe tropfte, in der Luft hängen. Annie hatte begonnen, pausenlos zu brüllen. Daniel verstand nicht alles. Bei den Leuten auf der Straße rief es lauten Spott hervor, keine Heiterkeit lag in ihrem Gelächter, das von den Mauern zurückgeworfen wurde.

»Wir kriegen euch!«, rief Annie ihnen vom Balkon aus nach, während sie in den kleinen Seitengassen verschwanden, sie wandte sich dann Daniel zu, wieder ganz ruhig, fast verschämt, als müsste sie sich bei ihm für den Ausbruch entschuldigen.

HINWEISE

Einzelne Strähnen hatten sich aus ihrem Haarknoten gelöst, den sie sich im Nacken gebunden hatte, sie verfingen sich in seinem Mund, und er hätte sie gerne herausgezogen, aber sie waren so schnell unterwegs, dass er sich nicht traute, ihre Hüften loszulassen. Die breite Straße war gesäumt von mehrstöckigen Kaufhäusern, Läden mit gläsernen Vitrinen, alles war zerstört und stand leer. Ein Wagen lag mit den Rädern nach oben da wie ein Käfer, der auf den Rücken gefallen war und sich nicht mehr aus eigener Kraft umdrehen konnte. Auf den Häuserfassaden des langen Boulevards sah er überall die von ihm selbst ins Leben gerufene Parole »Wir sind ein Hafen«. Oder war der Slogan, der auch über Werbeplakate und Firmenschilder gesprayt worden war, bereits alt?

Annie folgte einer Straße unter einer Autobahntrasse. Durch eingerissene Drahtzäune sah man das Meer. Warum fuhren sie nicht zu den leerstehenden Containern, den großen Schiffen und den Kränen? Das hätte er gern gesehen. Stattdessen die Straße am Meer entlang, es ging also stadtauswärts.

Nach einem immer lauter werdenden Knattern stotterte und spuckte der Motor. Annie ließ den Roller liegen, wie die ausgebrannten Autos und fahruntüchtigen Busse, die man einfach stehen gelassen hatte und denen sie bei der Fahrt so oft ausgewichen waren.

Ob den Roller nicht jemand stehlen würde oder beschädigen?

Ihr Blick drückte Herablassung aus, sie machte sich lustig über ihn: »Das neue Makrique wird ein autofreies!«, spottete sie, »wir werden alle städteplanerischen Fehler aus den Sechzigern korrigieren« und »Parkplätze und Tiefgaragen, Stadtautobahnen, alles weg!«

Vertrocknete Blumeninseln auf den Straßen, abblätternde Fassaden, im Vorbeigehen zupfte sie ein paar gelbliche Blätter aus den Töpfen auf den Fensterbänken. In einer Hofeinfahrt hatte man Plastikgirlanden aufgehängt, dazu kleine rot-grün-gelbe Windräder in Sandkübel gesteckt, die sich drehen sollten, bloß war es gerade windstill. Vor einem offenen Hauseingang blieb sein Blick an einem Büschel Hahnenfedern hängen, ihm war, als könnte er dahinter zwei Augen und einen Mund erkennen. Er irrte sich, da war niemand, der Stadtteil war ausgestorben, und das Viertel wirkte verlassen.

Ob er sich vorstellen könne, wie es gewesen war, als vor ein paar Monaten die große Veränderung kam?

Der Themenwechsel kam für ihn recht unerwartet, und er antwortete wahrheitsgemäß: »Nein.«

Sie begann zu erzählen: Sie habe, als man die Sicherheitsabkommen und danach zuerst die Grenzschließung, dann die Hafensperre und die Zerstörung des improvisierten Flüchtlingslagers beschloss, das immer größere Bedürfnis gehabt, aus der Stadt wegzugehen, nicht nur kurz, auf Urlaub oder so, sondern für immer. Aber sie ließ Makrique gerade jetzt nicht im Stich. Wenigstens hatte sich hier etwas geregt, »Du weißt das ja aus den Zeitungen, nicht wahr?«, fragte sie, und tatsächlich hatte er alles, was sie ihm daraufhin berichtete, schon irgendwo gelesen, aber dennoch hörte er gespannt zu: Der Bahnhof, die Plätze vor den Kirchen oder Moscheen, alles war voll von Flüchtlingen gewesen, haufenweise Menschen mit Rucksäcken, Bündeln, und Handkoffern, um Denkmäler herumjagende Flüchtlingskinder, die mit selbstgebastelten Bällen an die Kirchenmauern schossen und von allen Seiten her beschimpft wurden, was sie aber nicht störte, weil sie nichts verstanden; und dazu die Streikenden, die umhergingen, unangemeldete Demonstrationen, die immer mit schlecht choreografierten Kundgebungen endeten. Dazwischen die Polizei, die vergeblich versuchte, diese Schar auseinanderzuhalten, Pässe zu kontrollieren, Leute zu registrieren, Papiere zu stempeln. Allein in den ersten Tagen, meinte Annie, waren an den beiden Kais fünfzehn Überwachungskameras kaputtgegangen, fünfzehn!, wiederholte sie, außerdem acht Autos und zwanzig Mülltonnen ausgebrannt, Hunderte Scheiben zerbrochen, davon die Hälfte Autoscheiben, der Rest Schaufenster – und damit war die Liste der Schäden noch unvollständig.

»Aber jetzt du!«, das kam scharf, er erschrak fast und fragte: »Was, ich?«, woraufhin sie wiederholte: »Wie war es für dich, als es losging?«

Er zuckte mit den Schultern: »Das weiß ich nicht mehr«, doch lieber hätte er gesagt: »Das ist meine Sache.«

Ein Mann kam ihnen über die abfallende Straße entgegen. Völlig menschenleer war das Viertel also nicht. Wie um das Gespräch zu beenden, sah sie Daniel nun direkt an und sagte: »Soso, du weißt es nicht einmal mehr? Muss dir ja alles recht schlimm vorgekommen sein.«

Die Unterredung, die Annie mit dem Mann begann, nachdem sie sich auf die Wange geküsst hatten, dauerte lange und knüpfte offensichtlich an eine frühere an. Hatten sich die beiden hier verabredet? War Annie also gar nicht so ziellos durch die Stadt gestreift, wie es auf ihn gewirkt hatte? Die gesamte Zeit blieb der Mann mit verschränkten Armen stehen, nickte, schüttelte den Kopf.

Ein aufmerksamer Blick, wenige, kurzrasierte Haare am Kopf, ein breites Gesicht, ein dichter, schwarzer Bart.

Daniel gegenüber stellte er sich als »Hakim« vor, wartete ab, fügte hinzu: »Von den Mokaddems«, erwartete anscheinend eine Reaktion, die aber nicht kam. Annie berichtete ihm, was er bei den Feierlichkeiten auf dem Hügel verpasst hatte, um dann zum Vorwurf überzuleiten: »Wo bist du überhaupt gewesen?«

Er habe leider zu spät davon erfahren.

Es folgte ein schneller Wortwechsel, von dem Daniel nur wenig verstand, Annie nahm zweimal das Wort »Tourist« in den Mund. Je länger er den beiden zuhörte, umso schwerer wurde es für ihn, sich zu konzentrieren. Am Ende beobachtete er nur mehr fasziniert, wie sich der Mund des Mannes öffnete und schloss, wie der Bart sich bewegte und seine dunkle Haut durch die Härchen schimmerte, wenn er die Lippen spitzte oder eine Grimasse schnitt.

Annie fragte immer wieder nach: »Sie haben die Notdepots gestürmt?«, offenbar war irgendwo eingebrochen worden, »Kaufhäuser leergeräumt?«, ihre Flüche verstand er wieder nicht, sie war rot vor Wut wie oben am Balkon, Hakim versuchte sie zu beschwichtigen: »Es wird sich schon klären«, sagte er, und: »Du brauchst dich nicht aufzuregen«, mehrmals murmelte er: »Nur keine Angst. Nur kein Stress.«

Gebell unterbrach die Unterhaltung, es kam rasch näher, und kurz drauf bogen Uniformierte um die Ecke, in Begleitung der Hunde, die ihnen folgten, aber Abstand hielten. Unter den Uniformierten erkannte Daniel auch den Schwarzen, der ihn an seinem ersten Abend in der Stadt ausgefragt hatte. Einen Moment lang geriet er in Panik.

Sind sie gekommen, um mich zu holen?

Der Kahlköpfige trat zu ihm, nickte ihm zu, auch er erkannte ihn sofort und klopfte ihm auf die Schulter, ließ ihn von da an nicht aus den Augen. Das grelle Tageslicht und die Nähe ließen ihn verwüstet wirken, in der Bar hatte Daniel nicht gewagt, ihn genauer anzusehen, es war auch dunkler gewesen, und oben am Hügel waren sie zum Glück weit weg voneinander gestanden. Jetzt sah er, dass der Mann mehr Narben auf den Unterarmen als Falten im Gesicht hatte.

Der wiederum bemerkte sofort, dass Daniel ihn betrachtete und machte noch einen Schritt auf ihn zu, hielt ihm einen Arm unter die Nase, wie er ihm am ersten Tag den Kopf vors Gesicht geschoben hatte – zu plötzlich, zu nah. »Kannst gern schauen. Sind alt«, sagte er, sein Atem roch nach Kaffee und Kaugummi. »Da war ich noch nicht Bulle.«

Er lachte über das Wort.

Schwer zu sagen, ob er ihm das Folgende erzählte, um ihn zu beeindrucken oder um ihn einzuschüchtern. Von Verletzungen aus der Zeit redete er, als er Türsteher in einer Saufbude gewesen war, schlimmer sei das gewesen als die Nachtstreife bei der Polizei, im Hafen hätten alle nur so getan, als ob sie Fischer wären oder Arbeiter, durch die Bank nur Gauner und Zuhälter. Spielten gerne mit ihren Messern, manche hatten auch Schusswaffen. Als Türsteher hast du's nicht lustig, auf die Mädchen aufpassen, die sich mit den Falschen herumtreiben, jeden zweiten Tag eine Prügelei verhindern und in drei andere verwickelt werden.

Die Waffe hing über seiner Schulter, rutschte nach vorne, sodass er den Gurt wieder nach oben schieben musste.

Mittlerweile sahen alle zu ihnen herüber, der Mann zog nun sein Hemd hoch und deutete auf eine weitere Narbe am Bauch: »Erinnerungen an die Jugend.« Dann brach er in ein lautes Lachen aus, in das niemand einstimmte, rasch beruhigte er sich: »Hmnagut.« Nach einer Pause, als wäre ihm plötzlich eingefallen, wie man sich anständig benahm, sagte er: »Wir wurden einander noch nicht offiziell vorgestellt«, und er streckte die Hand aus: »Pakka.«

Er machte einen Schritt zurück, zeigte auf Annie, dann auf Hakim: »Also dann. Habt ihr es schon gehört? Wisst ihr, was vorgeht? Etwas Auffälliges bemerkt? Die Einbrecher gesehen? Es müssen viele sein. Irgendwelche Hinweise?«

Alle schüttelten den Kopf, er gab sich nun wieder amtlich-misstrauisch: »Wirklich nichts?« Dann wandte er sich noch einmal an Daniel: »Etwas gesehen, das mit der Tat in Zusammenhang stehen könnte? Sonst etwas Verdächtiges beobachtet?«

Zwei der Hunde trippelten einem der Uniformierten hinterher, der in einer Seitengasse verschwand, um zu pinkeln. Daniel zuckte mit den Schultern, murmelte etwas, versuchte folgsam die wenigen Informationen, die er für brauchbar hielt, weiterzugeben. Pakka reagierte ungehalten: »Was? Schmierereien?«, und Daniel ruderte rasch zurück: »Nicht direkt Schmierereien. Übermalungen mit brauner Farbe.« Er könne sich nicht genau erinnern, fuhr er fort, er habe sie nicht genau gesehen, sie seien am Balkon gestanden, zu weit weg, eine größere Gruppe sei es gewesen, und er sehr nervös, sie hätten kaum etwas machen können, alles sei so schnell gegangen.

Er ärgerte sich darüber, dass seine Stimme so schuldbewusst klang, als hätte er etwas getan oder eben zu wenig getan. Machte er sich verdächtig? Pakkas Fragen klangen ungehalten: »Wer hat die Tat noch beobachtet? Kannst du Angaben zur Gruppe machen? Sonstige Auffälligkeiten? Stimmt überhaupt, was du sagst?«

Hakim unterbrach ihn, mischte sich ein, freundlich im Ton, sagte, auch er habe gesehen, dass über Nacht neue Slogans an die Fassaden gesprüht worden waren, wahrscheinlich unmittelbar nach der Feierlichkeit am Hügel gestern, und es stimmte auch, dass in den Morgenstunden die meisten bereits wieder neu eingefärbt worden waren.

»Es geht also wieder los«, murmelte Pakka. Die anderen beruhigten ihn, das müsse noch nichts heißen, es gebe Hunderte Graffiti in Makrique, und alle würden doch irgendwann übermalt.

Für Pakka stand aber fest: »Es ist ein Zeichen.« Bislang seien wenigstens nur Zigaretten und Alkohol weggekommen, in der Nacht seien aber erstmals auch Stoffbänder, Handtücher oder Vorhänge gestohlen worden, und zwar massenhaft, das verheiße nichts Gutes, meinte er, die Stimme war belehrend, er wiederholte »Nichts Gutes!«, all das stehe ganz sicher mit den Schmierereien in Zusammenhang. »Wenn sich Ereignisse in dieser Weise häufen, werde ich zum Spürhund. Ich weiß es immer als Erster, wenn sich etwas zusammenbraut.« Hinter ihm stand Annie und hielt sich mit beiden Händen den Mund zu, ihr Lachen war nur an den zuckenden Schultern zu bemerken.

KOTZGAS

Ob man einem Ausländer überhaupt erklären konnte, was hier passiert war? Traurig schaute es aus, der Bahnhof war heute bloß ein weiterer Ort der Einsamkeit in Makrique, unvorstellbar, dass vor ein paar Wochen da eine ganz andere Welt zu sehen gewesen war, von der heute nur noch wenige Spuren zeugten. Auf der breiten Fassade beim Eingangstor klebten Flugblätter, man hatte Slogans und Symbole darübergesprayt, die sich überlagerten, »Stop the boats« stand quer über ein altes Plakat geschrieben, die Buchstaben durchkreuzten mehrere Herzen mit Namen darin – Amel liebte Eva; Leïla und Hélène waren Huren, ihre Telefonnummern notiert.

Schade, dass der Tourist nicht wusste, was die letzten Wochen und Monate bedeutet hatten. Und bei all dem, was passiert war, hatte man ja selbst fast keine Zeit, sich richtig zu erinnern. Annie winkte ihm, und er folgte ihr ins Innere des Gebäudes, wo ausgeräumte Kioske, verrammelte Buden, Stehcafés und Bahnsteige unter dem eisernen Skelett standen. Eine Katze, die vor einem Ticketautomaten herumlag, sah misstrauisch herüber, sie hatte ein Junges an ihrer Brust, kein Wunder, dass sie vorsichtig war. Neben einem kaum lesbaren und verbogenen Rauchen-Verboten-Schild, das man ins Gleisbett geworfen hatte, nahm sie Daniel an der Hand und sprang auf die Schienen.

»Kannst du dir vorstellen, wie aufregend alles war?«, fragte sie, während sie die Schienen entlang stadtauswärts gingen. »Aufregend!«, wiederholte sie, redete davon, wie die Freude, dieses Fieber des Anfangs, sich angefühlt hatten: »Demontage aller Ideen, denen wir bislang gefolgt sind!«, erzählte vom Übermut der ersten Tage, von der Hauptsache, dem Zusammenhalt, auch von der Brutalität, bevor alles entschieden war, von den Absperrungen, an denen sie täglich vorbei durch die kleinen Gässchen hinunter zum Hafen spaziert war. Die Polizisten, die den Zugang zum Hafenplatz abriegeln sollten, konnten einem geradezu leid tun, in den Uniformen, mit ihren Plexiglasschildern, in der heißen Sonne. Alle waren da: die lokale Gendarmerie, die Bereitschaftspolizei, sogar Soldaten mit Maschinengewehren, die sie im Arm hielten, als wären es Kleinkinder. Die Straßensperren rund um umgeworfene Automobile, Einsatzwagen, die so aufgereiht waren, dass sie selbst zu Barrikaden wurden, dazu die permanenten Sprachbarrieren, wenn man mit den Menschen Informationen austauschen wollte. Oft hatte sie, wenn sie vom Bahnhof in den Stadtkern wanderte, umkehren müssen, weil eine Stelle unpassierbar war, oder streng bewacht. Am Ende eines jeden Parcours aber lag ihr immer das Meer vor Augen, dazu die am Hafenplatz aufgestellten Tische, Transparente, Zelte, oder nur Handtücher und Decken, auf denen die Menschen saßen.

Sie war nicht von Anfang dabei gewesen, erst ab dem dritten, vierten Tag. Was man alles brauchte, wenn man auf der Straße lebte. Die Kais waren mit Wasserkanistern und Verpackungsmaterial überfüllte Lagerplätze. Wovon sie sich ernährt hatten?, wo das Essen, die Wasserkanister hergekommen waren?, wann sie wen kennengelernt hatte?, oder was im Detail diskutiert worden war? Das konnte sie heute nicht mehr genau sagen. Dass sie andauernd Zigaretten gedreht hatte, daran erinnerte sie sich, im Austausch für Essen oder für Wasser, und an Gelenkschmerzen nach Stunden des Herumhockens und Herumstehens, Schwielen vom Tragen der Transparente, in die sie sich abends manchmal eingewickelt hatte, wenn es windig war, oder an den Duft des Tees in der Mittagshitze, dazu der modrige Geruch des Wassers, die Pullover von Hakim, immer schwarz, und Malika, die zuerst von ihrer Festnahme berichtete und danach von ihrer Freilassung.

Manchmal waren nur Schritte auf Asphalt zu hören, wenn die Menschen müde waren und bloß zu mehreren nebeneinander gingen. Wie ruhig das war, und wie rasch Unruhe hineinkommen konnte, wenn irgendwo etwas zu Boden knallte, explodierte, wenn das Brüllen der Polizei zu hören war, dann das Gekreisch und Getrampel der auseinanderlaufenden Menge bei der gemeinsamen Flucht. Die plötzlichen Schaum- und Gaswolken über der Straße, wenn das Kotzgas eingesetzt wurde, Menschen, die sich am Boden wälzten und sich die Augen rieben, sich die Hände schützend vors Gesicht hielten, nach Wasserkanistern griffen, um sich die Augen auszuspülen, eingehüllt in feine Rauchwolken. Die Tränen, die gereizten Atemwege, Erstickungsgefühle beim Röcheln, wiederkehrender Brechreiz, ohne wirklich erbrechen zu können, der größer werdende Druck in der Lunge, im Kopf, in den Ohren.

Einmal hatte sie ein Blackout.

Die Polizei war eine Woche lang immer spätabends mit einem Wasserwerfer gekommen, der aussah wie ein Panzer, von diesem Sonderwagen aus besprühten sie die Straßen am Hafen, wo Schlaflager eingerichtet worden waren; besonders dort, wo anzunehmen war, dass viele Flüchtlinge neben Demonstranten lagen. Weil viele von ihnen nicht mehr weiterreisen durften, sich aber auch nicht in das Auffanglager vor Makrique deportieren lassen wollten und versuchten, nicht registriert zu werden. Sie wollten abwarten, ob sich nicht doch noch eine Möglichkeit auftat, weiterzuziehen, man konnte nie wissen.

Am Anfang war es genau andersherum. Kurzzeitig war Makrique ein Ankunftsort, die Registrierung bei der Präfektur bedeutete Essen, Kleidung, für manche ein Transitvisum, für andere sogar die Möglichkeit auf Asyl. Später hatten sie diese Gesetze wieder geändert, aber da waren die Geflüchteten schon alle da. Sonderbare, unzuverlässige Stadt, nun hieß es: aufgreifen, in Durchgangslager bringen, die meisten sofort abschieben oder in andere Lager außerhalb der Stadt weitertransportieren. Viele blieben unter den Demonstrierenden, waren ohnehin an das Schlafen in Zelten und auf der Straße gewöhnt, sie mischten sich am abgeriegelten Hafenplatz unter die Unterstützer und Unterstützerinnen, sodass bald die einen nicht mehr von den anderen zu unterscheiden waren. Die nächtlichen Polizeieinsätze waren schwer zu dokumentieren, es gab nur verwackelte Filmaufnahmen; untertags ging es besser, man hatte genügend Handyvideos von Gewaltszenen, um einen 24-Stunden-Propagandafilm zu montieren, man stellte ihn ins Netz, kommentierte und teilte.

Annie blieb stehen, sagte zu Daniel, er solle sich die Mauern links neben den sich verzweigenden Gleisen anschauen. Das ziegelrote Fabrikgebäude hier sei schon vor längerer Zeit aufgegeben worden, und man habe alles rundherum zur »sensiblen Zone« erklärt, es sei die Ruine einer Armensiedlung, die niedergewalzt worden war. Diese Mauern seien bis heute Treffpunkt mäßig begabter Graffitikünstler. Sie lachte laut über eine menschengroße rote Hand, die wie ein schreiendes Stoppzeichen aussah, daneben war ein fast eckiger, grünblauer Globus, dazu Blumenranken und Messer, die in Herzen stachen, in Sonnengelb stand daneben: »Fuck Frontex!«, in Wurstrosa: »You are a permanent resident in my head!« und in Kirschrot: »Immigration die Waffe des Weltkapitals!«

Daniel fragte, was mit den fehlenden Schienenabschnitten passiert sei, sie antwortete: »Die haben die Möwen gegessen.« Sie hielt ihn jetzt am Arm, zog ihn zu einer Eisentür am Ende der besprühten Mauerreste, öffnete diese und zeigte ihm eine nach unten führende, in Beton und Stein montierte Leiter. Das Gestell ging steil hinunter bis zu einem Boulevard, der an dieser Stelle von den Schienen überführt wurde.

Eine Schlucht mitten in der Stadt – man merkte daran erst, dass Bahnhof und Gleise auf einen Felsen gebaut, und dass dieser Felsen dort drunten für den Straßenverkehr durchbohrt worden war.

Daniel kletterte hinter Annie die Eisenstäbe hinab, es dauerte einige Minuten, er hatte sichtlich große Angst abzustürzen, unnötigerweise, wie sie fand. Er bewegte sich sehr langsam, zweimal rutschten seine Füße von der Leiterstufe und baumelten über ihrem Kopf in der Luft. Unten angekommen sahen sie, dass der Tunnel, in den der Boulevard führte, mit Mülltonnen verstopft war. Annie deutete in die andere Richtung: »Dort hinten wohne ich. Kommst mit?«

ZUSAMMENHÄNGE

Es war nicht schwer, zwischen Annies Charakter und ihrer Wohnung einen Zusammenhang herzustellen. Vor mehreren Wochen, als immer mehr Menschen die Stadt verließen, hatte sie ein leerstehendes Appartement mit Meerblick bezogen und nach wenigen Tagen die Wand zur anliegenden, auf den Innenhof gerichteten Wohnung durchbrochen. Daniel ging mehrmals durch die breite Öffnung in der Wand, die die Wohnungen verband. In beiden hatte sie mehrere Schreibtische aufgestellt, zwei Computer standen im Eck eines Zimmers, daneben türmten sich große Lexika und Wörterbücher, auf jeder freien Fläche lagen Papiere.

»Du musst die Unordnung einfach ignorieren«, sagte sie, und es war offensichtlich, dass sie auf das ganze Chaos stolz war.

Er nahm einen der Zettel in die Hand, sie hatte einen Brief daran geheftet, an den nächsten einen Zeitungsausschnitt geklammert, auf einem dritten hatte sie handschriftlich notiert: »Ich habe endlich Gewissheit darüber, dass –!« Er stöberte noch ein bisschen weiter. Ob hier etwas zu finden war, das ihm bei seinem Bericht helfen könnte? Irgendwas würde er ja am Ende über seine Tätigkeit in der Stadt vorweisen müssen.

Währenddessen erzählte sie ihm, dass sie schon vor einem Jahr begonnen hatte, Malika zuzuarbeiten, und zwar fasste sie Berichte, die prozessrelevant waren, zusammen und übersetzte vor allem Zeugenaussagen aus dem Arabischen. Er nickte, während sie ein paar juristische Details erklärte, und nickte weiterhin, als sie ein mehrfach kopiertes Flugblatt am Schreibtisch analysierte. Das schien sie an einem Punkt plötzlich zu irritieren. Sie sprang auf, stieß dabei gegen einen Stapel Unterlagen, die zu Boden fielen, und sah ihn böse an: »Schau, was du gemacht hast.«

Dann lachte sie ihn aus, weil er so erschrocken dreinschaute.

Die Blätter ließ sie am Boden liegen und lief in ein anderes Zimmer. Die größere Wohnung, durch die er ihr folgte, musste wohlhabenden Menschen gehört haben, Spuren von Reichtum waren erhalten, eine große Küche mit modernen Geräten, der weite Salon – auf dem großen Holztisch standen Plastikgeschirr und Reste mitgebrachten Essens –, dahinter das Wohnzimmer, beide verbunden mit einem langen, breiten Balkon, auf dem sich leere Kanister und ein paar Spraydosen türmten.

Die kleinere Wohnung, die auf den Innenhof hinausging, war ärmlicher eingerichtet, es gab eine Stehküche mit einem Tresen, auf dem von weißer Schimmelhaut überzogene Zitronen lagen, und dazu zwei schmale Barhocker, ein größerer Tisch und richtige Stühle hätten gar nicht hineingepasst. Im Wohnzimmer war einige Meter unter der hohen Decke ein Halbstock eingezogen worden, der Platz für eine breite Matratze bot und zu dem eine Holztreppe hinaufführte. Die Badezimmer in beiden Wohnungen waren vollgestopft mit angebrauchten Seifen, deckellosen Tuben, ungewaschenen Handtüchern, benutzten Zahnbürsten, Kämmen voller Haarbüschel, Einwegrasierern mit stumpf gewordenen Klingen.

War dies das glückliche, provisorische Leben, von dem er manchmal geträumt hatte? Warum haftete ihm dieser seltsame Geruch an?

Angebrochene Lebensmittel in beiden Küchen, nicht weggeräumte Müllsäcke, über denen winzige, kaum sichtbare Mücken umherschwirrten, überall Staub und Asche. In einer Ecke sogar ein ziemlich großes Spinnennetz, in dem eine Fliege hing. In den weniger benutzten Zimmern hatte sie alle Glühbirnen aus den Halterungen gedreht.

Annie lief von einem Papierstoß zum anderen, hielt einzelne Blätter hoch, während sie weitererzählte: »Hier steht alles über die Poulet!«, »Das werden wir gegen den Lolly-Garche einsetzen. Dieses Arschloch!«, »Schau, die Protokolle zweier geheimer Absprachen!«

Sie strich über die auf den Schreibtischen verteilten Aktenordner, deutete auf den einen oder anderen, erklärte die Zusammenhänge, gestikulierte unruhig, als warte sie darauf, dass er eine Reaktion zeigte, aber er wusste wirklich nicht, was sagen, und fühlte sich zunehmend fehl am Platz. Wenn sie mit der Hüfte gegen eine Tischkante oder mit der Faust auf einen der Papierstöße stieß, hatte er jedes Mal das Gefühl, als ob sie ihn in den Bauch oder auf die Schultern schlüge.

Zweimal unterbrach sie sich, um einen Anruf entgegenzunehmen, als ihr Smartphone in den hohen Räumen laut hallend läutete. Er verstand, dass sie mit jemandem redete, der ihr vertraut war, sie wiederholte mehrmals: »Nein, jetzt nicht, ich bin nicht allein.«

Weil er nicht den Eindruck erwecken wollte, sie zu belauschen, trat er auf den Balkon, Katzenmiauen, Möwengeschrei, Kinderweinen, er konnte die Geräusche nicht auseinanderhalten. Annie kam nach einiger Zeit ebenfalls nach draußen, das Telefon in der Hand. Die Dämmerung über den Dächern, hinter denen das Meer hervorblinzelte, war zauberhaft. Sie wirkte aber ungehalten, warf sich mit Schwung in einen Lehnstuhl, den sie einem kleinen Klappbett gegenüber aufgestellt hatte, und wippte mit den Beinen.

Etwas an ihr löste eine zunehmende innere Erstarrung in ihm aus, er lief auf die Toilette und sperrte sich ein. Auch hier keine Glühbirne in der Fassung. Durch ein schmales Fenster fiel gedämpftes Licht herein, das den gefliesten Raum kaum ausleuchtete. Aus dem Spiegel schaute ihm eine Grimasse entgegen, als hätte er sich für einen Karneval eine Teufelsmaske übergezogen. Er schob sein Gesicht näher heran, sein Spiegelbild wurde vor seinen Augen schnell größer. Die rote Färbung ließ sich nicht abstreifen, er rubbelte trotzdem daran.

Was mache ich eigentlich hier?

Er fand sie nach wie vor stumm und in sich verkrochen im Lehnstuhl am Balkon, sie hielt sich ihr Smartphone vor die Nase und strich über den Bildschirm. Erst nach einiger Zeit sagte sie: »Nicht eine einzige Zeitung hat über die fünfzig Toten von gestern berichtet. Man könnte sich die Presseaussendungen sparen.«

Beim nächsten Läuten sprang sie gereizt auf, diesmal nicht um abzuheben, sondern um das Telefon stumm zu schalten und auf einen Tisch zu legen. Er legte sich derweil auf das Klappbett und sah in den Abendhimmel, dann wieder zu ihr hin, als sie zurückkam.

Ihr verschlossener Blick ließ ihn den hellen Tag anzweifeln, den sie miteinander verbracht hatten. Die Fröhlichkeit, mit der sie sich morgens gefragt hatten: »Was ist?«, sich lächelnd geantwortet hatten: »Nichts, nichts« – davon war nichts mehr da. Die knackenden Cornflakes im Mund, ihre sonnenüberflutete Haut, die Fahrt durch Makrique, die Haare, die sich aus dem Knoten im Nacken gelöst hatten, die weite Jeansjacke, später das Durch-die-Straßen-Laufen, wie auf der Flucht vor Pakka, über den sie sich lustig gemacht hatte, sobald sie um die Ecke waren, ihr gemeinsames Lachen, verschwörerisch, ihr Keuchen, als sie sich an die Häuserfassade lehnten, bis ihr Atem sich beruhigte, das warme Mauerwerk im Rücken, neben ihr, so nah, dass eine blonde Strähne seine Schulter streifte, der

Spaziergang auf den Schienen – das alles war doch wirklich gewesen, oder nicht? Und nun fürchtete er sich vor ihr? Er versuchte, an ihr leises Schnarchen zu denken, an das nasse Haar über ihren Ohren, an sein schönes Gefühl, klein und unbedeutend vor bunten Kirchenglasfenstern zu sein.

Es gelang ihm nicht.

Drinnen vibrierte das Telefon, sie sprang doch wieder auf, hob ab und sprach mit jemandem, Daniel fielen die Augen zu, das Gespräch fand kein Ende, dauerte immer länger, die Sonne war untergegangen, dazu ihr Flüstern, in den Hörer gewisperte Worte, erstickte kleine Ausrufe.

Was nun? Wie auf einem Bild in schlechter Auflösung sah er Wiesen und geordnete, beackerte Felder, durch einen hellen Farbnebel kaum sichtbar reihten sich Städtchen, Dörfer, vereinzelte Häuser aneinander. Er näherte sich durch ein nebliges Etwas der Erde, sein Blick verfing sich in kleinen Blumen, die aus der Ferne wie Mückenschwärme gewirkt hatten, dann in einem roten Traktor, der am Waldrand entlangfuhr. Während er fiel, sah er seinen Schatten; fast war es eine Erleichterung, sich beim Absturz zuzusehen.

Annie legte endlich auf. Er hatte das bekannte Gefühl, dass etwas nicht in Ordnung war, dass er aber gelähmt war und darum nichts dagegen tun konnte. Unter ihm wurde der schwarze Schmetterling, je näher sein Körper im Fallen der Erde kam, größer und größer.

BEOBACHTUNG

Es war stickig und dunkel, auf jedem Treppenabsatz versuchte sie, mit einem Schlag auf die verdreckten Schalter das Licht anzumachen, aber erst im Erdgeschoss flackerte eine Glühbirne auf und warf schwache Lichtfelder an die Wand. Annie hatte Lust, die zerdrückten Reste toter Fliegen, die jetzt zu sehen waren, von den Wänden abzukratzen.

Wenn man bedachte, dass dies schon eine der feineren Gegenden der Stadt war. Zu schnell gewöhnte man sich an halb aus der Verankerung gerissene und aufgebrochene Postkästen.

Das Sonnenlicht auf der Straße war nach der Dunkelheit im Treppenhaus ein Schock. Sie griff nach dem Fahrrad, das an der Häuserfassade lehnte, redete zugleich auf Daniel ein. Der reagierte kaum. Sollte sie ihm noch deutlicher sagen, dass er sie aufhielt?

Er hatte es offenbar begriffen, fragte, wann sie sich wiedersehen würden.

»Bei der Beisetzung morgen Abend. Du kommst doch?«

Das Treten war eine Freude. Es ging die ganze Zeit nur bergab, als ob man fliegen würde.

Am Hafenvorplatz sprang sie vom Rad und war ganz außer Atem. Der Platz war leer, aber sie war ja zu früh gekommen, fast eine Stunde zu früh sogar.

Immer diese Ungeduld, dachte sie.

Sie schlenderte umher, der leichte Wind war angenehm, dann wurden ihre Schritte langsamer, und nach einigen Runden blieb sie stehen. Der ewig gleiche Anblick war zermürbend: die geplünderten Getränkekioske, ein verrammelter Tabakladen am Eck, die Brasserien mit den leeren Terrassen und den umgestoßenen Plastikstühlen. Sie holte ihr Telefon aus der Tasche ihrer Jeansjacke und schaute drauf – keine Nachrichten oder Anrufe.

»Heute Abend geht es nicht.« Das hatte sie ihm gestern deutlich gesagt, nicht nur einmal: »Ich habe Besuch«, als er wieder und wieder anrief. »Ich rufe dich morgen an.«

Aber jedes Mal, nachdem sie aufgelegt hatte, rief er erneut zurück, und sie ließ sich doch auf ein Gespräch ein, den Touristen im Blick, der vom Balkon aus zu ihr herüberschaute und wartete. Im letzten, ruhigeren Telefonat, als der Tourist bereits eingeschlafen war, einigten sie sich darauf, gemeinsam zu frühstücken.

Warum konnte er ihr die Neuigkeiten nicht am Telefon erzählen?

Als ob sie es nicht besser wüsste. Es würde genauso werden wie schon bei ihrem ersten Rendezvous oder dem, was sie dafür gehalten hatte. Er war in einem zerknautschten Anzug zur Veranstaltung gekommen, auf dem noch Staub zu sehen war, der war sicher lange im Schrank gehangen. Den ganzen Abend über hatte er, obwohl er sie persönlich hinbestellt hatte, nicht mit ihr geredet. Er kam nur ab und zu vorbei, um sie anzupumpen, damit er sich ein weiteres Getränk kaufen konnte – überhaupt stellte sie später fest, dass er sich über zufällige Treffen mit ihr in der Stadt freute, weil er oft pleite war –, am Ende lief er dann mit einer Unterschriftenliste zu ihr und bat sie, sich darauf einzutragen.

War er der Grund, dass sie in Makrique geblieben war? Obwohl die Koffer schon gepackt waren, das Geld vom Konto abgehoben, obwohl sie tagelang allen Leuten »Auf Wiedersehen« gesagt und eine Abschiedsparty geschmissen hatte? Sie hatte doch nicht ahnen können, dass sich kurz darauf in der Stadt alles dermaßen stauen würde. Zwei Mal hatte sie sich von ihm verabschiedet, es waren immer die gleichen Küsschen, zur Begrüßung wie zum Abschied.

Jetzt war der Sommer fast vorbei und sie immer noch da.

Aber sie würde gehen, das stand fest. Sogar Hakim konnte nichts mehr daran ändern. Früher vielleicht, früher war er vielleicht ein Grund gewesen, hätte er ein Grund werden können.

Immerhin ging ihnen die Arbeit gut von der Hand, wenn sie zu zweit daran saßen. Er brauchte nur ein Buch aus einem Regal zu ziehen, schon fiel ihr etwas Neues ein, sie waren aufeinander eingespielt wie alte Jugendfreunde, dabei kannte sie ihn erst seit einem Jahr. Von Anfang an hatte sie vor ihm Respekt gehabt, schon seit sie ihn das erste Mal gesehen hatte. Vielleicht nicht Respekt, eher eine stille Zuneigung oder sogar Sorge um ihn. Er wirkte stolz, ernsthaft, man konnte mit ihm nur sachte reden, zumindest wirkte es so, denn er war eben das – sachte, in seinen Bewegungen, in seinem Ton, in seinen Blicken, ganz egal, wie streng seine damit einhergehenden Aussagen waren.

Zu Beginn hatte sie ihre Worte deshalb immer genau abgewogen, schon als sie ihn, Türsteher und Empfangsdame in einem, das erste Mal am roten Tisch sitzen sah, da, wo der Bar- und Eingangsbereich des Sozialzentrums in eine kleine Bibliothek überging. Die Büchergestelle hinter ihm wirkten wie Kulissen, und er, inmitten seiner Zeitungen, Notizen und Kopien, hatte sie nach langen prüfenden Blicken gleich in ein Gespräch verwickelt: Was sie wolle, wer sie sei, welche Beziehung sie zu dem Zentrum habe, er hatte ihr sofort ein paar Statistiken erklärt, als würden sie einander schon ewig kennen. Daraufhin ließ er sie reden, fast als horche er sie aus: Warum sie als Dolmetscherin zu arbeiten begonnen habe, für wen, zu welchen Inhalten, warum, und ob sie etwas Wichtiges mit der Beratungsstelle hier zu besprechen habe?

Als sie ihm auch auf mehrmaliges Nachfragen hin nicht sagen wollte, weshalb sie Malika treffen wollte, winkte er ab und wechselte das Thema, er wollte wissen, wie sie diesen und jenen Begriff ins Arabische übersetzen würde, und als sie stur antwortete, dass sie nicht ins, sondern nur aus dem Arabischen dolmetschte, stand er auf und holte ein paar Bücher. Seine Neugier provozierte sie, es schien echtes Interesse dahinterzustecken, aber er war trotz seiner ruhigen Art viel zu fordernd, und sie wollte nicht auf alles antworten. Einige Fragen beantwortete er sich selbst, indem er jemanden zitierte. Wieso hatte sie sich von seiner Neugier anstecken lassen? Irgendwann hatte jedenfalls sie ihn und nicht mehr er sie mit Fragen gelöchert.

Später hatten sie viele solcher Zusammenkünfte. Er fügte sich in ihren Freundeskreis ein, der wie der seine strikt antifaschistisch war. Er neigte zwar dazu, in Büchern nach Belegen für seine politischen Aussagen zu suchen, aber immer war das Gespräch zwischen ihnen mehr als nur das Vorlesen halbwegs interessanter Stellen; je intensiver sie miteinander redeten, desto unwichtiger wurde das Nachschlagen. Alles wurde zur Seite gelegt, wenn einer dem anderen eine Idee mitzuteilen hatte, und das vorsichtige Andeuten, die leisen Provokationen wurden zu einem immer offeneren Austausch.

Vielleicht hatte sie ihm, weil er Araber war, oder weil er derart sachte war und dabei so breit und groß, die oft behauptete Gesinnung doch nie recht abgenommen?

Nachdem sie sich mehrmals mit Malika getroffen und ihr die ersten Stapel von Protokollen übergeben hatte, lud er sie ein, sich ihrem Komitee anzuschließen. Sie brachte ständig Transkripte der Zusammenkünfte mit, bei denen sie gedolmetscht hatte, zumeist Aufzeichnungen darüber, dass die Stadtregierung behauptete, sichere Flüchtlingslager errichten zu wollen, aber gleichzeitig bewaffnete Polizeieinsätze gegen die wilden Camps und Übernachtungsstätten befürwortete. Sie studierte seine Gesten und Bewegungen, wie er, wenn sie bei Sitzungen ihre Zusammenfassungen lieferte, auf und ab ging, sich abseits hielt, immer vorsichtig, aufmerksam. Als die Lage eskalierte, weil die Behörden die Grenzen zu schließen begannen und immer rascher Massenabschiebungen organisierten, fragte er sie beiläufig, ob sie bei den Demonstrationen mitlaufen wollte.

Das war, bevor das Mitleid in der Stadt wieder aus der Mode gekommen und jeder Wunsch, sich einzumischen, neutralisiert worden war. Als man immerhin noch etwas versuchte, wenn die Menschen über Nacht verschwanden, weil man erstaunt war, ein Unbehagen darüber verspürte, dass da jemand gewesen war, tagtäglich, und plötzlich war das vorbei und dieser Jemand nicht mehr da.

Sie merkte, dass sie bei den Demos seine Nähe suchte, mit dem Telefon sammelte sie Aufnahmen von ihm:

Hakim in einer Reizgaswolke, nur an seinem schwarzen Pulli erkennbar, mit einem Schal als Atemschutz um den Mund, dicke Arbeiterhandschuhe an den Händen, er greift nach der ersten, greift nach der zweiten Tränengasgranate –

Hakim beim Teemachen am Hafen, den Wasserkocher in der Hand, ein junger Polizist schaut ihm dabei zu, zwinkert in die Kamera, als er merkt, dass gefilmt wird –

Auf der Suche nach einem Wasserkanister, er findet ihn, schüttet den Kanister über dem alten, gebückten Mann neben sich aus, der in dem schaumigen, weißen Nebel steht und erst mit Verspätung zu schreien beginnt –

Hakim schenkt sich Tee ein, ist nur im Hintergrund zu sehen, im Vordergrund lacht und winkt Malika –

Er wirft die Tränengasgranate in hohem Bogen ins Meer –

Er hebt wütend ein Transparent auf, das ihm jemand aus der Hand geschlagen hat –

Die meisten Videoaufnahmen waren unscharf, unter- oder überbelichtet, sie brachen verfrüht ab, die Lichtverhältnisse waren beim Filmen selten ideal gewesen, und die Handykamera konnte nicht weit zoomen. Es gab fast nur fleckige, verschwommene Bilder, aber es reichte aus, um die Website mit Informationen über die Ereignisse zu füllen.

Was konnte derart dringend sein, dass er es ihr persönlich und heute in der Früh noch erzählen musste? Und jetzt wartete sie, und er würde vielleicht gar nicht kommen. Sie sah ein weiteres Mal aufs Telefon, immer noch keine Nachrichten, die Zeit verging nicht, aus Langeweile sah sie sich ein paar der Videoclips an und löschte ein paar, weil der Speicherplatz bereits voll war:

Hakim, wie er unter Platanen Kaffee aus einem Plastikbecher trinkt –

Er steht auf, wirft den Becher in einen schwarzen Müllsack, sammelt Dosen und Kanister von der Straße, wirft sie ebenfalls in den Sack –

Ein Polizeibeamter und Bernard Charbonnier gehen an Hakim vorbei, der auf sie einredet, das Bild wackelt stark, als der Polizeibeamte versucht, sie am Filmen zu hindern –

Malika und Hakim klettern aus dem Wasser, er drückt sie fest an sich, Malika versucht ihn wegzuschieben, er küsst sie auf die Stirn, ein Boot fährt vorbei, versperrt die Sicht auf die beiden –

Hakim nass auf der Mole, es tropft von seinem Bart –

Er diskutiert, im Sitzen und mit verschränkten Armen –

Hakim und seine Nase in Nahaufnahme –

Er lacht und lacht –

Warum hatte er nicht am Telefon gesagt, worum es ging? Die halbe Nacht war sie wachgelegen und hatte sich mühsam gezwungen, liegen zu bleiben.

TAUSCH

Das enge Treppenhaus und das flackernde Licht der verdreckten Glühbirne hatten einen Schwindel in ihm ausgelöst, der ihn auch auf der von der Sonne aufgeheizten Straße nicht mehr verlassen wollte. Daniel versuchte nicht einmal, ihrem Fahrrad zu folgen, an der nächsten Ecke hätte er es ohnehin aus den Augen verloren.

Wo konnte der Hafen liegen? Sie waren gestern bergauf gegangen, also musste der Stadtkern bergab liegen. Ihm war ein wenig schlecht, und hungrig war er. »Du musst dich beruhigen«, dachte er sich. »Ist ja nichts passiert.«

Da war schon der Hafen, am Ende der Häuserschluchten sah er immer wieder das Wasser aufblitzen, bog aber in die andere Richtung ab, er wollte in das Viertel dahinter. Salzgeruch und eine Ahnung von verbranntem Benzin hingen in der Luft. Er griff nach einem Pizzastück, das jemand angebissen auf einer Fensterbank liegen gelassen hatte. Ein alter Mann wünschte ihm guten Appetit, doch weil er gerade den Mund voll hatte, konnte er nicht antworten. Immerhin war außer ihm noch jemand unterwegs. Der Käse stank, die Kruste der Pizza war hart, aber es ging ihm schon besser.

Es ging nun stellenweise bergauf, nicht mehr bergab, und der Salzgeruch verschwand wieder.

Der Stadtteil, der zunächst wie entvölkert gewirkt hatte, füllte sich mit jedem Schritt, Händler saßen in den engen Seitengassen neben Säcken mit alter Kleidung und Stoffen, gebrauchten Mobiltelefonen und ihren schillernden, austauschbaren Hüllen, Büchern und Modeschmuck. Die Waren wurden auf Gehsteigen und, falls es keine gab, mitten auf der Straße ausgebreitet. Früchte und Gemüse, Reis und Gewürze, Zigaretten und Medikamente, das Wenige, was da ausgestellt war, reichte aus, um ein Schauspiel des Tauschens und Verhandelns, Händeschüttelns und Überreichens zu inszenieren, überall lagen Plastikplanen, Kartonschachteln, Säcke und in Folie oder Zeitungspapier gewickelte Gegenstände. In ein paar Geschäften sah er Stellagen voller Krimskrams, Taschen und glitzernder Gürtel, Kinderspielzeug aus Plastik, Sonnenbrillen.

Aus jedem Hauseingang, aus jeder Ladentür blickte ein Gesicht.

»Psst, du, komm her, da gibt es was zu sehen!«, flüsterte ihm ein Junge hinter einem Fenster zu Straße zu, aber Daniel lief rasch weiter. Der Junge lachte ihm hinterher, rief plötzlich: »Der Tourist! Das war der Tourist!«

Einige drehten sich jetzt nach ihm um, nicht viele, jemand stieß ihn an, er blickte in unruhige Augen, dieser Blick, das wütende: »Pass auf, du!«, nein, das war niemand, den er kannte. Eine alte Frau, ein Tuch um den breiten Kopf gebunden, fluchte in seine Richtung, wankte auf ihn zu, holte mit beiden Händen weit aus, sie war wohl betrunken oder wütend oder verrückt, schimpfte auf ihn ein.

Er sah sich mehrmals nach ihr um.

Nach dem Ausflug in die stickige Dunkelheit der Gassen blendete ihn die Sonne auf dem kleinen Platz, auf den er nun trat, umso stärker. Es zog ihn sofort wieder in den Schatten. Viel Auswahl gab es nicht, die hohen Gebäude und eine einsame Baumgruppe kühlten nur eine Ecke des Platzes, wo auch ein paar Tische aufgestellt waren.

Er ging hin und setzte sich.

Sofort kam ein Kellner aus dem Café und stellte ihm eine Kaffeetasse hin. »Etwas anderes haben wir nicht«, sagte er und blieb neugierig stehen, wollte vielleicht ein Gespräch beginnen. Am Nebentisch nahm gleichzeitig eine

Gruppe Platz, die Frauen und Männer kicherten. Sie hatten mehrere große Schiebewagen neben sich stehen, beladen mit in Plastikhüllen verpackten Stoffen – Leintücher? Kleiderstoff? Zwei schlugen sich gegenseitig auf die Schultern, eine rief dem Kellner zu: »Der arme Tourist!«

Woher kannten die ihn alle?

»Schmeckt wie der Schweiß eines Negers, dein Kaffee!« Eine Frau aus der Gruppe stand auf und kam in raschen Schritten zu Daniels Tisch herüber, rief: »Damit er dir nicht daran verreckt!« Sie schüttete die braune Flüssigkeit aus der Tasse direkt vor seine Füße, die anderen reagierten, als hätten sie es vorab so vereinbart: beim Aufstehen stießen einige die Stühle um, einer trat gegen die Lehne und warf die herausgebrochenen Holzteile gegen die gläserne Eingangstür des Cafés, die zerbrach. Zwei liefen ins Lokal, kamen mit mehreren Packungen Würfelzucker heraus, lärmend zogen sie gleich darauf wieder los, die Wagen schoben sie vor sich her, mit den Tüchern drauf, die im Baumschatten dunkel gewirkt hatten und nun, im Sonnenlicht, hellbraun.

Daniel sah der Gruppe hinterher, blieb aber sitzen, er fühlte sich zu schlapp, um irgendetwas zu tun. Der Kellner hatte alles ruhig beobachtet. Er kehrte die Scherben mit seinen Füßen zusammen und ging ins Lokal hinein. Daniel sah durch die zerschlagene Vitrine, wie er hinter der Theke telefonierte.

Im Innenraum des Cafés saß eine junge Frau, Daniel merkte, dass sie ihn beobachtete, ihr Körper wirkte in dem schummrigen Licht wie ein dunkler Schatten mit ausufernden Wölbungen. Als sie jetzt ebenfalls heraustrat, erkannte er, dass sie helle Haut hatte. Sie kam langsam direkt auf ihn zu, setzte sich, griff nach seinem Ellbogen, besah die verkrusteten kleinen Wunden, strich darüber und über seine verschwitzten Unterarme, mitleidig sagte sie: »Hast wohl sehr heiß?«

Sie trug die beklemmende Schwüle aus dem Lokal mit und schien sich nicht bewusst zu sein, dass auch ihre Arme nass vor Schweiß waren.

Der Kellner holte Wasser und einen weiteren Kaffee aus dem Lokal, er setzte sich zu ihnen, legte eine Hand auf den runden Bauch der Frau und einen Arm um ihre Schultern. Auch er schien sich Sorgen um Daniel zu machen: »Verträgst die Hitze nicht?«

Sie begannen ein Gespräch, zunächst über die für diese Jahreszeit extremen Temperaturen, dann über das Benzin, das in der Stadt ausgegangen war. Zwei Männer gingen vorbei, einer verzog den Mund, kurze Zeit später ging eine weitere Gruppe über den Platz, drei alte Frauen schauten auffällig herüber.

Gestern hatte Daniel das Gefühl gehabt, allein mit Annie in Makrique zu sein, und nun, hier, in diesem Viertel, wuselte es überall. Der Kellner und die Frau sahen ihm zu, wie er seinen Kaffee trank. »Du bist doch dieser Tourist, von dem sie alle reden?«, fragten sie und brachen in Gelächter aus. Er bezog das Gelächter auf sich und war ein bisschen beleidigt, fühlte sich überreizt, da kränkte ihn jede Kleinigkeit, er trank den Kaffee aus, der ihm wirklich guttat, er vertrieb den ekelhaften Nachgeschmack der kalten, altbackenen Pizza.

Rufe, laute Schritte, Gelächter und Gebell – die Uniformierten, mit denen er diesmal schon gerechnet hatte, bogen um die Ecke. Ihre Hunde, die eben knurrend um die Straßenecke gelaufen waren, rollten sich, als die Gruppe vor dem Café stehen blieb, in einiger Entfernung am Boden zusammen oder schnüffelten im Müll herum, sie schienen sofort verstanden zu haben, dass hier ein Halt eingelegt wurde. Der Kellner umarmte alle, küsste zwei der Männer auf die Wangen, nur Pakka nicht, der keine Anstalten machte, sich herzlich zu zeigen.

Während einer der Uniformierten mitschrieb, berichtete der Kellner, er riss ein paar Witze, machte sich über die Tat lustig: »Ein raffiniertes und komplexes Verbrechen. Das muss von langer Hand geplant worden sein!« Alles schien für ihn spielerisch zu sein und ein möglicher Anlass, darüber zu lachen. Ein paar Kinder, die hinter den Polizisten herbeigelaufen waren, riefen immer wieder dazwischen, betrachteten neugierig die Waffen, sie waren hin- und hergerissen, ob die Geschichte des Kellners interessanter war oder doch die dösenden Hunde.

Pakka nickte, während er dem Bericht folgte, er fand nichts Lustiges daran, fragte mehrmals nach. Die ausgelassene Stimmung ärgerte ihn. Oder hatte er es nur eilig und wollte weiter?

Ein wenig ernsthafter fuhr der Kellner jetzt fort: Ja, es seien Frauen und Männer gewesen, mehrere, gestern Nacht schon hätten sie ihm zwei Stühle zerschlagen und ein paar Kisten gestohlen, etwas müsse los sein, das sei lange nicht mehr derart gehäuft vorgekommen.

Daniel war sich mittlerweile sicher, dass Pakka der Chef der Truppe war. Er rieb sich die Hände, den Nacken, brummte vor sich hin, gab Befehle: »Schreib das auf!«, »Das ist unwichtig!«, »Darum kümmerst du dich!«, »Für mich keinen Kaffee!« Diesmal hatte er Daniel nicht freundlich begrüßt, sich nicht an die Stirn getippt, sondern ihn ignoriert. Nur einmal fragte er in seine Richtung: »Bist du wieder mal ausgerechnet dort, wo's abgeht?« Seine Falten wirkten tiefer als bei der letzten Begegnung, wegen der Müdigkeit?, der Sorge?

Ein Kind lief davon, ihm war langweilig geworden.

»Da bist du!« Eine Frau packte Daniel am Arm, schüttelte ihn, sie musste von hinten auf ihn zugekommen sein, er hatte sie gar nicht bemerkt. »Halb Makrique habe ich schon nach dir abgesucht.«

Er erkannte Marguerite Tassioni und spürte sofort ein Unbehagen. Sie hat nach mir gesucht, fragte er sich, warum denn?

Der Kellner brachte noch einen Stuhl, Marguerite wartete, Pakka und sie beäugten einander, ihre Anwesenheit sorgte sofort für Anspannung unter allen Anwesenden, nur die Schwangere holte fröhlich eine Flasche Wein, küsste dann Marguerite auf die Wange und betonte mehrmals, es sei ihr und ihrem Mann eine Ehre, eine Freude, ein großes Vergnügen, sie bewirten zu dürfen. Nachdem sie die Flasche entkorkt und eingeschenkt hatte, wurde angestoßen. Pakka schaute einstweilen demonstrativ weg, trank den Kaffee, den man, obwohl er abgelehnt hatte, auch ihm gebracht hatte, diktierte ab und an einem der Uniformierten eine Aufgabe und tat beschäftigt. So wie Marguerite dasaß, ihr aufrechter, breiter Körper in der weiten roten Bluse, geradezu gefeiert von dem Kellner und seiner Frau, verlieh sie der nun ein wenig konspirativ anmutenden Straßenszene Eleganz.

»Wir müssen reden«, sagte sie, nachdem sie ihr erstes Glas geleert hatte, zu Daniel. Dann überraschte sie tatsächlich alle, als sie ausrief: »Du musst uns helfen!«

Der Kellner, seine Frau, einige der Uniformierten, alle nippten an ihrem Glas, warteten ab, was er antworten würde, schauten sich gegenseitig an, von Pakka kam bloß ein Räuspern, sofort gefolgt von Hundeknurren vom Asphalt her. Marguerite genoss die allgemeine Aufmerksamkeit: »Ihr habt es wohl noch nicht gehört. Alle reden davon.« Sie sprach langsam, damit alle sie gut hörten: »Es wurde ein Boot in Küstennähe gesichtet.«

Jetzt wurde sie doch von Pakka mit Fragen bedrängt: »Was?« – »Es hat unsere inneren Gewässer erreicht!« – »Und?« – »Nach den jetzigen Bestimmungen ist es in unserem Hoheitsgebiet!« – »Was willst du damit sagen?« –

»Nur so viel: Es hält Kurs auf unsere Stadt.« – »Mit Toten drauf?« – »Mit Lebenden!«

Pakka und sie sprachen fast gleichzeitig weiter, denn allem, was sie von da an sagte, widersprach er, und sie widersprach wiederum ihm, weshalb sie bald in eine heftige Diskussion verstrickt waren. An den Mienen der Umsitzenden war abzulesen, dass solch ein Streit nicht zum ersten Mal stattfand. Ein alter Machtkampf vielleicht, in den niemand einzugreifen wagte? Der Kellner brachte weitere Flaschen an den Tisch. Pakka trank als Einziger nicht, während rundum immer wieder aufgefüllt, angestoßen, einander zugezwinkert wurde. Die Stimmlagen änderten sich, Pakka beschwörend, fluchend; Marguerite bittend, befehlend, auch gern provozierend; Pakka wieder dazwischen, beruhigend, fragend und so weiter:

Ob das Boot absichtlich in ihren Gewässern kreuzte? Das sei nicht ganz gewiss, es steuere wahrscheinlich auf Makrique zu. Und wie lange schon? Anscheinend schon seit einigen Tagen, es sei im Grunde ein Wunder, dass es nicht versenkt oder von den Patrouillenbooten weggeleitet worden war. Auf jeden Fall sei es nötig, Hilfe auszusenden.

Was für ein Boot sei das überhaupt, mit wem an Bord? Schwer zu sagen, deswegen sollte ja die städtische Küstenwache losgeschickt werden. Ob das ein Scherz sei? Drei der Taucher seien seit dem letzten Unglück total fertig, sie hatten nicht mal der Verabschiedung oben am Hügel beiwohnen können, die solle sie bloß in Ruhe lassen. Und das Benzin, ob sie überhaupt wisse, wie es mit dem Benzin stehe? Na, aber was? Wozu die ganze Sache, wenn sie jetzt kneifen wollten, wozu dann der autonome Hafen, den sie als offene Grenze deklariert hatten? Er wisse so gut wie sie, dass es Notdepots gab, die für eine solche Aktion geöffnet werden konnten.

Ob sie die Attacken nicht mitbekommen habe? Die meisten Depots seien überfallen und ausgeräumt worden. Wer das Signal überhaupt empfangen, wer das Boot gesehen habe? Was wisse man darüber? Wer würde Ordnung in das dadurch hervorgerufene Chaos bringen, wer die Verantwortung übernehmen?

Sie mit ihren Arbeitern auf Krücken?

Beide benutzten immer wieder dieselben Worte, warfen sie sich gegenseitig an den Kopf, immer lauter in die Runde, schlugen dazu auf den Tisch und versuchten sich gegenseitig in die Enge zu treiben. Daniel fiel es immer schwerer, die Argumente und die Zusammenhänge zu verstehen. Im Sonnenlicht wirkten Pakkas Narben wie in die Haut eingegrabene kleine Krater, er sah von Sekunde zu Sekunde älter und müder aus, verdrehte ständig die Augen und den Kopf, und vom Boden herauf drang weiterhin das Knurren der Hunde, einer jaulte beinahe im Rhythmus der Sätze, und mit jedem Schlag auf den Tisch verstärkte sich nicht nur das Jaulen, sondern auch das Zittern seines Körpers, als machte jeder Schlag etwas mit dem Tier oder als machte umgekehrt das Zittern des Hundes etwas mit Pakka, dessen Stimme dadurch noch lauter wurde.

AHNUNG

Die Einbrüche in den Notdepots, die Schmierereien und Zerstörungen, jetzt ein Boot? Etwas bereitete sich vor, und Marguerite war darüber anscheinend gar nicht beunruhigt. Ihrerseits kam kein Wort der Mahnung, als wäre nichts, dachte sich Pakka. Dabei hatten vor ein paar Monaten die Unruhen auch mit Graffiti und mit Flugblättern, die in der Stadt verteilt worden waren, angefangen, mit Warnungen am Bahnhof, die jemand ausgehängt hatte: »Landesweite Razzien!« Man hatte die Kontrollen intensiviert, weil es die neue Regelung so vorsah, und war drauf und dran, die ganze Stadt hopszunehmen, es gab Festnahmen in der Präfektur, vor Metrostationen oder in der städtischen Bibliothek, wo die Gesuchten ins Internet gingen oder ihre Telefone aufluden. Auch öffentliche Toiletten wurden gestürmt, oder Lokale und Tabakläden mit Spielautomaten, an denen junge Kerle saßen, ihre erbettelten Münzen einwarfen und sich willenlos abholen ließen.

Einmal streckte einer Pakka seine Papiere entgegen, todmüde, man hatte ihn wohl schon oft herausgepickt, sein Gesicht war dunkel, der Bart wuchs ihm nur am Kinn, er hatte das Aussehen eines Luchses. Maghrebiner?, nein, Korse, er zeigte seine Papiere her. Warum er das nicht gleich gesagt habe? Der Kerl sagte: »Hättet ihr mir denn geglaubt?« Im Hintergrund die singenden, Optimismus verbreitenden Stimmen aus dem Radio, dazu strenge Männergesichter, die wortlos beobachteten. Natürlich absurd, was sonst, immer war es absurd gewesen, aber das befreite nicht davon, einen Bericht darüber zu schreiben und dann wieder weiter.

Mit dem Hass musste man zurechtkommen.

Als Türsteher, noch dazu als Schwarzer, hatte er früh im Leben gelernt, dass die Leute ihn verachteten und ihm Beleidigungen zuriefen, nur um ihn zu kränken. Er hatte nie reagiert, er war schließlich »im Dienst« – wie er diesen Ausdruck hasste. Wie viel besser war da »der Dienst« in der Polizeiuniform, die ein Garant war für ein Mindestmaß an Respekt. Da wussten die Leute, dass er das, was sie besaßen, für sie verteidigte, und dass sie ihn deswegen auch anhören mussten, wenn er sprach. Dabei verachteten sie ihn als Polizist nicht weniger, sondern nur anders; er machte ihnen Angst. Am Anfang war er nervös gewesen, bei den ersten Polizeieinsätzen zu später Stunde, bei den Nachtstreifen oder den vielen Überstunden in den Zigeunersiedlungen, wo sie die Zeltlager einrissen und in Hütten hineinstapften, Türen von Wohnwägen eintraten. Mitleid? Na, Spaß machte es nicht. Man gewöhnt sich daran, am Bahnhof auf und ab zu gehen, willkürlich Personen herauszusuchen, nach Papieren zu fragen, sie aufzufordern, zu verschwinden. Wirklich besser als eine Arbeit als Türsteher war das nicht, es lag in beidem die gleiche Zähigkeit, als Rausschmeißer spätnachts, allein mit der Menge von betrunkenen Weibern und Kerlen, die sich nur zentimeterweise bewegte: »Los, los, wir schließen! Es ist Sperrstunde, raus mit euch!« Die Grüppchen vor den Lokalen, die nicht verschwinden wollten, noch nicht nach Hause gehen wollten; sie begannen Rangeleien, stellten sich nur an die nächste Ecke, und wenn sie dann ihre Dosen auspackten und weitertranken, laut grölend, oder wenn die Frauen kicherten und ihm Frechheiten zuriefen –

Ständig musst du dich unbeliebt machen, dich selbst in Gefahr bringen, Leute herumschubsen!

Er kämpfte sich durch die Polizeischule und wurde in Uniform besser bezahlt für ähnliche Arbeit, immer noch waren diese Menschen, die er herumschubste, unnachgiebig, wollten nicht gehen. Wenn einer ihm keine Papiere zeigen konnte, wenn er sagte: »Hey, Bruder! Lass mich dieses eine Mal«, wenn er ihn dann sofort wortlos festnahm, vor den Augen der anderen, die schulterzuckend zusahen. Die Zigeuner mit den Kindern am Rücken, wie sie sich vor ihm fürchteten, ihre Hände abwehrend hoben, wenn er kam, wenn er sie abführte bei den »Registrierungsoffensiven«, den gut bezahlten Vertreibungsaktionen. Waren das Tragödien? Wenn er die unzähligen Menschen befragte, bei Verhaftungen und Verhören, warum sie gekommen waren, obwohl es keine Möglichkeit für sie gab, hier zu leben, und wenn sie dann antworteten: Bei uns ist Krieg und überall Hunger. Was sollte er sich unter diesen Worten schon vorstellen außer das, was im Fernsehen darüber zu sehen war? Arme Teufel waren das. Wohin sollten sie denn gehen? Er ließ sie einsperren und wegbringen, und wenn sie sich wehrten, drückte er sie nieder. Wieso Dramen?

Einmal nur war er, was das betraf, schwach geworden: als er eine Kolonne von Jungen vor sich hergetrieben hatte, zum Polizeiwagen hin, wie dunkle Gespenster hatten sie ausgesehen. Von irgendwoher war eine junge Frau aufgetaucht, sie hatte sich auf den Jüngsten in der Gruppe gestürzt: »Das ist meiner«, hatte sie gesagt und auf ihren Bauch gedeutet: »Schwanger.« Er hatte sofort gewusst, dass sie log, jung war sie, sah nicht gerade schwanger aus, er war sich außerdem sicher, sie bei Demonstrationen gesehen zu haben. Der Junge dagegen zerlumpt, er verstand sie kaum, war wahrscheinlich kaum fünfzehn, jedenfalls zu jung, um schon Vater zu sein, andererseits, wer weiß. »Schwanger«, sagte sie wieder und wieder. Die

Abgeführten schwiegen, schauten zu Boden, die Kollegen sahen nicht her. Mit der Hand deutete er auf den Jungen, wies ihm, mit ihr zu gehen. Der reagierte erst nicht und musste von der Frau aus der kleinen Schar gezogen werden. Mit den anderen ging es dann weiter, und später griff er einen anderen Jungen auf, um die Quote zu erfüllen.

Das Flirren und Knistern, wenn Papier, das auf anderes Papier folgte, kopiert oder gefaxt, endlich abgelegt wurde, man schredderte es, sammelte die Streifen ein und warf sie weg: »Ausweisung«, »Aufenthaltsbeendigung«, »Aufenthaltsverbot«, Name neben Nummer und Adresse. Wieder was schiefgegangen? Na und? Jede dritte ihrer Amtshandlungen wurde doch zum Skandal erklärt, Menschen, die zusahen, die sich dazwischendrängten, die sich sträubten und blockierten, als hätte jemand Politik mit einem Volksfest verwechselt.

Man durfte sich nicht ablenken lassen.

Er war erleichtert, als sich die Stadt vor Wochen zu leeren begann, selbst wenn es bedeutete, dass auch viele Polizeikräfte abgezogen wurden, wer wusste für wie lange? Endlich war weniger zu tun, leichter Ordnung zu halten. Die Polizisten, die in Makrique geblieben waren, ließen sich umstandslos von ihm leiten. Das waren nicht alles korrupte Feiglinge, aber die gab es auch. Er kannte den ganzen Schwindel, die Bestechungen und die Deals, hatte Kollegen gesehen, wie sie Schmiergelder kassierten, Dealer laufen ließen, Geld annahmen, oder Autos und Motorroller beschlagnahmten, manchmal ganze Ladungen, die dann verschwanden. Und er hatte mitbekommen, wie die Polizeioffiziersgewerkschaft das vertuschte, wie sie log, ihre Leute vor Gericht verteidigte. Er hatte selbst ein paar Mal weggeschaut für ein paar Hunderter, aber das war nicht zu vergleichen mit dem großen Übel.

Nach dreißig Jahren im Dienst könnte auch mal Schluss sein mit den sinnlosen Befragungen: »Woher?«, »Seit wann hier?«, »Was tust du in der Stadt?«, »Auf Durchreise?«, »Was arbeitest du?«, »Privat oder beruflich?«, »Verstehst du nicht?« Die letzten Wochen, die Zeit der Leere in Makrique, das hatte ihm gefallen, ein feiner Kompromissfrieden mit dem Binnenland. Und nur bei den Verabschiedungen der Angeschwemmten kam es manchmal zu Zwischenfällen, sonst verlief alles ruhig.

Konnte der Köter nicht still sein?

Pakka ärgerte sich über das Winseln des Hundes zu seinen Füßen und versuchte ihn mit einem Tritt zum Schweigen zu bringen, während er Marguerite erklärte, sie sei unverantwortlich.

Für sie war das mit den Flüchtlingen ein gefundenes Fressen, sie sah sich als die politische Lokomotive der Stadt, es war nicht zum ersten Mal, dass sie ganz vorne mit dabei war, sie hatte bereits jahrzehntelang die Wirtschaft in Makrique durch unrealistische Lohnforderungen im Wachstum behindert. Ihr erklärtes Ziel, das konnte niemand mehr hören: »Alle am Industriehafen Beschäftigten aus Zeitarbeitsverträgen in Festanstellungen übernehmen«, und zwar, wie sie betonte, »unabhängig von ihrem Wohnsitz, ihrer Herkunft und ihrer Hautfarbe!« Und das sollte vielleicht nicht absurd sein? Lange bevor er sie kennenlernte, hatte Pakka das Dossier über sie – in den letzten Monaten das von ihm meistgelesene Dokument – durchgesehen, er hatte also beim ersten Zusammentreffen mit ihr bereits aus den Akten über sie Bescheid gewusst. Ihre Forderungen klangen zweifellos gut, fand er, aber nur am Papier!, sie führten zu nichts und hatten sie zu Recht die politische Karriere gekostet. Darum saß sie heute auf einem Posten, wo sie sich nur noch um Versicherungsfragen für Angestellte kümmern durfte.

Und vor zwanzig Jahren hatte sie auf das Bürgermeisterinnenamt gehofft.

Sie und die Dockarbeiter, da war er sich sicher, waren es gewesen, die zu den Protesten aufgerufen hatten, und diese Proteste waren bezahlt von ihrem Gewerkschaftsbund, so schien ihm, doch das konnte ihr niemand nachweisen. Sie ließ aber zumindest mit sich reden. Bei den großen Demonstrationen hatten sie sich persönlich abgesprochen, um Ausschreitungen zu verhindern und seine Kollegen in Ruhe abziehen zu lassen, wenn sie von allen Seiten blockiert waren, während auf sie eingeschrien wurde: »Haut ab, haut ab!« Manchmal skandierten die Demonstrierenden auch: »Die Polizei mit uns!«, vor allem, seitdem mehrere Polizeiverbände sich mit den Demonstrierenden solidarisiert hatten, was, so vermutete er, ganz genau wie die anderen Möchtegern-Revolten von ihrem Gewerkschaftsbund bezahlt wurde. Der Beweis, dachte er, ist eindeutig: Erst nachdem Marguerite in die Hauptstadt gereist war, kamen von der »Arbeitsgemeinschaft Polizisten für Menschenrechte«, die dort ihren Sitz hatte, Meldungen wie: »Die Avantgarde der Lernunfähigkeit: unsere Vertreter«, was nur unnötigerweise die Polizeioffiziersgewerkschaft provozierte.

Warum war er da reingerutscht, Einsatz für Einsatz? Wo auch immer er, Pakka, eingesetzt wurde, war auch sie, Marguerite, als wäre sie sein persönlicher Auftrag. Kein Plenum konnte ohne sie anfangen, kein Komitee Entscheidungen treffen, und das gefiel auch nicht jedem. Oft genug sagte sie: »Ich habe etwas zu erledigen« und verließ eine Versammlung früher, weshalb wieder niemand wusste, was zu tun war, und es dauerte noch Tage, bis geklärt war, wer den Müll im Camp entsorgen und wo eine neue Essensausgabe eingerichtet werden sollte, weil sie wieder einmal Spenden erhalten hatten, aber zu wenig Leute da waren, um das Zeug an die Flüchtlinge zu verteilen. Einmal sagte der Polizeichef zu ihm: »Gott hat unsere Stadt mit reichen Gaben beschenkt, aber er gab uns eben auch die Tassioni.«

Warum die Polizei die betreuten Zeltlager oder die Demonstrationen nicht einfach aufgelöst hatte? Obwohl, jetzt fiel es ihm wieder ein, das Lager im Zentrum war geräumt worden, zweimal sogar, das hatte aber nicht den gewünschten Effekt gebracht, es führte nur dazu, dass sich, in der Zeit, als der Stadtkern kurzfristig zu stark kontrolliert wurde, die Bewegungslinien verschoben, weil alle auf den Industriehafen auswichen. Die Menschen standen doch stärker im Austausch miteinander, als es zunächst den Eindruck gemacht hatte. Er erinnerte sich, wie er ganz zu Beginn vom Dach eines Polizeiwagens, auf den er geklettert war, auf die Leute hinuntersah: Die Menge war keineswegs ein geschlossenes Ganzes, sondern viele unabhängige Grüppchen, die keine Ahnung davon hatten, dass sie Teil einer größeren Versammlung waren. Nur so konnte er sich auch ihre erstaunliche Ruhe erklären, sie wussten noch nicht, wie viele sie waren und dass von allen Seiten mehr Leute auf sie zuströmten. In diesem Moment hätte man eingreifen müssen, oder kurz danach.

Es war unerträglich, ruhig sitzen zu bleiben und Marguerite weiter zuzusehen. Wieso schenkte sie dem Touristen ständig Wein nach und stieß dermaßen gut aufgelegt mit ihm an? Wollte sie wirklich das Boot retten? Es war eine Sache, sich bedeckt zu halten und in der Stadt ein paar der Flüchtlinge zu verstecken, die abgeschoben werden sollten. Aber: Neue kommen lassen, obwohl es tausend Gesetze dagegen gab?

Pakka schob den krampfenden Hund, der wieder aufjaulte, mit den Füßen von sich weg, er rollte sich sofort wieder zu ihm zurück.

Und der Tourist? Mit dem Jungen stimmte etwas nicht, er wankte, während er jetzt aufstand. Verzog er sich immer aufs Klo, sobald es ihm zu viel wurde? Wenn er keinen Alkohol vertrug, sollte er es sein lassen.

Pakka nahm, weil der Hund weiterhin heftig jaulte, das zitternde Maul in die Hände und riss den Kiefer auf. Die Zunge darin war blau. Danach ließ er das Tier zurück zu Boden in den nächsten Krampfanfall sinken.

Alle sahen ihn an.

»Rattengift«, sagte er und befahl seinen Männern: »Wir gehen.«

BLUT

Daniel kam von der Toilette zurück. Marguerite und die Frau des Kellners waren in ein Gespräch über Fraßköder in Makrique verwickelt, die Polizisten und mit ihnen die Hunde waren verschwunden. Er verstand erst mit der Zeit, was passiert war.

Marguerite unterbrach sich, stand auf, drückte ihn kurz an sich, und im Weggehen sagte sie: »Wir dürfen morgen für die Beisetzung mit dir rechnen?«

Der Schatten war weitergewandert, die Sonne stand über dem Platz, es war kaum noch erträglich, draußen zu sitzen. Daniel griff nach der Flasche, in der ein letzter Schluck war. Die Gastgeber verschwanden ins Innere des Cafés, nachdem Marguerite gegangen war, und niemand war mehr da, bei dem er sich hätte verabschieden können.

Aus einer Toreinfahrt, wo mehrere Jugendliche saßen, hallte laute Musik. Sie schwatzten und nahmen keine Notiz von ihm. Ein paar Haustüren weiter stand ein Vogelkäfig, in dem ein Kanarienvogel saß und ihn aus kleinen Knopfaugen anstarrte. Daneben Hängekörbe und Tontöpfe mit Pflanzen, kleine Zitronenbäumchen und umgeworfene Gießkannen. Die Fensterläden, hölzern oder blechern, waren mit Blumenranken in giftig wirkenden Farben bemalt. Man hatte die aus ihrer natürlichen Umgebung gerissenen Pflanzen an diesen Ort geschleppt, die Balken mit Dschungelbildern bemalt, sich Natur erschaffen, wo keine war.

Aus den engen, mit in die Häuserschatten gedrückten Menschen überfüllten Gassen trat er auf einen vierspurigen Boulevard hinaus, der von Platanen gesäumt war, links und rechts hohe bürgerliche Häuserzeilen.

Bald war wieder das Meer zu sehen, die natürliche Grenze der Stadt.

Im Erdgeschoss eines Gebäudes entdeckte er eine tunesische Konditorei, deren Schaufenster eingeschlagen waren, aber auf den Regalen standen gefüllte Glasbehälter. Der Wein hatte einen eigenartigen Geschmack auf seiner Zunge hinterlassen, und er war nach wie vor hungrig, darum tauschte er ein paar Münzen gegen zwei Schachteln gelber und oranger Süßigkeiten, der Verkäufer nickte ihm zu: »Du bist der Tourist?«, und zum ersten Mal fühlte er sich von dieser Bezeichnung nicht beleidigt.

Weiter unten, zum Hafen hin, herrschte vollkommene Leere auf den Straßen.

Als er auf den Kai trat, sah er, dass weiter vorne etwas im Gange war, mehrere Männer hatten einen anderen umzingelt, er bekam einen Schlag gegen die Schläfe, wurde niedergeworfen, und, obwohl schon am Boden, von zweien mit Fußtritten attackiert und von einem dritten mit drei harten Stockschlägen auf den Brustkorb getroffen.

Ein verbissenes Geräusch.

Nach einigen Sekunden, in denen er überlegt hatte, ob er weglaufen sollte, stürzte Daniel zu der Gruppe hin, ihm brach ein Schweiß aus, der nichts mit der stechenden Sonne über ihm zu tun hatte. Zwei der Männer ließen sofort vom Geprügelten ab und machten sich in die Gegenrichtung davon, der dritte blieb überrascht stehen, bis Daniel herangelaufen war. Sie stießen ineinander, der andere holte aus und traf ihn am Kopf, Schlag folgte auf Schlag, kurz wurde Daniel schwarz vor Augen, dann sah er den Angreifer davonlaufen und merkte, dass er auf eine Art und Weise brüllte, die ihm selbst Angst machte.

Der Verletzte lag am Boden, die Glieder verrenkt, sein Atem war flach.

Daniel beugte sich über ihn und wischte ihm Tränen, Blut und Schweiß mit dem Handrücken aus dem Gesicht. »Was ist passiert?« Als Antwort bekam er nur ein Wimmern, die Augen des Mannes öffneten sich nicht.

Weiter oben war das Gewusel unerträglich gewesen. Und hier? Niemand, der vorbeikam? Waren alle in den Schatten geflüchtet, oder in die Häuser, weil die Hitze zu Mittag unerträglich wurde?

Er sah auf den Mann hinunter, der lag ungeschützt in der Sonne und war wahrscheinlich bewusstlos. Darum lehnte er seinen Oberkörper so weit vor, dass er einen Schatten auf ihn warf. Aus der Kopfwunde des Verletzten sickerte Blut auf Daniels Schuhe, er spürte, dass auch von seiner Stirn, wo es ihn erwischt hatte, Blut floss, ein Tropfen fiel auf den Bart des Liegenden. Er versuchte, ihn wegzuwischen, und merkte, wie schwer ihm die Koordination seiner Hände fiel. Seine Haut glühte, sein Herz raste, er konnte sich kaum konzentrieren. Er rief um Hilfe.

Dann zog er den Verletzten in den Schatten der Platanen.

Halb im Liegen, halb im Hocken sah er eine kleine Gruppe von Menschen herbeilaufen, er schrie weiter.

Seine Lippen waren heiß, der Gaumen trocken, er fiel um, fühlte eine Flasche an seinem Mund, wurde endlich ruhig, ließ sich forttragen. Kurz wurde ihm wieder schwarz vor Augen, dann sah er halbwegs klar, aber ihm schien, als ob die Farben nicht zusammenpassten und die Proportionen der Dinge nicht mehr stimmten.

Die Stimmen um ihn herum klangen seltsam verlangsamt und gedämpft. Alles Geräusch blieb gefangen in vibrierenden Blasen, nur Schmerz drang zu ihm durch. Kein Satz passte, alle Worte kamen ihm fremd vor, er fühlte eine

Hand auf seiner Stirn. »Ruhig, ruhig, das bringt nichts. Nicht reden! Da, Wasser, und schluck das mit hinunter, dir wird gleich besser.«

Er stammelte, gurgelte. »Es tut mir leid, das muss sein«, flüsterte die Frau, den Satz wiederholte sie mehrere Male. Die Kühle ihrer Hand tat gut. Es war, als stünden seine Lider weit offen, als würde er überschwemmt von Helligkeit; darin ihr Gesicht, das immer wieder kurz aufflackerte, dazwischenfunkend Bilder vom Meer, Unmengen an Wasser, dazu Freiluftgefängnisse, die das Land bedeckten, Zelt- und Blechstätten, die von weit weg gesteuert wurden, improvisierte Auffang-, Durchgangs-, Kontrolllager, Grenzerscheinungen, die bald an dieser, bald an anderer Stelle vorübergehend hinprojiziert wurden.

Die Tabletten, die man ihm aufgezwungen hatte, begannen rasch zu wirken, von Minute zu Minute hatte er weniger Schmerzen, dennoch waren da diese sich wiederholenden Bilder, Lager in alten Armeekasernen mit nicht schließenden, klemmenden Türen in heruntergekommenen Plattenbauten mit beschmierten Treppenhäusern, in Barackensiedlungen mit Sprüngen in den Wänden, dazwischen ein mittelalterliches Kloster, eine verfallene Hotelanlage, inmitten von Plantagen, oder auf hügeligen Olivenhainen, alte, muffige Gemäuer, die mit schwerem Geräusch ihre Eingangstore einen schmalen Spaltbreit öffneten – alles sah er in viel zu hellen Farben, dazwischen die sich wiederholenden Bilder vom Meer – und ein immer schneller um sich fassendes Blau, in dem er –

»Ist er wach?« – »Ich denke nicht.«

Das war eine neue, kühlende Hand auf seiner Stirn –

»Er wird wieder?« – »Ich denke ja.« – »Und Hakim?«

Die Worte stiegen wie Blasen an die Oberfläche – »Das Problem sind nicht die Platzwunden am Kopf« –, da waren ein paar besonders runde, die fröhlich aufblubberten –

»Wenn es nur nichts am Darm ist!«, »Noch hat er nicht erbrochen!« –, sie stiegen größer werdend nach oben und ploppten auf, er konnte ihnen nicht folgen, konnte nicht mit hochsteigen, das Wasser schob sich über ihn, und das Licht, das er an der Oberfläche zunächst noch gesehen hatte, wurde weniger und weniger.

VERPFLICHTUNG

Alles fühlte sich frisch an, die Kissen, die Laken und die dünnen Decken. Das Gesicht der Frau, die ihn anlächelte, war direkt über seinem, sodass sie einander fast berührten. Jetzt nahm er seinen bitteren Geruch nach altem Schweiß wahr, dazu den Geschmack in seinem Mund, wie immer, wenn er zu viel getrunken hatte, zumindest waren aber der Schmerz und die unerträgliche Hitze aus seinem Körper gewichen.

Sie half ihm, aus dem Bett zu steigen, begleitete ihn ins Badezimmer, sah ihm zu, wie er stolperte, deutete mit dem Kopf wortlos auf Spiegel, Wanne, Klopapier und Handtuch und ging dann weg, ohne sich umzudrehen.

Nachdem er alle Badezusätze, die er fand, auf dem Wannenboden ausgeleert und sie bis auf den letzten Tropfen ausgequetscht hatte, ließ er warmes Wasser ein und warf noch einen Block hellgrüner Seife in das Gemisch, das immer mehr schäumte.

Er musste aufs Klo.

Man hatte als WC-Lektüre ein Exemplar von »Erschlagt die Armen!« auf einen Beistelltisch gelegt, wie man in Sanatorien den Kranken oft religiöse Schriften oder Warenhauskataloge unterschummelte. Nachdem er gespült hatte, stieg er in die Wanne. Es war großartig, sich in diesen warmen Dunst hineinzulegen. Eine Zeit lang nahm er nichts wahr außer sich selbst und das Wohlbefinden, das sich langsam in seinem ganzen Körper ausbreitete.

Eine Schachtel stand neben dem Krankenbett, als er zurückkam. Wer hatte ihm die neuen Schuhe hingestellt? Bevor er sie anzog, besah er sich seine Füße, strich über die Stelle, wo die Blasen zu Hornhaut geworden waren, ging dann zum Fenster. Unter ihm lag die Stadt, er schaute wie im Sturzflug über die Treppen hinweg, die zum Rathaus führten, wo heute Abend also die Verabschiedung stattfinden sollte. Immerhin ein würdevoller Ort. Das Meer war nur in einem schmalen Ausschnitt zu sehen, Segel und Masten der Yachten wirkten von hier aus unauffällig.

Es dauerte lange, bis er einen Ausgang fand. Palmen in großen Töpfen versperrten ihm, als er endlich draußen war, den Weg, er schob sich zwischen ihnen hindurch. Marguerite war wohl schon länger auf einer der großen Stufen gesessen, von den Palmen beschattet, sie drehte sich zu ihm um, winkte und stand sofort auf. Während sie ihn umarmte, zählte sie lachend auf, welche Gerüchte kursierten: dass sie ihn erschlagen hätten, dass er selbst wen erschlagen hätte, dass er in der Sonne umgefallen, ins Binnenland zurück oder an einer Alkoholvergiftung gestorben wäre. »Es wäre ein ziemlich schlechtes Zeichen. Nicht auszudenken, wie das aufgenommen worden wäre –!«

Sie klopfte ihm immer wieder auf die Schultern, wechselte dann rasch das Thema, es ging wieder um das Boot, das gesichtet worden war. Sie berichtete, dass es sich der Stadt näherte, die Flüchtlinge schienen zu wissen, dass Makrique den Hafen offen hielt, und irgendwie waren sie wohl an der Schutzpatrouille vorbeigekommen. Dreimal zog sie ihn am Ärmel, es würde gleich eine Aufforderung kommen, er erriet es schon. »Es bleibt dabei, nicht wahr? Du solltest heute Abend auftreten, vielleicht wiederholst du einfach, was du schon oben am Hügel gesagt hast.«

Sie klemmte ihn sich unter den Arm, ging los, sodass er keine andere Wahl hatte, als mitzugehen. Zweifelte sie an ihm? Sie hatte ihn doch gestern bereits gefragt, und schon gestern hatte er zugesagt. Während sie jetzt immer weiter insistierte und sich wiederholte, merkte er, dass er wie nie zuvor einverstanden mit einer Aufgabe war, die man ihm auferlegte. Am Vortag war er skeptisch gewesen, abzusagen hätte er sich aber nicht getraut, heute andererseits war er bei dem Gedanken, aufzutreten, ganz begeistert. Weil er gebadet hatte und mit Medikamenten vollgepumpt war? Oder weil kein Pakka ihn überkritisch und böse beobachtete?

Es war ja auch begeisternd, man musste es sich mal laut vorsagen: Vielleicht wirst du doch nicht mit leeren Händen zurückkehren, du wirst von der erfolgreichen Zusammenarbeit erzählen, wirst Berichte aus der Stadt liefern, in denen du sogar selbst vorkommst, mehr noch!, es werden am Ende noch die anderen Berichte über dich liefern. Dann können sie dir auch einen längeren Aufenthalt nicht vorwerfen, und das alles, obwohl du nicht einmal deinen Kontakt in der Stadt angetroffen hast, überlegte er.

Vielleicht bleibst du überhaupt in Makrique.

Im Weitergehen erklärte ihm Marguerite: Einige Druckereien hätten Aufkleber mit seinem neuen Stadtslogan produziert, da könne er mal sehen, dass seine Rede gut angekommen war. Sie deutete in verschiedene Richtungen, tatsächlich – an Fenstergittern von Erdgeschosswohnungen, Laternenpfosten, auf herumstehenden Autos und Glasvitrinen klebten kleine Sticker mit der Botschaft: »Wir sind ein Hafen!«

Auf einer Hotelterrasse am Kai setzten sie sich hin, die Kellnerin brachte ihnen unaufgefordert zwei Tassen Kaffee und Obst. Daniel kratzte an einem Aufkleber auf der Tischplatte herum, eine Ecke riss er ab, der Rest blieb am Plastik haften.

»Annie! Annie! Hier sind wir!«, rief Marguerite plötzlich und machte so die wenigen Vorbeigehenden auf sie beide aufmerksam, während Annie einen Lastwagen etwas weiter weg vor einem Hauseingang zum Stehen brachte.

»Dein Taxi.«

Er war verwirrt, er hatte schließlich keines bestellt. Dann erst verstand er den Scherz. Annie winkte ihm aus dem Fenster zu, ohne auszusteigen. Was blieb ihm übrig, als hinzulaufen.

ANFANG

Annie winkte Marguerite während mehrerer Startversuche durch das hinuntergekurbelte Fenster zu: »Starker Motor. Nur ein bisschen eitel!«

Der Tourist saß neben ihr und winkte ebenfalls.

Als der Wagen sich endlich in Bewegung setzte, wurde an der Wand dahinter eine Aufschrift sichtbar, was Marguerite sofort die Laune versaute.

Nie war jemand zu sehen, der die Parolen an die Fassaden malte, sie waren einfach da am nächsten Morgen, als würden die Wände selbst ihre Farbe wechseln. Das »No way«, das »Go home«, ein zerknautschter Hut, den schon der Großvater Tassioni in den Dreißigern getragen hatte, als er mit seinen kaum achtzehn Jahren aus Italien in die Stadt gekommen war; leider ein Hut, der nie ganz aus der Mode kam, wie stark der modrige Kellergeruch auch war, der ihm anhaftete. Jeder Polizeipräfekt hielt sich an der Macht, indem er gegen »Gammler!«, »Strolche!«, »Fremde!« vorging, die wacklige Popularität unbedeutender Bürgermeister kleiner Städte baute auf solchen Tiraden auf, daran war nichts Neues. An der Stelle dort, ein paar Meter neben der frischen Schmiererei, waren ihr Vater und ihr Großvater mit italienischen Kollegen marschiert, in ihren fotografisch verbürgten kurzen Arbeiterhosen – die Aufnahme im Album war gelbfleckig vom Alter. Sie gaben keine Ruhe, auch nicht, wenn sie von den lokalen Faschisten, denen sie in ihrem Land zu entkommen versucht hatten, als »Verbrecherarmee« geschmäht wurden. Der Großvater erzählte noch im Krankenhaus, sich Schläuche aus der Nase reißend, mit Begeisterung von früher und lobte besonders das herrliche Blau des Himmels: »Sie wollten uns nicht da haben, aber wir haben einfach die Straßen vollgestopft.«

Sie hatte es satt, sich Gedanken über all das, über die Ursprünge und Parallelen zu machen, hatte es satt, sich zu fragen, wann und wie es dieses Mal begonnen hatte. Es gab keinen richtigen Beginn, jedenfalls hätte sie ihn nicht benennen können.

Der defekte Auspuff von Annies LKW hatte eine Staubwolke hinterlassen, graubraune Schwaden, dahinter das Heck des Lasters, der den Kai entlangrollte und kleiner wurde. In raschen Bildfolgen bauten sich vor Marguerite die alten Hafengebäude auf, in etwa so, wie sie in den Jahrhunderten davor ausgesehen hatten, das Arsenal für die Kriegs- und Handelsschiffe, niedergebrannt oder in andere Städte umgesiedelt, gesprengt und verlassen, später von mehrstöckigen Tiefgaragen unterhöhlt und noch später von Cafés und Touristen besetzt. Im Benzinqualm glaubte sie die Industrieanlagen zu sehen und dahinter mehrstöckige, von Wäsche verhängte Fassaden, die Quartiere der Schiffsarbeiter und Bootsbauer. Ihr war, als könnte sie der Beengtheit dieses Zusammenlebens nachspüren, als könnte sie die dunklen Ringe unter den Augen der Bewohner nachmalen, die sich wie Schatten von der Haut der müden Menschen abtrennten, um sich mit den einstürzenden Bauten in Luft aufzulösen. Die Getreidespeicher, die Waffenlager der Marine, die Hallen, wo früher die Rümpfe zukünftiger Schiffe verschweißt wurden – ging denn nicht alles irgendwann in die Luft und war dann vorbei, wie auch die letzten Wochen vorbei waren?

Vielleicht auch wieder nicht, denn man redete weiterhin davon, der Nachgeschmack war stark –

Die ganze Welt ging, als die alten Bestimmungen kurzfristig aufgehoben wurden, hier durch, es war ein Drunter und Drüber, Militär, Stadtverwaltung und Exekutive konnten sich untereinander nicht über die Zuständigkeiten einigen. Fiel endlich eine Entscheidung, hob sie gleich drei andere auf und wurde kurz darauf selbst außer Kraft gesetzt. Man tat, als hätte niemand gewusst, was an anderen Ufern vorging, gab sich überrascht, stritt über die Umwidmung der im Armenviertel leerstehenden Docks zu Notunterkünften oder über die Umsetzbarkeit des von Lolly-Garche vorgeschlagenen Plans, während ein paar Vereine und Freiwillige längst das Notwendigste für die Neuankömmlinge organisiert hatten. Als aber die Durchreise endlich halbwegs geordnet verlief, wurden die Spielregeln geändert, man entschied an der Stadt vorbei. Im Inneren des Landes wurden Grenzen installiert und Auffanglager geschaffen, aus denen Flüchtlinge sofort, nachdem sie registriert worden waren, in andere Landesteile verteilt oder zurück nach Makrique abgeschoben wurden, von wo sie später nach Afrika – von dort waren sie ja gekommen – gebracht werden sollten.

In Makrique wartete man indes ab, drängte sich zusammen, man stagnierte und resignierte, man wusste immer weniger, was geplant war und wer was zu verantworten hatte –

Die Mahnungen zur Ruhe aus dem Radio waren ihr noch im Kopf, als spräche der Moderator direkt zu ihnen allen, wenn er die Worte des Premiers wiedergab, er redete von Ruhestörung, aber Ruhe gab es schon lange keine mehr in Makrique, sondern jeden Tag mehr und mehr Abschiebungen, immer öfter gruppenweise. Einige Kilometer vor der Stadt war das heftig umstrittene Registrierungszentrum errichtet worden, geführt unter dem Namen »Transitzone Makrique Nord«, es wurde einige Male gestürmt, Akten gestohlen, die Datenbank teilweise gelöscht; kurz darauf richtete man unter Leitung der Chefinspektorin Poulet und infrastrukturell unterstützt von Lolly-Garche die »Transitzone Makrique Süd« ein, ein klassisches Abschiebelager.

Ein paar Autos, die ausbrannten –

Man versuchte die größer und größer werdende Gruppe von Demonstrierenden zurückzudrängen –

Vergeblich –

Am berühmten »nassen Mittwoch« hüpften die Menschen, vor den Knüppeln und dem Tränengas flüchtend, ins Wasser, sie wurden auf Boote hochgezogen, holten sich ein paar Schrammen. Charbonnier war an dem Tag mit ihr zu einer Besichtigung der Lage am Hafenplatz gekommen, und er war es, der sie, Marguerite, auf das Deck des kleinen Motorboots stieß, als die Flucht ins Wasser losging.

Wir haben sehr gut reagiert, dachte sie sich – bevor Panik ausbrach, gaben wir die Order aus, in den Booten auszuharren, denn an den Polizeibarrikaden kam man jetzt nicht vorbei.

Der Alte im Nachbarboot, der mit anderen an diesem Abend vom Fischen heimgekehrt war und neben ihnen anlegte, rief: »Gut so!«, er war von der Arbeit mitten in die Demonstration geraten, gerade als eine lokale Musikgruppe ein Konzert auf der Mole veranstaltete. Die Lage hatte sich etwas beruhigt, aber nun verließen die Demonstrierenden die Boote aus Trotz nicht mehr.

Die Band trat in weißen Jogginganzügen auf, die Sänger, Beke und Ali, zeigten bei jedem Applaus ihre Armmuskeln, auf die sie sich den Titel ihres aktuellen Albums tätowiert hatten, »Let me be your refugee«, ihr Körper war eine Werbefläche und das Meer, nachdem die Sonne gesunken war, schwarz –

Das Militär ließ anordnen, in den Stadtteilen am Hafen den Strom abzudrehen, morgens bildeten Kinder eine Kette am Platz, es gab Zulauf von Schulen, die aufgrund der Notstandsverordnung und des Streiks gegen die Arbeitsmarktreform geschlossen worden waren. Und Malika wurde aus dem Gefängnis entlassen, auch das verlieh der Bewegung Kraft. Eine Performancegruppe führte einen Totentanz auf, sie legten sich mit verrenkten Gliedern auf den Beton, jemand malte mit weißer Kreide ihre Umrisse nach, und nachdem sie wieder aufgestanden waren, schrieben sie je einen Namen und die Jahreszahl dazu. Danach war der Beton voller weißer Striche und Formen, die sich überschnitten, Andeutungen von plattgedrückten Menschenkörpern. Es war schwer, die Feiertagsausflügler davon abzuhalten, über die Zeichnungen zu stampfen, die beschwerten sich ohnehin schon die ganze Zeit, weil keine Fähren mehr ablegten. Später blieben die Touristen ganz aus.

Der entscheidende Moment aber war, sofern sie das in der Rückschau noch sagen konnte, die Morgenstunde, als die Müllabfuhr sich solidarisch erklärte, da blieb allen die Spucke weg. Nur ein paar Tage später trat der Bürgermeister zurück und gab die Verantwortung an seinen Vize ab. Die offizielle Bekanntgabe der Machtübergabe am Rathausplatz –

Unter der brennenden Sonne des Hochsommers –

Dazu der Mief, der vom gammligen Müll aufstieg, der nicht weggebracht wurde –

Marguerite erinnerte sich gut an das Gefühl, dass die Luft aufgebraucht war, genau wie ihre Kraft sich langsam aufbrauchte. Der Atem wurde schwerer, ein Gestank zum Nasezuhalten, wie es die Kinder taten. Staub, der sich vermischte mit Schweiß, Schimmel und Schmutz, denn es gab zu wenige freiwillige Putzbrigaden, die die leeren Verpackungen und Wasserkanister einsammelten, die Essensreste wegräumten –

So macht man es, wenn die Kräfte schwinden, dachte sie sich, man gibt die Verantwortung an die Stadt ab, sie soll, zu vergärendem Abfall geworden, Widerstand demonstrieren. Die auftretenden Folgen tragen wir bis heute – zum Beispiel: ein Leben mit Gestank! –, aber die Ursachen bleiben dadurch unvergessen –

Es wurden weiterhin Mülltonnen angezündet, vereinzelt randalierte man auf dem Platz vor den Docks weiter, was niemanden erstaunte.

Bis auch der Präfekt zurücktrat –

Und plötzlich lagen die Kais und die Molen wieder leer.

ZERSIEDELUNG

In den ersten Minuten hatte Annie ohne Unterlass geredet, sie hatte sich bei Daniel dafür entschuldigt, ihn alleingelassen zu haben, ihm gedankt, dass er Hakim geholfen hatte, ihn gefragt, ob es ihm gut gehe und ob es in Ordnung sei, wenn sie ihn mitnahm, denn sie müsse für die Beisetzung Essen liefern. Das habe sie versprochen. Danach konzentrierte sie sich auf die Straße und war vollkommen ruhig. Er saß ebenso still neben ihr.

Sie fuhren am Nordufer entlang, wurden, als sie den Küstenboulevard erreichten, etwas schneller, fuhren vorbei an dem nicht fertig gebauten Viertel, das den Hafen redefinieren sollte. Wie eine Wunde in der Stadt sahen die leerstehenden Riesen aus, Megakulissen, die die Ödnis dahinter verschleierten, halb verfallene Wolkenkratzer mit Fassaden aus Stahl und Glas. »Makrique ist ein Traum«, Annie deutete im Vorbeifahren auf eine Reihe übereinander geklebter alter Plakate und erklärte ihm, dass es bei dieser Kampagne darum gegangen war, um das Verständnis jener zu werben, die nicht einsehen wollten, wieso der Zugang zum Meer beschränkt werden sollte und warum deswegen unerwünschte Bevölkerungsgruppen hatten umgesiedelt werden müssen. Daniel sah Überwachungskameras, die wahrscheinlich derzeit keine Aufnahmen mehr sendeten.

»Unsere Autobahn!« Annie deutete jetzt auf das Betonband über ihnen. »Sie endet im Nirgendwo.«

Danach war es wieder still im Wagen. Daniel betrachtete durch das Fenster und im Rückspiegel die Überführungen, unter denen sie durchfuhren. Der Streifen zwischen der Küstenstraße und den aufgerissenen Drahtzäunen, die sie vom blauen Wasser abtrennten, wurde schmaler. Nach einiger Zeit führte die Straße plötzlich weg vom Meer, an den verlassenen Gebäuden der Viertel im Norden vorbei.

Diesen Stadtteil kannte er noch nicht.

Beton, Trümmer und Autoreihen mit dazwischengequetschten Motorrädern und Rollern, die wie für einen kurzen Moment am Gehsteig geparkt waren, rechterhand ein Autoreifengroßmarkt, dann Brachflächen. Jetzt fuhr sie auf die Autobahn auf. Von oben konnte er nun das angrenzende Gelände gut überblicken. Als Annie darauf hindeutete, entdeckte er dahinter ein halb verlassenes Lager, dem sie sich rasch näherten. Sie sagte: »Hier waren sie zu Tausenden. Bevor sie verjagt wurden.«

Auf seine Frage hin, ob sie von den Flüchtlingen rede, sagte sie: »Zuerst die Zigeuner, die immer schon hier waren. Später alle anderen.«

Während sie an den Straßenrand fuhr, erklärte sie ihm, dass hier vor ein paar Monaten ein Notaufnahmezentrum errichtet und später von der Polizei teilweise wieder abgerissen worden war. Sie ließ den Motor laufen, während sie aus dem Wagen sprang, forderte ihn dann auf, sich zu ihr an die Schutzplanke zu stellen und deutete auf das Camp, das unter ihnen lag.

Eine Art Zentrum des Lagers bildeten fünf Rot-Kreuz-Container, um diese Sanitäranlagen herum hatte sich eine Siedlung entwickelt, deren schachbrettartige Grundstruktur er rasch überblicken konnte, entlang von zwei sich in der Mitte kreuzenden, geradlinig verlaufenden Hauptstraßen waren Zelte, Wohnwagen und Hütten aufgestellt worden. Wahrscheinlich hatte man anfangs versucht, die Entwicklung des Camps durch die Einordnung in Sektoren und die Zuteilung von Plätzen zu steuern, mittlerweile dehnte es sich aber unregelmäßig aus. Hin zum Binnenland standen auf der einen Seite die Gerüste der nicht fertiggestellten Bürotürme, davor war ein Müllplatz entstanden, deshalb breitete sich die Siedlung in die andere Richtung aus. Ein weiterer dicht besiedelter Teil befand sich direkt unter der Autobahn, sie hatte offenbar zusätzlichen Schutz vor Sonne und Regen geboten. Er schaute sich die Betonkonstruktion an, die stadtauswärts führte, dann zurück auf die Wellblechdächer, die Zelte, die eingetretenen Wege.

Und er hatte Annies Wohnung für einen provisorischen Ort gehalten.

Es war faszinierend, dass dieses Lager schon Elemente einer Stadt herausgebildet hatte, selbst wenn alles aus Holzdielen, Plastikplanen, Lehm, Stoff oder Stroh bestand. In den zwei großen Hauptstraßen gab es Geschäfte und Restaurants. Aus der Entfernung sah er, dass ein paar Menschen im Camp unterwegs waren, nicht viele, aber doch genug, um den Eindruck eines belebten Geländes zu erwecken. Vor den Containern im Zentrum, wo die beiden Straßen sich kreuzten, hatte man eine Art Park eingerichtet, Plastikstühle und ein paar Bänke standen herum, mehrere Kinder saßen zudem am Boden. Insgesamt wirkte das Camp ruhig, an manchen Orten stand Geschirr auf Tischen, Teppiche waren zum Ausklopfen oder Trocknen aufgehängt, Kanister auf der Erde nebeneinander aufgereiht; aber die Zelte daneben standen leer.

»Sind noch viele da?«, fragte er Annie, die gerade ein paar Handyfotos machte. »Für die Website«, sagte sie.

Die Stadtlandschaft veränderte sich, nachdem sie den Industriehafen hinter sich gelassen hatten. Auf- und Abfahrten zur Autobahn, kleine Imbissbuden mit gelben Tischen, wie ein grauer See lag der leere Parkplatz dazwischen, ein Kreisverkehr und ein Großhändler auf vier Etagen, die Fensterfront mit Plakaten zugeklebt: »Sonderangebote«, daneben ein Auto- und Reifenhandel. Nahezu alle Verkehrsbeschilderungen waren vollgeschmiert.

Linkerhand sah man zwischen den wie eingefallen wirkenden Häusern das Meer, Buchten mit Booten, übereinandergestapelt auf großen, eisernen Gerüsten, aneinandergereiht wie Hennen in ihrem Verschlag: »Zu vermieten«, »Zu verkaufen«.

Immer deutlicher wurde die Zersiedlung der Stadt, in der Ferne sah Daniel mehrere Hochhausanlagen, die in die felsige Hügellandschaft hineingebaut worden waren. Mehrere Schuppen, kaum als Lager zu bezeichnen, ein weißer Camion, der vor der Mauer geparkt war, einige Arbeitergärten in kleinen Parzellen, dahinter wieder nur die kargen Hügel und vor einem Steinmassiv eine Reihe niedriger Autogaragen. Es wirkte, als ob Beton und Fels ineinanderflossen, farblich waren sie kaum voneinander zu trennen.

Annie fuhr ohnehin so schnell, dass Daniel nichts lange genug betrachten konnte, um es auf der Rückfahrt wiederzuerkennen. Er war froh, aus dem Fenster sehen zu können und nicht reden zu müssen, er konnte sich zurücklehnen, Makrique anschauen und nichts weiter.

Annie drehte nach einiger Zeit das Autoradio auf und suchte so lange, bis sie einen rauschenden Musiksender eingefangen hatte.

Der Tunnel überraschte ihn.

Nach der Dunkelheit vereinzelte Fabrikgelände, eine verlassene Tankstelle, Feldwege, die in die Hügel abbogen, immer seltener sah er besiedelte Straßenzüge, dafür niedrige Sträucher, trockenes, stacheliges Buschwerk, violette und rote Pflanzen darunter, die zwischen Annies Haarsträhnen aufblitzten, um gleich wieder zu verschwinden.

Er kurbelte das Autofenster nach unten, streckte seine Hand hinaus, der Wind blies ihnen ins Gesicht, und das Auto machte kleine Sprünge, wenn es ungebremst durch

Schlaglöcher fuhr. Annie fuhr zu schnell, wie sie auch mit dem Roller zu schnell gefahren war.

Ihr Mund schob sich vor die Landschaft, ein schöner, gerader Strich im Gesicht, die Nase ebenso gerade, die Augen freundlich, alles zusammen schien Daniel genau, wie es sein sollte.

VERANKERUNG

Als sie über Schotter und Gras fuhr und dann scharf bremste, spritzten unter den Rädern Kies und getrockneter Schlamm weg. Annie stieg aus dem Wagen. Im Laster war ihr der Fahrtwind um die Nase gezischt, aber jetzt, nach den ersten, tiefen Atemzügen, fiel ihr sofort wieder die Hitze auf. Der Weg zum Gewächshaus dauerte nicht lange, ein Glück, es war nichts gestohlen, nichts zerstört worden, dachte sie bei sich, während sie sich neben ein paar Salatköpfen auf die Erde setzte, wenigstens hier war alles noch mehr oder weniger so wie beim letzten Mal, auch wenn das Gelände um den Hof durchpflügter war als bei ihrem letzten Besuch.

Sie sah den Touristen an, der war ihr gefolgt und legte sich neben sie, er machte ihr alles nach. Trotzdem gut, dass er mitgekommen war, sie wollte jetzt nicht allein sein.

Seltsam, dass einer freiwillig nach Makrique kam. Sie sehnte sich umgekehrt nur hinaus. Spätestens seit den Verhandlungen der letzten Monate, bei denen sie hatte dolmetschen müssen – aber eigentlich auch schon viel früher –, hatte sie nichts anderes mehr im Kopf außer den Gedanken, dass es hier unerträglich war. Die Tage im Kongresszentrum waren eine öde Bastelarbeit mit aggressiven Worten, inmitten all der Langeweile vor beanzugten Menschen: »Kontrollgesetz«, »Gesetzeskontrollen«, »Importkontrollorgan«, während sie draußen vor dem Fenster die Gruppe beobachtete, die jeden Tag zusammenkam, um von der Polizei wieder aufgelöst zu werden, Studierende, die gegen die Auslieferungserlaubnis für Waffen in

Krisenregionen, aus denen die meisten Flüchtlinge kamen, eintraten oder gegen die Massenabschiebungen, und das, obwohl alle Entscheidungen längst gefällt worden waren.

Man fürchtete sich offensichtlich nicht besonders vor den Demonstranten, es standen nur zwei Securitys an der Tür.

Die Verhandlungen, bei denen sie dolmetschte, waren sowieso eine Farce, so konnte man es wohl ausdrücken, gröbere Worte, die besser getaugt hätten, um das Ausmaß der Lügen zu bezeichnen, fehlten ihr. Unter Ausschluss der Medien und der Öffentlichkeit wurden Gesetze, die es ohnedies schon gegeben hatte, neu verabschiedet. Waren die Abschiebegesetze so neu? Und die Waffenabkommen? Andererseits kannte sie sich in Fragen der Gesetzgebung nicht gut aus, dafür war Malika zuständig. Sie übersetzte ja bloß.

Und wollte dabei gar nicht übersetzen.

Der hiesige, dünne Waffenhersteller, seine grau-weiße Krawatte, und neben ihm der gutaussehende Einkäufer aus Saudi Arabien, sein weiß-graues Tuch über dem Kopf, als hätten die zwei sich abgesprochen, nicht nur über Argumente und Preise, sondern auch über ihre Accessoires, und mittendrin der Lolly-Garche, der immer wieder die Transportfragen stellte und neue Businesspläne vortrug, dabei vor allem seinen wichtigsten wiederholt bewarb. Den stellte er als »Weg aus der Krise: Flüchtlinge als Humankapital« vor, und dazwischenfahrend war die Innenministerin zu hören, die verlangte, dass die saudischen, tunesischen und libanesischen Einkäufer, wenn sie denn die Waffen bekämen, sich im Gegenzug bereiterklärten, mehr Flüchtlingslager in ihren Ländern zu errichten, die erklärte, dann könne man sogar über weitere Investitionen diskutieren, die warnte, ansonsten sei mit Sanktionen zu rechnen. Neben ihr der Bürgermeister, der betonte, dass der Lolly-Garche, wenn sein Plan bewilligt würde, auf die soziale Sicherheit in Makrique Wert legen müsse. Manchmal hörte man auch den Charbonnier, der damals als Flüchtlingsbeauftragter gezwungenermaßen anwesend war, ihn hätte sie gerne gedolmetscht, denn der sagte nicht viel.

Sie hatte immer stärker das Gefühl, dass das Headset ihr Ohr und Mund versperrte, dass sie nur das Ohr und der Mund der anderen war, Ein- und Ausgang für fremde Stimmen, die durch sie ein gemeinsames Organ bekamen. Als wäre sie nur eine Umschalttaste für verbesserte Kommunikation. Behängt mit Elektronik und verkabelt mit ihrer Funktion ließ sie die Stimmen durch sich hindurchlaufen, ganz ohne dabei eine Miene zu verziehen. Jede Stunde dort war eine sich ausdehnende ewige Stunde, und sie hatte das Gefühl, an den Worten zu erkranken, selbst wenn sie sie nur übersetzte.

Weggehen aus Makrique und alles zurücklassen? Wie lange das schon her war, dass sie das zum ersten Mal gedacht hatte, wie oft sie bereits beschlossen hatte, wegzufahren, diese Stadt hinter sich zu lassen und nach etwas zu suchen, das besser passte, zum Beispiel im Landesinneren oder in einem anderen Land.

Makrique hält dich aber fest.

Zwei gepackte Koffer, das vom Sparbuch abgehobene Geld, der Abschiedsgruß der Mutter – fast auf den Tag genau, als die Verhandlungen beendet waren und sie ihr Pauschalhonorar einkassiert hatte, war sie wieder einmal bereit gewesen, aufzubrechen. In der stadtregierungsnahen Presse wurde gefeiert: »Rückkehrentscheidungen nehmen zu, viele Flüchtlinge wollen heimkehren und werden von unserem beliebtesten Transportunternehmer dabei unterstützt.« In allen Zeitungen und Zeitschriften begannen sie Fotos aufzublähen, auf denen Flüchtlinge an Deck von

Schiffen der Gesellschaft »Merry-Ferry« standen und in die Kameras winkten, im Vordergrund der Charbonnier und der Lolly-Garche, und natürlich die Poulet, auch sie winkend, überhaupt: Alle winkten einander ständig zu! Kurz darauf hatten die Unruhen begonnen, vielleicht gerade wegen dieser Fotos; oder aber weil es zu Ausschreitungen gekommen war, mit und unter den Flüchtlingen, als sie auf die alten Fracht- und Passagierschiffe gebracht worden waren; weil einige ins Wasser gesprungen waren. Täglich war sie vor dem Fernseher gesessen, hatte auf Meldungen gewartet, hatte sich gefragt, wann das alles zu Ende gehen würde, aber was wusste man schon, wie lange das normalerweise dauerte? Es gab ja kein »normalerweise« für so etwas, es konnte rasch zu Ende sein oder sehr lange dauern. Das Gedränge am Hafen wurde unüberschaubarer, die Zusammenstöße mit der Polizei, die die Flüchtlinge an der Weiterreise hindern wollte, heftiger.

Nach ein paar Tagen hatte sie wieder ausgepackt und sich den Demonstranten angeschlossen.

Als sie einmal über Nacht dort blieb, sah sie ein paar Männer, die mit Kameras über die Polizeibarrikaden stiegen, zwischen den Schlafenden umhergingen, sie fotografierten, und am Tag drauf waren die Fotos überall im Internet, mit Aufrufen, die Unterstützer und Unterstützerinnen der Flüchtlinge anzugreifen.

Doch aufbrechen und alle im Stich lassen? Und Hakim? Was war mit Hakim? Und Malika? Auch die beiden zurücklassen? Die in so kurzer Zeit echte Freunde geworden waren? Nach den Rücktritten, als es anders wurde, als der Charbonnier überraschend Vizebürgermeister wurde, als die Polizei abzog, selbst da kam sie erneut auf, diese Frage, vor allem, weil immer mehr Leute die Stadt verließen, man fürchtete sich, fühlte sich unwohl, man wusste nicht, was kommen würde. Vor ein paar Wochen hatte sie in einer

Runde gefragt: »Wer kommt mit?« Zwei hatten sich zu ihr in den LKW gesetzt und waren zur Stadtgrenze gefahren. In einiger Entfernung des Drahtzauns hatte sie angehalten und aus dem hinteren Teil des Lasters mehrere Baumscheren geholt. Man musste Handschuhe anziehen und den Zaun mit den Scheren aufschneiden, um durchzuschlüpfen. Die anderen beiden legten sofort los, sie schaute ihnen rauchend, ans Heck des Lasters gelehnt, zu und fuhr danach in die Stadt zurück.

Annie stand auf und begann, die bereitgestellten Kisten und Säcke mit Gemüse zu füllen. Der Tourist blieb liegen, der Faulpelz. Oder tat ihm die Kopfwunde weh? Hakim hatte nicht gut ausgesehen, als sie ihn am Morgen besucht hatte. Zusammengeschlagen am Weg zu ihr, wahrscheinlich hatte er ihr beim verspäteten Frühstück vom Boot erzählen wollen.

Sie begann die Kartons mit einer großen Rolle Klebeband zu verschließen und schlichtete die Pakete danach in den Laderaum des LKWs. Der Tourist lag weiterhin nur da, der hätte sie, kein Zweifel, lieber zurück zwischen das Grün gezogen, Hose runter und die Ellbogen in die Erde gerammt. Konnte ihm auch keiner übelnehmen.

Es dauerte ohnehin nicht lange, einige der Kisten machte sie noch mit Seilen aneinander fest, damit sie im Laderaum nicht verrutschten, dann winkte sie Daniel zum Einsteigen.

Ob sie direkt zum Rathaus fahren sollten? Die Beisetzung war ja für den späten Nachmittag angekündigt.

»Willst du da wirklich hin?«, fragte sie ihn. »Es wird bestimmt deprimierend.« Er reagierte nicht, sie versuchte es noch mal: »Ich könnte auch nur das Zeug abliefern, und wir fahren dann weg, anderswohin.«

Sie hatte absolut keine Lust, zurückzufahren, zu den Toten und den Lebenden, die da sein würden, die einen zu still und die anderen zu laut. Hakim würde bestimmt dort sein, der hatte sie, als sie heute früh zu ihm ans Bett getreten war, weggestoßen, und draufhin hatte man sie aus dem Zimmer gedrängt.

Sie wollte ihn nicht sehen und auch sonst niemanden.

Es wäre jetzt kein großer Aufwand, wegzufahren, sie waren schon aus der Stadt draußen und müssten nur weiter. Andererseits hatte sie Marguerite versprochen, dafür zu sorgen, dass der Tourist am Abend auch wirklich zur Beisetzung kam.

Warum eigentlich, was konnte der schon bewirken? Wenn sie so zu ihm hinschaute, fand sie keinen guten Grund, ihm irgendwas zuzutrauen. Er hatte die Sonnenblende heruntergeklappt, betrachtete im kleinen Spiegel auf der Innenseite der Blende seine sonnenverbrannte Nase, die Wangen, die Stirn, er wendete den Kopf hin und her, während sie den Schlüssel mehrmals im Zündschloss drehte, und als der Laster endlich ansprang und einen Satz nach vorne machte, stieß er sich die Stirn an der Sonnenblende.

Sie mussten beide lachen.

BEISETZUNG

Daniel erkannte den LKW wieder, in dem er mit Bakary mitgefahren war, da, direkt neben dem Rathaus geparkt, einige Menschen hatten Schlangen drumherum gebildet. Sie hoben die Urnen aus dem Laderaum, trugen sie zum Rathaus, in die Eingangshalle und stellten sie dort ab, andere nahmen sie entgegen und trugen sie ins Obergeschoss hoch. Annie deutete ihm, auch eines der Tongefäße mitzunehmen, das rotbraune Material lag gut in der Hand. Wie dünn ihre Beine aussahen in der Jeans, fast hüpfte sie über die Marmortreppe. Oben war eine noch größere Zahl an Helfern zugegen, man trieb ihn nach nebenan, wo die Urnen bereits fast den ganzen Raum ausfüllten. Er stellte seine dort ab, wo noch Platz war. Als sie sah, dass er schwer atmete, zog Annie ihn aus dem Raum und die Treppe wieder hinunter, sie hielt ihn an der Hand.

Vor dem Rathaus hatten sich weitaus mehr Menschen versammelt als bei der Verabschiedung oben am Hügel, die Nachricht von der Beisetzung hatte offenbar die halbe Stadt erreicht. Immer noch hatte er Schwierigkeiten mit dem Atmen: »Warum stellt ihr sie da einfach hin und begrabt sie nicht?« Sie ließ seine Hand nicht los: »Wenn die alte Regierung in die Stadt zurückkommt, soll sie sie dort vorfinden. Ich seh's nicht ganz ein, ist doch makaber« sagte sie, »aber mich fragt ja keiner.«

Ihm schien, dass ihre Antwort zu sorglos klang: Rechnete man in der Stadt denn ganz fest mit der Rückkehr der alten Verwaltung? Warum blieb sie bei dem Gedanken so ruhig?

Der LKW wurde von einem Uniformierten umgeparkt; er war bereits ausgeladen, Polizisten standen unweit davon beieinander, die Hunde streiften um sie herum, wichen den Tritten aus, rollten sich zusammen, um sofort wieder aufzuspringen, wenn die Männer ihre Position verlagerten. Jemand hatte anscheinend behauptet, dass die Fassadenschmierer Waffen besaßen, Gewehre und Munition aus dem städtischen Arsenal. Dabei wusste man nicht mal, wie groß die Gruppe war, wer sie anführte, ob das Ganze nicht die alte Stadtregierung angezettelt hatte und so weiter, alles war unklar, unnötig eigentlich auch, das jetzt hier zu besprechen, auf dem Rathausplatz, angesichts des leeren Laderaums, aber man redete weiter darüber: »Warum tut ihr nichts gegen die?«

Pakka stellte sich vor die Menge: »Schluss damit. Woher sollen sie Waffen haben? Wir haben alle Waffen abgeholt und sie in die –!«

Die bloße Erwähnung von Waffen, und das aus seinem Mund, war unvorsichtig gewesen, einige wurden noch unruhiger: »Wo? Wer hat Waffen?«

Ein Stoß mit dem Ellbogen, ein Fluch, ein angedrohter Schlag ins Gesicht, einer der Uniformierten gab einen Warnschuss ab, um die Menge zu beruhigen, die dadurch freilich nur nervöser wurde. Pakka schimpfte ihn aus und drohte, ihm das Gewehr wezunehmen, wenn er sich nicht beherrschte. Danach versuchte er wieder, die Menge zu beschwichtigen, die ihn mit Fragen bestürmte. Marguerite unterbrach die Diskussionen mit dem Vorschlag, sich dem großen Ereignis am morgigen Tag zu widmen, anstatt über die Schmierereien zu reden, über den Vandalismus, die Diebstähle, den Überfall auf Hakim und den Touristen oder über Waffen. Auf das Boot müsse man sich konzentrieren, es war da draußen, es hielt Kurs. Sie richtete das Wort nicht an die Streitenden, sondern vor allem an Charbonnier, aber der zuckte nur mit den Achseln, als wüsste er nicht, was er mit dieser Information anfangen sollte. Sie insistierte: Es sei zu besprechen, wie die Küstenwache vorzugehen habe und wie man die Feier vorbereiten könne. Jemand rempelte sie an, und das Geschrei wurde lauter, alle duzten und beschimpften sich in ihrem Dialekt, dabei konnten sie einander nicht alle kennen, es war nur der allgemeine Tonfall. Als wären hier alle gleich und miteinander vertraut, das war Daniel schon am ersten Tag in der Bar aufgefallen.

Pfui- und Buh-Rufe, als nun Charbonnier ein wenig unwillig vorschlug, die Leute sollten sich wenigstens anhören, was Marguerite zu sagen habe. Danach versuchte er gar nicht mehr, dazwischenzugehen, war wohl auch besser so. Ein Mann erklärte den Umstehenden, dass er das mit den Urnen für bescheuert halte, das war sein Wort, er wiederholte es mehrmals, »bescheuert«, und dass er den Kampf gegen Flüchtlinge heute als Krieg gegen Menschenhändler begreife. Er wisse, rief er, außerdem längst nicht mehr, weshalb er gegen die neu beschlossenen Fremdengesetze gewesen war. Aus seinem Mund klang das Wort »Flüchtlinge« wie ein Schimpfwort, das war es für ihn wahrscheinlich auch.

Jetzt erst ließ Annie Daniels Hand los. Eben noch hatte er sie dicht neben sich gespürt, ein kindliches, angenehmes Gefühl, so an der Hand genommen zu werden. Der Mann breitete weiter seine altbekannten Ansichten aus wie die Händler ihre Waren im Zentrum von Makrique: dass Schmuggler die Grundrechte der Schutzsuchenden verletzten, dass sie Frauen zur Prostitution zwangen und Auswandernde in den Tod; hintendrein kam natürlich sein Lösungsvorschlag, der ebenso altbekannt war, was auch kaum überraschen konnte, man blieb schließlich immer in alten Vorstellungen und Ideen stecken, selbst wenn man versucht hatte, sie abzuwerfen: Damit die Flüchtlinge nicht vor den Küsten Europas starben, mussten sie schon von ihrem Versuch, die Küsten zu erreichen, abgehalten werden, die Gesetze, gegen die sich Makrique gestemmt hätte, seien daher eine humanitäre Maßnahme zum Schutz unschuldiger Opfer vor organisierter Kriminalität, und das Abweisen von Schlepperbooten, das in der Stadt Widerstand ausgelöst habe, im Grunde nichts anderes als die Prävention von Menschenrechtsverstößen.

Man brüllte zwar sofort gegen ihn an, die Stimmung aber war dahin. Wovon er denn rede? Dem Außenministerium gehe es nur darum, die Boote zu versenken, zu sprengen oder wegzuleiten, um die Flüchtlinge in den Drittländern zu stoppen, obwohl sie dort genau jenen Menschenrechtsverletzungen ausgesetzt waren, vor denen er behauptete, sie schützen zu wollen. Mittendrin war man jetzt, es ging hin und her, ein banales Argument nach dem anderen: »Und warum gerade wir? Gerade wir sollen die ganze Welt retten?« – »Nicht die ganze Welt, ein paar Menschenleben nur, das wäre schon mal ein Anfang.« Eins führte zum anderen, schon bald zog die Diskussion immer weitere Kreise: »Mit den heutigen Konflikten dort haben wir nichts zu tun.« – »Und Libyen? Und Syrien? Wer hat dort die Rebellen unterstützt und den Krieg mitgestaltet?« – »Wir haben uns vor Jahrzehnten politisch aus dem Kontinent zurückgezogen.« – »Gar nicht.« – »Selbst sind sie schuld an ihrem Elend, sie brutzeln ganztags faul in der Sonne und pflanzen sich fort.« – »Wir hier tragen nicht die Verantwortung für Menschen, die Wirtschaftsmiseren entfliehen wollen, nur weil sie zu eigener Leistung nicht fähig sind.«

Auch Malika – Daniel entdeckte sie in der Menge – sorgte, wie immer, für Unruhe, sie diskutierte wild mit. Ihr ganzer Körper schien sich anzuspannen, als die Umstehenden auf sie einzureden begannen, ihre Augen, seltsam verdreht – er hatte das schon bei ihr gesehen, es war ihm unangenehm, sie anzuschauen. Sie war trotz der braunen Haut deutlich blasser als oben am Hügel, und die schwarzen Augenringe sahen wie aufgemalt aus. Ihr Blick wirkte, als sei sie andauernd auf der Hut, egal mit wem sie redete, und ihr Lachen als ob die Knochen in ihrem Gesicht gegeneinanderschlugen, ein böses Kichern, mit dem sie einen Kerl neben sich strafte, der sofort still wurde.

Ein Mann sagte in der kurzen Stille, die durch ihr Auslachen entstanden war, es gehe nicht um Moral, sondern um Mathematik. Bloß weil die Migration nach Europa kriminalisiert und so schwer gemacht werde, höre die Einwanderung nicht auf, sie koste nur mehr Leben. Seine fast gelangweilte Miene, während er redete, es schien nicht das erste Mal zu sein, dass er sich zu Wort meldete, aber es war in solchen Situationen nie das erste Mal, und man wiederholte es trotzdem, nochmals und nochmals. Einige hörten ihm zu, andere gingen weg. In ihrem Rücken sprach er weiter. Die Idee, sagte er, man könne Menschen zwingen, sich nicht nach einem würdigen Leben zu sehnen, sei boshaft und lächerlich. Das einzig Sinnvolle war, was Makrique immerhin versucht hatte: angemessen auf eine Situation zu reagieren, auf die es eigentlich keine angemessene Reaktion gab, aber es gelte eben trotzdem nicht nachzulassen bei der Suche nach einer solchen.

Jemand schrie dazwischen: »Du redest ja nur!«, er entgegnete: »Sollen wir die stattdessen alle erschießen?«, und fuhr dann unbeirrt fort, weiterhin mit monotoner Stimme: Die Schließung der Grenzen habe die Ströme im vergangenen Jahr kaum verringert, in den Gewässern würden heute mehr Boote gesichtet als zuvor, sie drangen aber nicht mehr durch, weil viele untergingen oder weggeleitet würden. Jemand kam gelaufen, rief etwas, um den grauhaarigen Mann herum begann es zu rumoren, man wusste, dass er ein bekannter Wirtschaftsanalytiker war, der für die größte Stadtzeitung schrieb, eine Autorität, der man zuzuhören gewillt war. Er redete im allgemeinen Tumult weiter: Auch wenn es gerade nicht so aussah, kamen weniger Menschen, als man dachte. Die Zahl der jährlich Einwandernden liege immer noch unter null Komma vier Prozent der europäischen Gesamtbevölkerung. Man solle nicht den Statistiken jener glauben, die sich – schon bevor die Flüchtlinge im letzten Jahr in großen Gruppen gekommen waren – über jeden einzelnen Zuwandernden mindestens so sehr aufgeregt hatten. Waren's nicht die Neger und Araber, dann mussten die Zigeuner herhalten, oder die Italiener und Spanier, sogar eine Slaweninvasion hatten sie sich schon herbeigeträumt, als ein Ukrainer die erste Praxis für Schönheitsoperationen direkt an der Küstenstraße aufgemacht hatte. Die Zahlen dieser Paranoiker stimmten nicht und hatten nie gestimmt.

Kaum dass er fertig geredet hatte, setzte Annie eins drauf: »Denkt doch!«, sie war wütend, fand anfangs nicht die richtigen Worte für ihre Wut, unterbrach sich selbst in ihrer Frage: »Lebt Europa nicht von der Ausbeutung jener Regionen und zwar –?«, sie begann neu: »Hat dieses Europa nicht goldene Jahrhunderte erlebt, weil es sich von der Kraft Afrikas ernährt hat?« Sie sagte wirklich »Kraft Afrikas«, wiederholte es sogar, dabei hatte sie ihr Smartphone gezückt und hielt es wie eine Waffe in alle Richtungen, deutete auf die am Bildschirm geöffnete Online-Enzyklopädie und fuhr über Bilder und Links, während sie Milliardengeschäfte nannte, die Firmen ihres Staates mit Regimen in den Regionen machte, aus denen die Menschen flüchteten.

Als sie, immer wieder Zahlen aus dem Internet vorlesend, endlich die richtigen Worte fand, als hätte sie sie gerade eben aus den Websites bezogen, und nachdem sie eines nach dem anderen in den Mund nahm – »direkte Folge«, »koloniale Eroberung«, »Vertreibung«, »Landraub« –, wurde es wieder unruhig. Man rief ihr zu, sie solle sich samt »Sklavereikeule« und »Rassismuskeule« anderswohin verziehen, und das bisschen Geheule zum »Postkolonialismus« könne sie sich auch für die Mitternachtseinlage sparen, es sei doch so ein schöner Abend.

ZELLEN

Pakkas teilnahmsloser Blick machte Malika rasend, er sah unbewegt zu, wie die Leute begannen, aufeinander einzubrüllen, und kaute dabei Kaugummi. Am liebsten hätte sie ihm ins Gesicht gebrüllt: »Verschwinde, Drecksau!«, oder nur: »Bullenkrätze!«, und dabei war er nichts gegen die Typen, die sie schon erlebt hatte, so wie er immer mit seinem »Hmnagut« daherkam und dem »Soso!«, »Verstehe!«, »Das nächste Mal aber!«

Vor seine Gestalt schob sich die des kleinen Polizisten, der sie vor ein paar Monaten an den Haaren zum Einsatzwagen gezerrt, dreimal auf ihre Beine eingeschlagen, sie ins Auto gestoßen hatte. Sie war wieder in einem Selbstgespräch versunken, wie ihre Mutter oft genug, »Malika, Malika, dass du da nicht besser aufgepasst hast –!«

Was war damals eigentlich bei der Aktion schiefgelaufen? In welchem Moment hatte sie falsch entschieden? Als sie zusammen mit Hakim und ein paar Kollegen zu der Wohnung gefahren war, wo die Frau mit ihren Kindern untergekommen war? Diese Entscheidung konnte man rückblickend kaum bereuen. »Wie geht's Ihnen, Zia?« – »Und euch?« – »Kommen wir zur Sache.« Der Fall schien nicht problematisch, vielleicht nur ein Irrtum, bei der Bearbeitung der Anträge war irgendetwas schiefgelaufen, die Mutter aus ungeklärten Gründen nicht den Kindern zugeordnet worden. Hakim hatte ihr, Zia, im Hausflur erklärt, dass es für sie kein Zurück mehr gebe, wenn sie erst mal in den Händen der Polizei sei, dass es besser sei, wenn sie sich versteckte, weil sie sonst ihre Kinder nicht mehr sehen würde, denn die hatten als Minderjährige humanitäres Aufenthaltsrecht bekommen. Er versuchte sie zu beruhigen, man werde ihren Fall übernehmen, das Komitee habe ein Dossier angelegt, die Chancen stünden gut.

Es lief anfangs geordnet ab: Am Arm von Hakim ging die Frau die Treppe hinunter, drei, vier Menschen waren mit dabei, die Kinder ließen sie bei der Nachbarin. Aber vielleicht hatte es zu lange gedauert, die Erklärungen, das Gespräch mit der Nachbarin, der Abschied von den Kindern, und als sie auf die Straße traten, stand direkt vor der Haustür bereits eine Gruppe Polizisten. Die Frau und Hakim rissen sich voneinander los und liefen davon, während sie, Malika, was blieb ihr übrig, mit den anderen gemeinsam auf die Polizisten zustürzte, um sie zumindest einen Augenblick davon abzuhalten, die beiden zu verfolgen. Eine im Grunde sinnlose Aktion, wie viele davor, es ging um Monate, die man gewann, nicht mehr, aber andererseits: was für eine Bedeutung diese Monate für die Frau hätten, die sie vielleicht noch bei ihren Kindern verbringen könnte. Und vielleicht würde bald ein neues, weniger scharfes Gesetz erlassen oder der Verwaltungsfehler korrigiert, die Gesetze änderten sich schnell, es gab oft neue Ausnahmebestimmungen, je nach aktueller Situation im Land.

Malikas Losstürzen auf die Polizisten war unüberlegt gewesen, auch wenn es sich wahrscheinlich schon zu dem Zeitpunkt angekündigt hatte, als sie im Flur ständig den Namen der Frau wiederholte: »Zia!«, auch ihre Mutter hieß so, »Zia, kommen Sie bitte!«, und sich ihre auf nichts Konkretes gerichtete Wut mehr und mehr steigerte: »Zia, wir müssen los!«, »Wirklich, Zia, die Polizei kann jederzeit kommen!«

Dieser nervöse Abschied, eine von vielen, in den letzten Wochen alltäglich gewordenen Szenen, versetzte sie – Ausruf um Ausruf – binnen weniger Minuten in einen Schockzustand, was sie selbst überraschte. Sie konnte gar nicht mehr zur Frau hinschauen, die im Weggehen streng zu ihrem ältesten Sohn sagte: »Hör auf zu weinen!«, »Putz dir die Nase!«, »Ich kann dich nicht mitnehmen!«, »Du passt auf die Schwestern auf!«, all die bekannten Befehle, unter denen man als Kind gelitten hatte. Und sie und Hakim, die dazwischenriefen: »Bitte, Zia, es eilt!« – »Zia, kommen Sie schon!« – »Los, los!«, bis die Frau sich von ihnen über die Treppe hinabführen ließ. Und dazu ihre viel zu kleinen, weißen Zähne, die in die Lippen bissen, als der Sohn ihr vorwurfsvoll etwas hinterherrief.

Für das, was dann kam, gab es keinen Plan, auf den man hätte zurückgreifen können. Stattdessen reagierten alle spontan: Der Polizei keine Zeit lassen, die Situation zu erfassen; ein paar Passanten miteinbeziehen; sie ablenken, aber versuchen, nichts zu unternehmen, was ein Nachspiel hätte; blockieren und damit die Flucht ermöglichen; Sie waren noch zu dritt, oder zu viert?, nachdem Hakim und Zia die Flucht ergriffen hatten, und Malika versuchte zu erkennen, was die Beamten bei sich trugen: Knüppel, Elektroschockpistolen, Schusswaffen. Die Polizisten waren zweifellos überrumpelt, befürchteten, dass der Einsatz schiefgehen könnte und sie dafür belangt werden würden.

Was für ein Job.

Sie warf sich einem der Männer direkt vor die Füße, er stolperte, sie rollte weiter, und als er sich wieder aufgerappelt hatte und auf sie losging, blieb sie am Boden liegen, die Hände über dem Kopf, um sich vor seiner jetzt unkontrollierten Gewalt zu schützen.

Waren es die Nachbarn gewesen, die die Gendarmerie gerufen hatten? Hatte jemand gepetzt und der Fremdenpolizei Informationen zugespielt, damit sie früher käme? Wer hatte im Vorfeld durchsickern lassen, dass viele der gerade erst Angekommenen schon wieder außer Landes gebracht werden sollten? Sie erinnerte sich an die Listen, die kursierten, die Bescheide, auf denen ja nicht nur dieser eine Name, Zia, sondern fünfzig weitere gestanden waren. Die Abschiebungen wurden heimlich durchgeführt. Also: Wer hatte davon gewusst und wer hatte ihrem Zentrum Informationen darüber zugespielt? Wirklich der Charbonnier, wie manche behaupteten? Er leugnete es ja. Damals war er gerade wieder befördert worden, stieg vom Flüchtlingsbeauftragten zum Vizebürgermeister auf. Wem nützte es, diese Listen an sie weiterzureichen? Dem- oder derjenigen musste klar gewesen sein, dass sie, dass Hakim, dass ihr Komitee intervenieren würde. Damit man sie dann allesamt hopsnahm? War das dem Charbonnier zuzutrauen? Vielleicht war es doch die Präfektur gewesen. Oder waren sie nur aufgeflogen, weil sie sich tagelang Zeit ließen, wo jede Stunde zählte?

Dass aber der Charbonnier sich nicht eingemischt hatte, als sie im Gefängnis festgehalten wurde, das war was anderes, hätte er doch leicht intervenieren können. Sie war schließlich nur einem Polizisten vor die Füße gerollt. Und der? Während er sie an den Haaren hochgezogen hatte, war ihr verschwommen eine Gruppe Schaulustiger vor Augen gestanden: eine Frau, die Anstalten machte, zu protestieren, nachdem der Beamte auf ihre Beine eingeschlagen hatte, einer der Umstehenden, von ihm sah Malika nur die Hosen, belehrte die Frau: »Sie hat sich einer Amtshandlung widersetzt.« Dann das Hupen, die Sirenen, das Bremsen anderer Einsatzwagen, weitere Männer in Uniform, ein letzter Tritt gegen ihr Schienbein. »Werden die wirklich alle arretiert?«, noch einmal die Stimme der Frau, während Malika aus den Augenwinkeln beobachten konnte, wie auch ihre Kollegen, die während der ganzen Aktion stillgehalten hatten, festgenommen wurden.

Beim Verhör hatte sie kaum ein Wort gesagt. Alles wurde ihr weggenommen, das Mobiltelefon, Geld, ihre Kleidung. Sie konnte am ersten Abend nicht durchsetzen, dass man ihr etwas zu essen brachte. Wie ein Farbfilter lag ein normiertes Weiß über diesen Erinnerungen. Sie hatte ihnen ihren Nachnamen genannt, man hatte ihn aber, absichtlich oder unabsichtlich, falsch eingetragen, mit doppeltem »k« und nur einem »d«: »Mokkadem«, sodass sie in den Datenbanken nicht zu finden war. Ein paar Tage lang galt sie deswegen als »ohne Papiere«. Die lächerlichen, wiederholten Drohungen, abgeschoben zu werden. Ein Kerl riss ihr beim Verhör einen ihrer Zöpfe ab. Kurz darauf stieß die Poulet zum Verhör dazu, die sie vom Namen her längst kannte, der sie aber bis dahin nie begegnet war, keine Freundin von Flüchtlingen, hieß es.

Sie übernahm die Befragung, stellte sich als Chefinspektorin vor und entschuldigte sich für den Übergriff des Kollegen. Man würde sie bald wieder gehen lassen, versprach sie. Dennoch dauerte die Einvernahme insgesamt mehrere Tage. Außerdem: Es kam ihr so vor, als ob die Wachleute, nachdem sie ihren Namen und ihre Daten erfahren hatten, noch ärger gegen sie vorgingen, während die Poulet immer voller höflicher Entschuldigungen war. Sie saß ihr bei den Verhören gegenüber, schwitzte stark, wie auch sie, Malika, schwitzte, und sehr bald wurde ihr klar, dass sie zwar keine Beweise und damit keinen Grund hatten, sie festzuhalten, dass sie aber diese Beweise im Verhör erhalten wollten. Die Poulet redete von Telefonüberwachung, von Hausdurchsuchungen, von weiteren Festnahmen und davon, dass alle anderen schon freigelassen worden waren. Immer wieder fragte sie nach dem Sozialzentrum, nach dem darin untergebrachten Forschungsinstitut, nach dem »Verein für Vertriebene«, dem »Verband helfender Hände«, der »Union für Flüchtlingshilfe«, der »Initiative Minderheiten Abteilung Süd«, der »Plattform gegen Sklaverei«, der »Vereinigung der Flüchtlinge«, dem »Komitee der Sans Papier« und so weiter. Malika war tatsächlich bei vielen der aufgezählten Vereinigungen dabei, bei einer sogar Gründungsmitglied.

Die Poulet fragte, ob sie Gelder angenommen habe, und behauptete, dass andere Zuschüsse bekommen hätten, dass sie es bereits zugegeben hätten und dass es sich um Spenden aus nordafrikanischen Staaten oder direkt von Asylwerbern handelte. Sie fragte nach der Gemeinschaftsküche, nach den Möbeln darin, und wer das Essen bezahlt hatte.

Malika erinnerte sich sofort an den Geruch von gebratenem Fleisch, an den großen Raum mit der Anrichte in der Mitte, wo alle Herdplatten immer besetzt waren mit mehreren Pfannen, darin der braungoldene Knoblauch, auf dem Holz die feingeschnittene, weiß-lila Zwiebel. Das Brutzelgeräusch, Zischen, wenn Öl nachgegossen wurde, man lief hin und her, holte Töpfe, Schalen voll Gemüse, Packungen von Couscous und Reis, dazwischen standen Frauen und kneteten Hackfleischbällchen, einige trugen Kopftücher, alle hatten Kochschürzen umgebunden, scherzhafte Drohbewegungen mit Messern, ein paar Kinder saßen in einem Eck, jemand schrie ihnen etwas zu, vielleicht nur ihre Namen, um sie zurechtzuweisen. Malika sah sich selbst im Eingang stehen, hörte sich durch die Tür hineinrufen: »Alles in Ordnung hier?« Man nickte ihr zu: »Nächstes Mal bitte mehr Orangen einkaufen!«

An der starken Erinnerung merkte sie, wie hungrig sie war, aber vor der Poulet hätte sie das nie zugegeben, diese seltsame Person saß ihr gegenüber und redete immer weiter, zuerst von »Illegalen«, gemeint waren die Flüchtlinge, die im Zentrum übernachtet und gegessen hatten, dann von Spenden und Aktionen, die angeblich unter den Tatbestand der gewerblichen Schlepperei fielen. Die Poulet warf nach diesem ganzen Riesenhaufen unverschämter

Fragen mit amtlichem Gesicht dem Sozialzentrum vor, internationale kriminelle Organisationen unter seinem Dach zu vereinen. Malika schwieg, »Hab' jetzt nicht die Kraft für so was«, dachte sie bei sich. Als Beweis nannte die Chefinspektorin noch einmal das Geld, das einige der Flüchtlinge in die Gemeinschaftskasse gelegt hatten, die Summen waren weit übertrieben. Auf Malikas Lachkrämpfe hin wurde sie doch grob und wechselte zum Du: »Wir brauchen dir nichts nachzuweisen. Hast einen Polizisten geschlagen. Damit kriegen wir dich dran, keine Sorge.«

Als Malika sie weiter auslachte, zugegeben, schon fast hysterisch: »Was Sie hier machen, ist Freiheitsentzug ohne Delikt!«, sagte die andere nur: »Unser Land ist seit gestern im Notstand.« Danach erzählte sie ihr, dass es wieder zwei Attentate gegeben hatte, und sah ihr lange interessiert ins Gesicht, und nach diesem Blick wusste Malika, dass zwischen ihnen beiden alles klar war, dass die Poulet wusste, was gerade in ihr vorging, dass sie es wahrscheinlich sogar genoss, nur ein bestimmtes Wort fallenlassen zu müssen, um sie vernichtend zu schlagen. Sie waren schließlich beide gut genug informiert darüber, was das bedeutete und welches Verhältnis die neue Gesetzeslage mit ihren am Kriegsrecht orientierten Sonderregelungen zwischen ihnen herstellen würde.

Die erste Befragung beendete die Poulet verhältnismäßig rasch, später wurde es härter, aber nicht deshalb, weil die Verhöre schlimmer wurden, sondern weil alles immer weiter andauerte und sich nichts änderte. Die Gefängniszelle teilte Malika sich mit zehn anderen, eine war drin, weil sie ihre Stromrechnung jahrelang nicht bezahlt hatte, die zweite wegen einer Abtreibung nach dem dritten Monat, die dritte, weil sie am Straßenstrich erwischt worden war und so weiter in der Art. Da hatte sie gedacht, im Gefängnis bekäme sie wenigstens ein paar richtige Verbrecherinnen zu sehen. Die waren aber alle langweilig und redeten kaum miteinander; umso besser.

Die Verhöre der Poulet verliefen höflich, geradezu respektvoll, aber es war ein mit Verachtung durchsetzter Respekt. Malika bemerkte, dass sie leicht zu erniedrigen war, dass sie immer stärker erschrak, wenn die Tür ins Schloss krachte oder wenn Stimmen zu hören waren, die einander beschimpften. Obwohl ihr von Anfang an klar war, dass es keine echte Grundlage gab, sie in Gewahrsam zu behalten, bekam sie irgendwann das Gefühl, nie mehr hinauszukommen. Es dauerte eine Weile, bis sie verstand, dass es um die Klagen ging, an denen sie mitarbeitete. Die ganze Zeit über hieß es »kriminelle Vereinigung« und dann »Menschenhandel« und schließlich »Volksverhetzung.«

Hinter den Akten und Papieren, auf die ihre Hände beim Verhör ständig zugriffen, ragte der Oberkörper der Poulet heraus. Sie las laut aus den Dokumenten vor, stöberte in ihnen, schaute Malika zwischendurch skeptisch an, als ob sie sie nur hinhalten wollte, dünn, in eine enge Bluse gezwängt, eine schwarze Anzugjacke darüber, die den Ausschnitt der Bluse nicht verdecken sollte. Der Büstenhalter presste das wenige Fleisch so zusammen, dass sich eine Falte zwischen den Brüsten bildete, in der der Schweiß verschwand.

Was hätte ihr Bruder draußen für sie tun können? Er und andere hatten eine Petition gestartet, hatten Papiere nachgereicht, die sie als Malika Mokaddem und als Staatsbürgerin auswiesen, außerdem informierten sie die Medien. Hakim hatte mehrmals versucht, sie zu besuchen, aber erst in den letzten Tagen der Untersuchungshaft erlaubte man es ihm. Bakary und Annie waren keine Familienmitglieder, die ließen sie gar nicht zu ihr.

Wenn die Chefinspektorin Mittagspause machte und sie oftmals einfach allein sitzen ließ, mit einem Polizisten im

Eck, der sein Sandwich verspeiste und sie nicht beachtete, war es dort so kahl und langweilig, dass sie die Rückkehr der Poulet geradezu herbeisehnte. Und in diesen Stunden des Wartens betrachtete sie ihre Hände und ihre blauroten Beine, sie drückte gegen ihre Rippen, wo die Tritte sie getroffen hatten, und etwas daran erinnerte sie an das Gefühl, das sich in ihrer Jugend an den Stränden in ihr breitgemacht hatte, wenn sie zwischen zwei nassen Körpern lag oder weit hinausschwamm und ihre Muskeln spürte. Sie konnte zugleich nicht anders, als auch an den Stumpf ihres Vaters zu denken, strich sich über die Knie, dort, wo sein linkes Bein aufgehört hatte. Sie war mit sich selbst beschäftigt, weil es dort im Raum nichts anderes gab als sie selbst, sie hörte ihr Herz schlagen, immerhin ihr eigenes Herz, und fühlte das Brennen der Schläge im Gesicht, immerhin ihr eigenes Gesicht, und das Jucken der frischen Narbe am Hinterkopf, dort, wo der Zopf ausgerissen worden war. Auf die Art vergingen wenigstens einige Minuten. Manchmal hatte sie in der Mittagspause Angst, etwas ausgeplaudert zu haben, was anderen schaden könnte, aber zumeist hatte sie Akteneinträge im Kopf, oder einen Bericht zu den laufenden Klagen, Sätze und Absätze, die sie abgetippt hatte. Da war etwas, das in ihr nach neuen Verbindungen Ausschau hielt oder alte Verbindungen neu zu interpretieren versuchte. Es gab Momente, in denen sie kurz aufkeuchte, eine Ahnung hatte, die aber sofort wieder verschwand, wenn sie von einem Stechen im Muskel ihres Beins im Denken unterbrochen wurde oder wenn das Verhör wieder losging.

Einerseits war also viel los in ihrem Kopf, und sie machte sich allerlei Gedanken, andererseits passierte in all dieser Zeit überhaupt nichts. Manchmal hatte sie Angst, sie sei gar nicht vorhanden, oder wenn vorhanden, dann nur, um der Poulet, wenn sie zum Verhör zurückkam, Geltung zu verschaffen, und das war ärgerlich. Es lag aber ein gewisser Trost darin, dass sie für die Chefinspektorin in diesen Tagen ebenso Anlass für andauernde Frustration war wie die umgekehrt für sie.

MOBILISIERUNG

Unter ihm knarrten die zusammengezimmerten Holzdielen, er fragte sich, wie es wäre, vor dem Publikum auf dem Podest einzubrechen und von spitzen Holzstücken durchbohrt zu werden. Der Wind brachte Kühle vom Meer her. Von oben betrachtet schienen die Haarschöpfe unter ihm zu einem großen, felligen Etwas zu verschmelzen, und er fühlte sich an die ersten Tage der Unruhen erinnert, als er immer wieder mit unzähligen Fragen im Kopf, die ihm alle gleichzeitig einfielen, auf unterschiedlichen Podesten gestanden war. Er zeigte sich damals häufig öffentlich mit Marguerite, das war seinen Kollegen nicht geheuer. Wenn einer seine Neugier nicht bezwingen konnte und fragte: »Charbonnier, gehen Sie also jetzt mit dieser Marguerite? Gegen die Parteilinie?«, tat er, als hörte er ihn nicht. Er stimmte den Plänen für das Registrierungszentrum, den neuen Sicherheitsbestimmungen und der Räumung des Camps im Industriehafen zu. Gleichzeitig erklärte er sich solidarisch mit den Protesten, hielt bei Kundgebungen Reden, lobte den Enthusiasmus der Freiwilligen, sprach ihnen Mut zu, ließ sich immerhin regelmäßig bei den Demos sehen, und wenn er dort umherging, deutete er den schwerbewaffneten Polizisten beschwichtigend mit den Händen, sodass es aussah, als sei er gekommen, um eine angespannte Lage zu beruhigen, selbst wenn sowieso alle ganz ruhig dastanden.

Jede Geste muss man sich dreimal überlegen. Wer von seinen Parteigenossen tat sich das an?

Darum gebeten hatte er nicht. Ganz ohne Rücksprache war er zum Migrationsbeauftragten der Stadt befördert worden. Man hatte ihn drei, vier Aufträge abwickeln lassen und nachträglich seinen Status geändert. Es wurde immer schwerer, den Überblick zu bewahren: umgewidmete Gelder der Stadt, Zuschüsse des Landes, größere Fördersummen der Europäischen Union; Vertreter, Delegierte, Beamte, jede Menge Leute, die sich gegenseitig nicht mochten, solche von der Hafenverwaltung, von der Präfektur und vom Innenministerium. Ständig war die Poulet bei den Sitzungen, in bester Stimmung, häufiger noch als früher tauchte außerdem der Lolly-Garche in seinem Büro auf: »Kommen Sie heute Abend bei mir vorbei. Nur auf ein Gläschen!«

Der Mann war ein Klischee, er besaß zum Vergnügen ein paar Fernsehsender und einen Fußballklub; seine Steuervermeidung zog eine Spur übers Mittelmeer bis nach Ägypten, wo er Anteile an einem Energiekonzern hielt, und weiter nach Holland, wo sein Schiffsunternehmen gemeldet war. In der Villa des Unternehmers lag etwas Unbehagliches in der Luft, da konnten die Zitronenbäume und die Platanenallee, die zum Gästehaus führte, nichts dran ändern. Leider. Und auch nicht der Meerblick auf allen Seiten, die Wohnanlage stand auf einer stadtnahen Insel.

Diese Männer waren alle gleich, und er wusste mit ihnen umzugehen; die Abgeklärtheit auf beiden Seiten, die die gemeinsamen Interessen in den Vordergrund stellte: »Mein lieber Grégory!« – »Mein lieber Bernard!« Der herzliche Tonfall war überzeugend, man begegnete sich mit Respekt. Vor allem, nachdem Lolly-Garche ihn beim ersten Treffen auf seine Auszeichnungen hin abgeklopft hatte: »Ritter der Ehrenlegion, habe ich gehört?«, »Kommandeur des Gregoriusordens, verdientermaßen!«, und so fort, während der Löwenkopf, Familienemblem und Unternehmenslogo, im Salon über ihren Köpfen hing.

Gefielen sie sich in ihrer Rolle? Lolly-Garche, ein König der Löwen, und Charbonnier, der Löwenbändiger, der in Verhandlungen etwas für Makrique herausschlagen würde, der immerhin etwas für die Allgemeinheit errang.

Dem Löwen gehörte vor allem anderen die Fährlinie »Merry-Ferry«, mit der wiederum drei Schiffsbau-Unternehmen in Makrique zusammenhingen. Eines davon war mehrfach wegen illegaler Beschäftigungsverhältnisse verklagt worden, hauptverantwortlich für die Klagen war – immer rollentreu – Marguerite, irgendwann früher war sie dort in der Personalabteilung angestellt gewesen, etwa zu der Zeit wahrscheinlich, als auch Malikas Vater für das Großunternehmen gearbeitet hatte. Alle kannten diese Geschichten, man hatte sie satt und erzählte sie dennoch immer wieder und jedem weiter: Marguerites Vorwürfe in den Medien, die zunehmenden Angriffe auf Lolly-Garche, schließlich die Vorladungen, goldene Achtziger. Gemeinhin erzählte man sich, dass diese Sammelklage der größte politische Erfolg und zugleich der Beginn des beruflichen Niedergangs für Marguerite gewesen war. Die ewige Komödiantin: Gegen einen der größten Arbeitgeber der Stadt vorzugehen? Der verlor zwar einige Prozesse, aber er war nicht kleinzukriegen, im Gegenteil: Heute waren seine zahlreichen Unternehmen größer als je zuvor.

Schon in den ersten Tagen, als die vielen Flüchtlinge kamen, hatte ihn Lolly-Garche einmal zur Seite genommen und gesagt: »Ich möchte ganz ehrlich zu Ihnen sein, Bernard!«, und dann freundschaftlicher im Ton als sonst, fast verschwörerisch: »Es passt uns nicht, dass der Industriehafen geschlossen werden soll. Sie wissen doch: Wir haben ein internationales Transportunternehmen. Setzen Sie sich einmal mit denen zusammen, die die Grenzen offenhalten wollen. Es wäre gut für Makrique, entsprechende Regelungen zu erhalten. Den Flüchtlingen sollte man schnell eine provisorische Erlaubnis geben, als Hafenfachkräfte zu arbeiten. Und außerdem wäre zu überlegen, wie man für die Transportbranche den Mindestlohn an die jetzigen Bedingungen anpassen könnte.«

Glaubte der wirklich, alles hinge nur von ihm ab?

Natürlich hatte er nicht erwirken können, dass der Hafen geöffnet blieb. Fast schämte er sich dafür. Große Geldsummen waren auf mehrere Konten der Solidaritätsbewegung überwiesen worden, offizielle Spendengelder des Unternehmens »Merry-Ferry«. Die Presse berichtete zwar begeistert. Aber insgesamt hatte ihn der Kerl ordentlich überschätzt. Man beschloss andere Gesetze, befeuert durch die Attentate gab es noch schärfere Grenzsicherungen, höhere Abschiebequoten, und der Hafen wurde für den interkontinentalen Verkehr geschlossen. In der Zwischenzeit saß der Großunternehmer bereits im Vorstand eines Sicherheitsrats, bekam Gelder der Europäischen Union, um Flüchtlinge in Drittstaaten zu eskortieren. Dafür wurden die ausrangierten Schiffe eingesetzt, die er für den regulären Passagierverkehr nicht mehr hatte benutzten dürfen, und das Ganze nannte er großmäulig einen »innovativen Businessplan« und später noch übertriebener einen »Weg aus der Krise«. Er schlug auch vor, die Flüchtlinge, die nicht sofort wieder rückgeführt werden konnten, in dem Hafenbereich, der ihm gehörte – immerhin mehrere Depots und Werften –, in Notunterkünften unterzubringen, wodurch sie gar nicht erst aus dem Transitbereich herauskämen, ergo auch keine Asylanträge stellen konnten. Diesen Verhandlungen waren Ideen eines Stadtabgeordneten vorangegangen, der Menschen auf den vorgelagerten Inseln festhalten wollte, wo es noch aus Zeiten der Pest Quarantäneanstalten gab; doch dieser Vorstoß war nicht gut angekommen, die Besitzer von Ferienhäusern in der Nähe des diskutierten Geländes drohten mit Randalen.

All dies waren Vorschläge, für die nicht mehr votiert werden konnte, weil man wegen dringenderer Angelegenheiten auseinanderging. Es gab viel Kritik in der Zeit. Informationen waren an die Öffentlichkeit durchgesickert, über Gelder, Deals, Lohnkürzungen und die dauerhafte Schließung des Hafens, über Ausschreitungen, Abschiebungen und Verhaftungen. Die Gerüchte waren schlimm, und die meisten davon stellten sich als wahr heraus, selbst er war zuweilen schockiert. Nicht eben angenehm. Ein paar Wochen später wurde er zum Vizebürgermeister ernannt, aber da war ihm sogar dieser lang gehegte Traum fast ein bisschen zuwider.

Zu dem Zeitpunkt war es kein Vergnügen, der sich langsam auflösenden Stadtverwaltung vorzusitzen. Zwei Kollegen waren, seit der Ausnahmezustand ausgerufen worden war, kurz nacheinander zurückgetreten. Ihm aber traute man in der Partei zu, dass er das schaffen würde, man überredete ihn, man schmeichelte ihm, man begeisterte sich plötzlich regelrecht für ihn: Er habe immer schon eine gangbare Mitte repräsentiert, er könne die Spaltung in der Stadt politisch nutzen.

Heute erzählten einige, dass die Eskalation vorhersehbar gewesen war, Marguerite zum Beispiel war der Meinung, es hätte gar nicht anders verlaufen können, weil der große Knall das Ergebnis einer schon lange andauernden Bewegung war, mehrerer Bewegungen eigentlich, die noch unabgeschlossen waren, die sich immer weiter verändern und deswegen fortbestehen würden. Es bestünde, so Marguerite, zwischen den Demonstrierenden, obwohl sie einander nicht kannten und auch unterschiedliche Dinge wollten, ein Zusammenhang, und was da passierte, hielt sie für die Vorbereitung auf einen nächsten Schritt.

Er sah das ganz anders, oder, im Grunde, sah er nichts. Marguerite hatte keine Ahnung und sich außerdem längst aus dem politischen Alltag zurückgezogen. Er konnte im ganzen Getümmel jedenfalls keine Strukturen und keine Vorarbeit erkennen, nur ständige Improvisation, spontane Einfälle und nachträgliche Erklärungen. Er war überzeugt, was da passierte, war reiner Zufall, und deswegen war es so schwer, etwas vorauszusagen; die Stimmung kippte, die Meinungen wechselten; die Gruppen auf den Straßen mischten sich; die Gewerkschaften gifteten sich gegenseitig an; ideologisch wurde alles für jeden möglich, die Interessen und darum auch die Fronten waren längst nicht mehr so klar wie früher.

Er hatte Marguerite lange genug beobachtet. Aus dem Boot, in dem er ein paar Tage mit ihr festsaß, kamen sie ja nicht weg, denn die Polizei hatte die Leute eingekesselt und immer näher ans Ufer gedrängt, bis viele wie sie beide auf die Boote und Schiffe gesprungen waren, um nicht ins Wasser zu fallen. Müde war sie, eine Wunde an ihrem Fuß hatte sich entzündet, und sie hatte sich zwei Tage lang nicht gewaschen, er hätte Lust gehabt, sie in eine mit kaltem Wasser gefüllte Badewanne zu stecken und sich selbst mit dazu.

Wenn er fragte: »Wie geht's dir?«, sagte sie: »Irgendwie.«

Er war sicher, dass sie sich heute kaum an die Hälfte ihrer Überlegungen erinnern konnte, die sie ihm im Boot auseinandergesetzt hatte. Einmal wachte er neben ihr auf, alles war wie zuvor, die Menschen, ihre Matratzen,

Decken und Schlafsäcke auf dem Platz – der Hafen wirkte immer noch wie ein wildes Camp, Kaffee- und Suppenkocher standen rum, überall die Kabel von Lautsprechern oder Radiogeräten, die man von den Restaurants über den Hafenplatz gelegt hatte. Zu hören war aber an diesem frühen Morgen, zumindest in diesem Moment, nichts, nur das Möwengeschrei. Er blickte auf die Menge und hatte zum ersten Mal nicht das Gefühl, in ein Durcheinander zu blicken, obwohl die Menschen, die in den Schlafsäcken dalagen, genauso verwahrlost wirkten wie immer. Marguerite, die eben noch auf dem Bauch liegend neben ihm geschlafen hatte, zuckte, wurde immer unruhiger, drehte sich um, öffnete die Augen und sah hinauf ins Blau des Himmels. Mit den überrascht aufgerissenen Augen wirkte sie kindlich verschlafen, dann schaute sie zu ihm hin und lächelte ihn in diesen Sekunden dermaßen glücklich an, dass er unerwartet nach Luft schnappen musste. Seit jenem Zufall – anders konnte man die Tatsache, dass er mit ihr in ein Boot geflüchtet war, als die Polizei die Menschen ins Meer zu drängen begann – seit diesem Pechtag also war seine Rolle in der Stadt neu definiert, und es verging keine Nacht, in der er's nicht schrecklich bereute.

Nicht, dass er mit denen sympathisierte, die Flüchtlinge als »fremdländische Zivilokkupanten«, »Asylbetrüger« und »Sozialtouristen« oder – den Ausdruck liebte er geradezu – als »kriminelle Seepiraten« bezeichneten. Er war sogar von Leuten aus diesen Reihen einmal als »Umvolkungslobbyist« bezeichnet worden, weswegen er ein doppelseitiges Interview in einer Stadtzeitung bekommen hatte. Er schaffte es aber nicht so recht, dem Journalisten zu erklären, wo er stand und was er dachte. Konnte jemand etwas dagegen haben, dass neue Vorgaben ausgearbeitet wurden, damit in Zukunft im Eilverfahren über Asylanträge entschieden werden könnte, wofür es generell ein verschärftes Asylgesetz brauchte? Notstandsmaßnahmen hießen nicht umsonst so, die verschärften Gesetze bauten bloß auf den vorigen auf und passten sie der aktuellen Situation an. Warum auch nicht? Da wurden monatelang alle Flüchtlinge durchgewinkt und ins Innere des Kontinents gelassen, genau wie in den Jahren zuvor alle Probleme auf die Staaten im Süden abgewälzt worden waren. Es wollte niemand in der Verantwortung stehen. Sollte Makrique sich zerquetschen lassen? Souveränität, das wurde sein Schlagwort, und er machte dafür Reklame: »Unsere Stadt muss souverän bleiben und soll entscheiden dürfen, wer wie hereinkommt oder durchgeht!«

Das verstanden die einen Medien so und die anderen ganz anders, zitiert wurde er überall.

Er sah es schon ein, wenn Malika ihm vorwarf, sie hätten auf all das vorbereitet sein müssen, er kritisierte selbst in mehreren Interviews: »Als wären wir zu spät aus einem zu schönen Traum aufgeschreckt!« Ja, sie hatten in Syrien, woher nun die meisten Flüchtlinge kamen, Militär stationiert, und im Irak, in Afghanistan, Libyen, anderswo auch. Man kannte die Situation schon seit einem Jahrzehnt. Verschiedene europäische Länder und auch sein Land hatten Beobachter und Waffen, Informationsmaterial und Soldaten dorthin geliefert, mal an Rebellengruppen, mal zur Unterstützung eines Herrschers, man wusste seit über fünf Jahren Bescheid über die Bewegungen, die die jüngsten Kriege dort verursacht hatten. Eine Beteiligung westlicher Kräfte daran war nicht zu leugnen, man war sogar stolz darauf, auf Seiten der Richtigen eingegriffen zu haben, Schutzherren der Menschheit, besonderer Beitrag zum Weltfrieden und so fort; die Wirtschaftsverträge und Militäreinsätze waren international halbwegs gut abgestimmt, da handelte niemand alleine, es hätte auch nicht geklappt.

Malika warf ihm und der Stadtverwaltung vor, wichtige Informationen zu lange ignoriert zu haben: »Haben wir denn keinen funktionierenden Auslandsgeheimdienst? Was macht denn unsere Heeresnachrichtenleitung?«, und recht hatte sie damit. Er hatte in einem Radiointerview bestätigt, dass ihre Organisation seit Jahren auf die große Wahrscheinlichkeit hingewiesen hatte, dass nach der Binnenmigration in nahen Kriegsgebieten bald eine globale Migration folgen würde, die auch die Küsten Europas erreichen würde. Er gab zu, dass es Vorwarnungen zur Genüge gegeben hatte, dass mehrere Gruppen in der Stadtregierung im Auftrag des Innenministeriums mit Untersuchungen beauftragt gewesen waren, dass deren Forschungen entsprechende Ergebnisse erbracht hatten und es eigenartig war, wie viel verabsäumt, wie fahrlässig trotzdem vorgegangen worden war. Er betonte auch, dass die freiwillig Helfenden in den letzten Wochen die städtischen Behörden nahezu ersetzt hatten, weil diese sich durchwegs inkompetent zeigten, und er lobte die Gruppen, die er im Fernsehen als »Zivilgesellschaft« bezeichnete, es sei ihnen in kurzer Zeit gelungen, sehr viel auf die Beine zu stellen. Von den Streiks gegen die Arbeitsmarktreform einmal abgesehen, gab es daher keine außerordentliche Situation in der Stadt, weil sich die Bevölkerung um die Flüchtlinge zu kümmern verstand. Insgesamt hielt die Stadt ihre Stellung und auch weiterhin zusammen.

Das hatte er öffentlich betont, und deswegen feierte man ihn im einflussreichsten linken Blatt als den beliebtesten Menschenfreund der Stadt. Einiges, was er außerdem noch gesagt hatte, war einfach weggelassen worden. Oder erinnerte er sich falsch an seine Aussagen? Er wusste nicht mehr, ob er wirklich alles, was in den Interviews stand, so gesagt hatte beziehungsweise ob er es gerade so gemeint hatte, wie er es gesagt hatte, seine Werbung für ein »souveränes Makrique« war etwa in die Richtung missinterpretiert worden, dass er dem von den Demonstrierenden geforderten Selbstverwaltungsrecht für Makrique zustimmte. Eine politische Bombe und Bonbons für seine Kritiker, in der Partei hatten sie keine Freude damit, dass er behauptete, die in manchen Vierteln eingerichtete zivile Selbstverwaltung sei effizienter als die Stadtregierung. Als der Bürgermeister zurücktrat, um ihn als Vize mit der Leitung der Interimsregierung zu beauftragen, sagte dieser beim vor Verachtung und Schweiß triefenden Handschlag: »Viel Glück, Bernard!«

RÜCKZUG

Im Hafen war etwas im Gange, dreißig, vielleicht vierzig Leute hatten zunächst die Mole, dann die Stege, an denen die Boote und Yachten angelegt hatten, erstürmt, sie sprangen in die Boote, hüpften von Deck zu Deck. Marguerite, die immer noch versuchte, das Gespräch auf die Rettungsboote zu bringen, die ausgeschickt werden sollten, fühlte sich sofort in Alarmbereitschaft versetzt. Jeweils zwei oder drei blieben in einem Boot, begannen an den Plastiksäcken zu zerren, den Reißverschluss der Schutzhüllen aufzuziehen, in denen die ordentlich gefalteten Segel lagen. Einer ging in die Knie, richtete sich wieder auf, im Nachbarboot wurde bereits das Segel gehisst, im nächsten stand jemand allein am Mast und rief nach Verstärkung. In mehreren Booten gleichzeitig ruckelten Tücher am Mast nach oben, flatterten zögerlich, die Schoten waren nicht festgemacht worden. Es waren aber nicht die bootseigenen Segel, die da hochgezogen wurden, man hatte sie offenbar untertags oder über Nacht gegen braune Leintücher ausgetauscht, ebenso die Schiffs- und Nationalflaggen der Reeder und Eigentümer. Die Menschen sprangen unbeirrt von Boot zu Boot, in nur wenigen Minuten zogen sie Fetzen nach Fetzen hoch, und als diese sich im Wind entfalteten, war zu sehen, dass sie mit Parolen bemalt waren. Es gab ein paar Reime, die auf »konsequent« endeten, Zweizeiler, die eine schärfere Ausländerpolitik forderten; Aufrufe zur Beendigung des Asylmissbrauchs; Schriftzüge, die entschlossenen Widerstand im »schamlosen Kampf gegen den Patriotismus«

und wehrhaftes Auftreten »gegen den Ausverkauf der weißen Rasse« wünschten, dazwischen blähten sich schwarze Großbuchstaben auf: »Vernegerung«, »Degenerierung« und »Überfremdung«. So zielgerichtet die Parolen waren, so wenig waren es die gekaperten Boote, der Wind schob sie hin und her, einige stießen aneinander, als ob sie sich gegenseitig wegschubsen wollten, aber sie waren durch die Mooring- und Achterleinen festgekettet.

Sich jetzt nicht verrückt machen lassen, dachte Marguerite, sich bloß nicht verrückt machen lassen, das wollen sie doch gerade.

Charbonnier war vom Podest gestiegen, er winkte ihr und Pakka hektisch zu, deutete ihnen mitzukommen. Pakka reagierte sofort, und sie folgte seinem Beispiel; bald standen sie zu dritt eng beieinander, etwas abseits von der Menge. Pakka beugte sich weit vor, Marguerite stand in seinem heißen Kaugummi-Atem, während Charbonnier sie am Ärmel zog und ohne lange Vorrede meinte: »Ich glaube, das Beste wäre ein Dementi.«

Er wartete nicht einmal ihre Reaktion ab, sondern fuhr gleich fort, wenn auch mit etwas unsicherer Stimme: »Da ist nichts zu machen. Schaut euch die Menschen an. Wenn wir darauf beharren, Hilfe auszuschicken, werden sie sich gegen uns richten, wenn wir ihnen aber nachgeben und das Boot vorbeiziehen lassen, zeigen wir, wie schwach wir sind. Ein Dementi ist wirklich das Klügste.«

Marguerite schwieg, und er deutete das wohl als Zustimmung, seine Stimme hatte ihre Sicherheit wiedergefunden: »Gibt es kein Boot, haben wir kein Problem«, sagte er, »und wir riskieren auch keinen Verstoß gegen das Gesetz.«

Hier gab es nicht mehr viel zu diskutieren, obwohl sie sich durchaus zum Streiten aufgelegt fühlte. Daher nickte sie nur, hob die Hand, bevor noch einer etwas sagen konnte, und meinte: »Machen wir es so, der Enthusiasmus reicht nicht mehr aus.« Die beiden Männer sahen sie verwundert an, wahrscheinlich hatten sie etwas anderes von ihr erwartet. Aber sie rechnete sich keine Chancen aus mit der Hafenkulisse voller Flüchtlingsfresser im Rücken, und sie hielt auch den starken Kaugummigeruch und die Nähe Charbonniers nicht länger aus.

Außerdem machte das Wetter sie unruhig.

Der Wind war heftiger geworden, die aufgestellten Sonnenschirme drohten, umgeweht zu werden. Als sie sich zu den Schiffen umdrehte, konnte sie sehen, wie die Stahldrähte und Metallhaken an den Klampen zerrten, der Wind riss einige davon sogar aus der Verankerung, sodass mehrere Drahtseile durch die Luft surrten. Der nächste Windstoß erwischte ein Boot, eben noch angekettet, trieb es mit dem Bug gegen das benachbarte und knallte laut dagegen, die Leute darin sahen sich erschrocken an und warfen gleich die Fender aus, um weitere Zusammenstöße zu verhindern. Als die heftige Böe abebbte, war es kurz, als sei nichts gewesen, und die alte Trägheit kehrte in die Dinge zurück, der Wind hatte aber nur gedreht. Heftige Wellen stießen gegen die Boote und verursachten ein schweres Geräusch: Plastik auf Holz.

Charbonnier war mittlerweile zurück aufs Podest gehüpft, er zögerte nicht lange, die rasch beschlossene Entscheidung mitzuteilen: »Freunde und Freundinnen, keine Angst, es ist gut, wir brauchen keine Hilfe auszuschicken, ich habe soeben erfahren, dass das Boot in eine andere Richtung unterwegs ist und sich auch gar nicht in unseren Gewässern befindet. Es ist außerdem kein Flüchtlings-, sondern ein Militärboot.«

Wie machte der das: umstrittene Entscheidungen so entschlossen und aufrecht weiterzugeben? Er strahlte geradezu dabei und wiederholte mit einfacheren Worten: »Da ist niemand, den wir retten müssen!«

Nichts an der Art, wie er redete, ließ darauf schließen, wie problematisch seine Aussage war, und auch nichts an der Art, wie er sich bewegte, wie er sich gab. Als er jetzt wieder vom Podest herabstieg, klopften die Menschen ihm auf die Schultern. »Bravo, Bernard« – »Gut gemacht!« Einige riefen ihm zu: »Stimmt das mit dem Boot? Kommt es echt nicht?«, andere skandierten: »Charbonnier! Charbonnier!« Er drückte Hände, wandte den Kopf in die Richtung, aus der ihm jemand zustimmend zurief oder etwas fragte, ganz wie er es gelernt hatte: eilfertig und beiläufig, aber ausreichend interessiert, um nicht gleichgültig zu wirken.

Die Leute strömten bereits auseinander, als hätte sich ihre Anspannung in Luft aufgelöst. Hier war nichts mehr zu tun, dachte sich Marguerite und schaute auf die Kerle in den Booten, die über ihren eigenen Erfolg überrascht zu sein schienen, sobald die Nachricht, dass man keine Rettungsboote aussenden würde, sie erreichte. Um die ging es letztendlich nicht, sie waren es auch nicht, die Armeen ausschickten, Häfen besaßen und über Ein- und Ausreisende bestimmten. Sondern sie lieferten nur die Basis für jemanden wie Charbonnier, der Profit aus ihrem Gebrüll zu schlagen wusste. Oder sie spielten das Karrieresprungbrett für jemanden wie die Poulet, die immer schon für verstärktes militärisches Auftreten in Afrika, strengere Einreiseregelungen und mehr Polizeibefugnisse geworben hatte, ganz auf Linie mit dem früheren und dem jetzigen Präsidenten. Oder für jemanden wie Lolly-Garche, der die Menschen, die herübergekommen waren, jahrzehntelang illegal bei sich beschäftigt hatte, ohne dass ihn jemand daran gehindert hatte; und als es illegal nicht mehr ging, richtete er es so ein, dass sich der Durchschnittslohn nach und nach aufs absolute Minimum drücken ließ, ein Fabrikant des Fremdenhasses, denn danach zogen sich die Zugewanderten erst recht die grobe Wut ihrer inländischen Kollegen zu, was wiederum das von den Securité-Garden der Poulet angetrommelte Gebrüll vom »Kampf fürs wahre Makrique« steigerte.

Die Menschen, die die Segel und Fahnen gehisst hatten, begannen jetzt, die Lichter auf den Booten einzuschalten, zwar hatten manche der Schiffe keinen Strom mehr, bei anderen ging die Beleuchtung aber an, sodass einige Masten rot und andere grün leuchteten, dort Rundumlicht, da Dreilichtampel, wie ein außer Kontrolle geratenes Autodrom in einem Vergnügungspark voller übertriebener Aktionen, Farben und Geräusche wirkte der Hafen –

Über dem Meer hatte sich ein fast schwarzer Wolkenhimmel zusammengebraut, erste Tropfen fielen auf die heißen Pflastersteine. Das Wetter also war es, das allem ein Ende bereiten würde, dachte Marguerite erleichtert. Wo vorhin aus den Fenstern ein paar Köpfe auf das Gedränge an den Kais hinuntergeschaut hatten, sah sie jetzt nur noch die hölzernen Läden.

ÜBERTRETUNG

Als wären sie bunte Blumenranken, wuchsen die Menschen aus dem Boot, das tief im Wasser lag, sie hingen über der Reling und klammerten sich aneinander, um nicht ins Wasser zu fallen, größer werdende farbige Punkte vor dem Blau des Wassers, wie übereinandergestapelt oder vielmehr umeinandergeschlungen, als hätte sie jemand zusammengepresst. Es waren nicht viele, nicht einmal fünfzig, aber das Boot war zu klein. Und, als wollten sie es den Menschen am Schiff gleichtun, drängten sich am Ufer ebenfalls schon viel zu viele Leute.

Noch bevor es angelegt hatte, sprangen einige der Flüchtlinge vom Boot, man half ihnen, es anzuketten, hob gemeinsam die Schwächsten heraus und trug auch einen Toten weg. Einige diskutierten den Namen der militärischen Einheit, zu der das Boot gehört hatte, bevor die Flüchtlinge es wohl gekapert hatten – falls man die Erkletterung des ausrangierten Dinges so nennen wollte. An manchen Stellen ragten Bleistücke aus der Bootswand, als hätte jemand versucht, sie aufzukratzen.

Jeder wollte hin, wollte nah heran. Wie konnte man helfen? Essen und Trinken, Decken zum Einwickeln, trockenes Schuhwerk? Man redete durcheinander, zeigte auf nasse Kleidung, auf Prellungen und blaue Flecken, es wurde aus mehreren Sprachen in mehrere Sprachen übersetzt, man erzählte davon, wie das Boot in der Nacht von Böen umhergeworfen worden war: »Wir dachten, es ist aus. Ich habe aus Angst kaum Luft bekommen. Habt ihr unsere Signale nicht empfangen?«

Sofort ein naives Nachfragen als ein erstes Bindeglied, gegen die Lähmung, die Scham, die sich sonst breitgemacht hätte: »War es schlimm?«

Schlimm, wirklich schlimm.

Niemand hatte das Schiff mehr lenken können, die Unruhe an Bord, Geschrei, Gerangel, das furchtbare Geräusch der Wellen, die sich am Bug schnitten, die niederprasselnde Gischt, die über die Reling in die Gesichter schwappte. »Ich war komplett durchnässt, Haare, Anorak, alles.« Am Boden umherkriechend, an Stangen, an der Reling, an festgeschraubten Dingen im Bootsinneren festgeklammert, beim Hinfallen verletzt, der schwere Windstoß, der einen Mann gegen die Dielen geworfen hatte, zwei hatte es erwischt, sie hatten sie nicht retten können, dazu der ständige Wassernebel, die Wellen, die sich unaufhörlich am Bug spalteten, auf sie niederprasselten, das Geräusch der auf- und zuschlagenden Tür zur Kajüte –

Daniel stand am Rand und ließ sich von den Sonnenstrahlen blenden.

Was war am Vorabend gewesen? Die Wolken, die über der Stadt zugezogen waren, und danach? Es hatte geregnet, den Sturm aber hatte er wohl verschlafen. Er erinnerte sich an den Spaziergang mit Annie, die ihn heimbegleitete, genauer gesagt in das Hotel am Hafen, das sie in seiner zweiten Makriquer Nacht zu seinem Zuhause erklärt hatte. Im Hotelzimmer dann der Schluck Wein aus der Flasche, die sie unterm Bett versteckt hatte. War er eingeschlafen, während sie das Fenster öffnete und auf die Schriftzüge an den Fassaden hinausstarrte, die vom Regen nass wurden? Hatte sie noch eine geraucht? Er konnte sich an nichts erinnern, war wahrscheinlich eingeschlafen, während Annie am Fenster stand, das war das letzte Bild, das er vor sich hatte –

Als Nächstes das Geschrei auf der Straße, das ihn aufschreckte und hinaustrieb.

Es war eigenartig, kaum angekommen, war es einigen Flüchtlingen am Wichtigsten, sich das Erlebte von der Seele zu reden, andere aber wollten nichts mehr von alledem hören, schon gar nicht selbst erzählen. Ein älterer Mann sprach eine Sprache, die niemand verstand, und als man ihn nach der Reise und seinem Land fragte, sagte er in gebrochenem Englisch knapp: »Far away. Long ago. No good.«

Mehr wollte er nicht sagen.

Als jemand immer weiter fragte, wiederholte er nur: »Bye-bye.«

Andere aber konnten nicht mehr an sich halten, zu lange hatten sie niemandem vom Erlebten erzählen können, weil sie nur von Menschen umgeben waren, die solche Geschichten bereits kannten und denen Gleiches oder Schlimmeres zugestoßen war, Menschen, die – eingekeilt zwischen den Gedanken: »Was soll ich bloß?« und »Es wird schon werden!« – selbst in einer schwierigen Lage gewesen waren, die auch nur knapp überlebt hatten, die ebenfalls Angehörige hatten, die es nicht geschafft hatten.

»Wir hatten keine Wahl, wir mussten weiter.« – »Nach Marokko, über Schleichwege.« – »Gearbeitet habe ich wie ein Hund, ein halbes Jahr lang, um das Geld für die nächste Etappe zu verdienen.«

Mehrere berichteten, dass in Marokko, wo sie als Gruppe auf Boote gewartet hatten, mehrmals Sicherheitskräfte in ihr wildes Camp gekommen waren, die Zelte niedergebrannt und sie verprügelt hatten, wenn sie nicht rechtzeitig fliehen konnten, andere erzählten, dass sie von der marokkanischen Polizei mehrmals in ein Auffanglager verschleppt worden waren, jedes Mal, wenn die Behörden die Quoten, die sie mit einigen europäischen Regierungen vereinbart hatten, nicht eingehalten hatten und diese im Eilverfahren erfüllen mussten, weil eine Delegation zu Besuch kam.

Was sie hergelockt hatte, ausgerechnet nach Makrique?

Das Gerücht, dass hier gute Menschen lebten, die sie nicht zugrunde gehen lassen würden.

Daniel konnte sich nicht wehren, er spürte sofort Überdruss beim Erzählten – schon wieder? Kenne ich schon, kennen wir alle schon, ich habe es schon zu oft gehört, es ist mir zu viel, ist mir gleichgültig geworden; aber die Leute, die erzählten, dachten, sie seien die Ersten, denen das widerfahren sei, sie wussten nicht, wie gewöhnlich der Schrecken und die Angst geworden waren, die sie erlebt hatten: funktionierende Toiletten gab es auf dem Kutter nicht, man musste ins Meer pissen, Gewichtsverschiebungen, heftiges Schaukeln unter unwilligen Blicken – als Frau unmöglich, was tust du, wenn du nicht pinkeln kannst vor den Blicken der anderen?, du pinkelst trotzdem, aber in die Unterhose. Vor einer Insel war ihr überfülltes Boot umhergekreuzt, ein Militärboot war vorbeigefahren, ohne die Passagiere an Land zu bringen. Aber zum Glück auch ohne darauf zu schießen. Nur an Land wollten sie sie nicht lassen und machten das mit Warnschüssen deutlich, man hatte Fotos und Handyvideos davon gemacht, die Telefone lagen am Meeresgrund –

Daniel wollte nicht länger zuhören, konnte aber nicht anders. Der jüngere Mann, der neben ihm stand, man legte ihm gerade eine Decke über, sagte: »Mit uns sind drei andere Boote gestartet.« Niemand fragte nach, was mit ihnen passiert war. Ab und zu wiederholten sich die immer gleichen Worte in einer Sprache, die er nicht verstand, den begleitenden Handbewegungen nach zu urteilen waren das Worte wie »Bitte«, »Danke«, »Gut« oder »Nicht gut«.

Manche Menschen erzählten auf Englisch so eindrücklich von ihrer Reise, dass Daniel, der sich nun an ihnen vorbei durch die Menge drängte, aus ihren Wortfetzen Bilder zusammensetzte, die sich schnell mit jenen mischten, die er aus dem Fernsehen, den Zeitungen, aus dem Internet kannte: auf einem Boot eingesperrt, an einem Strand, von Stacheldraht umgeben, während von der anderen Seite geschossen wurde. Das Lager, in dem man gefangen gehalten wurde: ein Hochsicherheitsgefängnis?, ein ehemaliger Zoo? Da sei kaum Platz gewesen, man habe unter freiem Himmel leben müssen und nachts gefroren, man wickelte sich mit den anderen in Wärmefolien und kroch zwischen Schaumgummimatratzen.

Jemand fragte nach den Grenzen hier im Land, ob man gut weiterkäme. Man antwortete ihm, die Zäune und Mauern seien weiter gewachsen und würden gut bewacht. Er zuckte daraufhin mit den Schultern und meinte: »Hab' ich mir schon gedacht.« Denn auch die Türkei, die zunächst eine Sicherheitszone an ihrer Grenze zu Syrien errichtet hatte, hinderte jetzt dort die Flüchtlinge an der Weiterreise, man hatte neue Mauern hochgezogen und sogar ein Camp bombardiert; deswegen hatte er nicht gewusst wohin und war mit seiner Familie zuerst nach Libyen, wo man sie aber auch vertrieben hatte, und dann nach Marokko gereist.

Die Menschen hatten sich in Bewegung gesetzt, man strömte hinein in das einstige Schmugglerviertel von Makrique; manche gingen auch in die andere Richtung, den Kai entlang, ins Stadtzentrum. Daniel bekam in der Menge das Gefühl, ständig am Weitergehen behindert zu werden, denn die Leute wichen ihm nicht aus. Die Schuhsohlen vor ihm zogen wackelige Linien durch die engen Gassen, die aufwärts und dann wieder abwärts führten, begleitet von klapperndem, rhythmischem Geräusch. Ein paar Pflastersteine rollten die lebendig wirkenden Straßen hinab wie runde Brotlaibe. Überhaupt war Makrique heute weich und frisch wie ein großes Stück duftendes Weißbrot direkt aus dem Ofen. Jemand zog auf einem kleinen Platz Sardinen aus einem Kübel, warf sie auf einen schwarzen Rost. Der Geruch lockte eine große Menge Hungriger an, und hier frühstückte nun auch Daniel. Obwohl die Sardinen, die man ihm gab, verkohlt waren, schmeckte es ihm so gut, dass er ein starkes Glücksgefühl spürte, eine immense Freude darüber, einfach nur am Leben zu sein, die noch stärker wurde, als er sich nach all den müden Menschen umsah, die weiter an ihm vorüberzogen.

Jetzt fiel ihm Annie wieder ein. Wo war sie?

Der große Platz am Hafen, zu dem die Gassen führten, war vollgestellt mit Buden und Stehtischchen, darüber hingen Girlanden und Luftballons. Jemand hatte eine gebratene Hammelkeule angeschleppt, sie hing über einem Feuerbecken, daneben ein Holztisch, auf dem Käse und eine Plastikschüssel voller Tomaten ausgestellt waren, und dahinter ein bestens gelaunter Kerl, der Obst und Gemüse gegen Fleisch von seinem Grill tauschte. Ein anderer hatte unter der Leuchtschrift »Istanbul« seinen Kebabspieß auf die Straße neben dem großen Platz gestellt und schnitt dünne, lange Stücke davon ab. »Dör Fisch hier ist dölikater öls önderswo.« Ein Mann mit offenem Kragen und gelockerter Krawatte imitierte den Tonfall der feinen Gesellschaft und schlug seinen Fischen, die er aus einem Plastikkübel zog, die Köpfe ab, bevor er sie in eine Zitronen-Basilikum-Soße und dann auf einen improvisierten Rost legte, Öl spritzte auf alle Seiten, daneben wurden Zucchinistreifen auf den Grill geworfen, die bald – auch sie leicht verkohlt – auf Plastiktellern lagen.

Wie hatte man hier alles so schnell umgebaut und geschmückt?

Daniel schnappte sich einen Plastikbecher Kaffee, überall kämpften bereits Vögel um die Schalen und Überbleibsel. Ihm fiel auf, dass die Fetzen an den Masten, die gestern im Abendlicht den Hafen wie einen Geisterort hatten aussehen lassen, eingezogen worden waren. Und endlich entdeckte er ein bekanntes Gesicht, unweit von ihm stand Malika, leise hallten ihre Worte herüber. Im Hintergrund erkannte er auch Annie, die Hände in den Hosentaschen ihrer Jeans redete sie auf mehrere Menschen gleichzeitig ein.

Die Gruppe hatte ihn ebenfalls entdeckt, oder eigentlich nur Annie, die alle um sie herum auf ihn aufmerksam machte. Sie winkte ihn zu sich, aber als er vor ihr stand, diskutierte sie, ohne ihn zu begrüßen, weiter mit jemandem, den er nicht kannte. Er bemerkte sogleich, dass sie es nicht nur vermied, mit ihm zu reden, sondern auch, Hakim anzusehen, neben dem er zu stehen gekommen war. Der wiederum gab ihm sofort die Hand und sagte mit einer kleinen Verbeugung: »In Freundschaft!«, danach überlegte er es sich anders und küsste ihn auf beide Wangen, drückte ihn sogar an sich und redete auf ihn ein: dass er ihm sein Leben verdanke und gar nicht wisse, wie seiner Dankbarkeit Ausdruck verleihen, dass sie aber groß sei.

Sofort wurde Daniel verlegen, außerdem fühlte er sich vom eingetrockneten Blut auf Hakims Kopfverband abgestoßen. Als der ihn zum vierten Mal an sich drückte, sagte er, wohl etwas zu laut: »Ist schon gut.«

FEHLER

Vorwürfe an sich selbst und an alle, die um ihn herumstanden, schossen Hakim durch den Kopf. Es musste eine Entscheidung gefällt werden, die Flüchtlinge konnten nicht hier bleiben, das Militär würde sicher bald zurückkommen, man würde die Stadt evakuieren und noch die Letzten mit falschen Papieren wegbringen. Sie versuchten an Orten wie Makrique mittlerweile Menschenströme zu »kanalisieren«, wie sie es nannten. Als wären die Leute, die hier ankamen, ein Abfluss, verdrecktes Wasser, das man durch Rinnen lenken und sammeln, dann wegpumpen oder ableiten könnte, ohne sie zu fragen, wohin sie eigentlich wollten. Man würde sie jedenfalls nicht bleiben lassen, in der Stadt konnte derzeit kein Asyl beantragt werden, aber man würde ihnen genauso wenig erlauben, über die Landesgrenzen zu gehen, denn fast alle Länder, durch die sie hätten gehen können, hatten bereits Verträge dagegen aufgesetzt. In vielen Staaten fürchtete man, dass die Flüchtenden nicht durchreisen, sondern bleiben wollen würden. Da war nicht viel Spielraum: In Makrique zu bleiben, war nicht erlaubt, weiterziehen ebenso wenig; zurück ging es aber auch nicht, denn da wartete das allergrößte Übel, auch wenn man versuchte, es auf dieser Seite des Meeres durch Entscheide und Evaluierungen wegzuleugnen. Man musste die neue Gruppe der Flüchtlinge daher rechtzeitig über die Stadtgrenze ins Landesinnere bringen, wo sie entweder offiziell um Asyl anfragen könnten oder von wo aus es für sie leichter wäre, voranzukommen und einen Staat zu erreichen, in dem sie fairere Bedingungen antreffen würden.

Natürlich konnte seine Schwester das nicht verstehen, sie war nie für praktische Lösungen gewesen, sondern mochte die Konfrontation, direkt und kompromisslos. Daher fand sie seinen Plan naiv und feig, entsprechend frech waren ihre Argumente: Er schlage das nur vor, weil er selbst Opfer von Gewalt geworden sei, das sei ganz üblich, wenn jemand angegriffen worden war, weil er dann überall weitere Gefahren wittere. »Wir werden schon einen Status für alle erkämpfen!«, meinte sie und schlug ihm sogar vor, er solle lieber zurück ins Bett, denn er sei auf Schmerzmitteln und könne nicht klar denken.

Hakim erinnerte sich daran, wie er am Vortag aus dem Schlaf hochgeschreckt und schwer keuchend im Bett gesessen war, wie er ohne nachzudenken in die Schale, die ihm sofort jemand hinhielt, gespuckt hatte, und dann, den blutigen Auswurf im Gefäß vor sich, nicht mehr aufhören konnte zu husten. Sein Mund fühlte sich schleimig an, das Blut musste heraus. Die besorgten Blicke der Frau, die die Schale wegnahm, ihm die nächste hinschob, die er auf den Knien stehen ließ und sich schämte. Erst mit der Zeit verstand er, dass er auch am Kopf blutete, weil die Bandage beim Schlafen verrutscht war; dann spürte er auch den Druck auf den Rippen. Annie war gekommen, erst nach einiger Zeit hatte er sie bemerkt, als sie mit einem feuchten Tuch das Blut und den Schleim, die ihm nach dem Spucken und Würgen im Bart hängengeblieben waren, wegwischte, noch bevor sie ihn anredete. Er hatte nicht anders gekonnt, als an ihren Körper zu denken, wie er wohl aussah, wäre sie erst einmal nackt, viel zu nah war sie an ihm dran gestanden, und erst nachdem er ein wenig Kraft gesammelt hatte, hatte er es geschafft, sie wegzuschieben. Sie trug heute noch die Kleidung von gestern, dieselbe Bluse mit der Jeansjacke darüber, und sah ihn kein einziges Mal an. Wahrscheinlich war sie beleidigt, weil er zu grob gewesen war.

Malikas Stimme ratterte weiter: Es sei zu gefährlich, die Flüchtlinge ins Binnenland zu bringen. Wer sollte das überhaupt tun und wie? Die meisten hatten keine Papiere, mit denen man sie anderswo aufnehmen würde. Nach der ersten Kontrolle würde man sie entweder sofort abschieben oder in ein Abschiebelager stecken. Überall, außer in dieser Stadt, wären sie verloren.

Er widersprach ihr: »Ist es nicht das einzig Richtige, sie selbst zu fragen, was sie wollen?«, und rechtfertigte sich, als sie höhnisch aufschnaubte: »Diejenigen, die in Makrique bleiben wollen, können ja bleiben. Ich glaube aber nicht, dass sie bleiben sollten. Den anderen muss bei der Weiterreise geholfen werden. In jedem Fall müssen sie über Gefahren und über Vor- und Nachteile aufgeklärt werden. Oder? Wir müssen ihnen mehrere Optionen vorschlagen. Oder? Viel Zeit bleibt nicht!«

Warum beachtete Malika ihn nicht mehr?

Er wiederholte sein »Oder?« gleich dreimal, doch man antwortete ihm nicht, auch der Tourist und Annie nicht, sie sahen jetzt zu den Menschen am Ufer hin, unweit von ihnen, die immer lauter durcheinanderriefen. Als er sich umsah, traf ihn Annies Blick, kurz waren ihre Augen in seinen, danach wandte sie sich wie alle anderen erneut in die Richtung, aus der der Lärm kam.

Schon wieder standen Uniformierte am Platz herum, einer sogar mit erhobenem Maschinengewehr. Standen die in einer Auseinandersetzung mit einer Gruppe von Randalierern? Das waren doch dieselben, die gestern Abend die Protestsegel gehisst hatten! Einige der Tücher hatten sie sich um die Schultern gelegt wie Fußballfans die Fahnen ihrer Mannschaft. Sie gingen zwischen den Essensbuden umher, stießen einen Kebabspieß um. Die Uniformierten folgten ihnen, wiesen die Provokateure zurecht, sagten vereinzelt: »Beruhigt euch« oder »Genug«, forderten sie sogar auf, den Hafen zu verlassen, aber sie taten nichts, um sie tatsächlich dazu zu bewegen. Eine der Frauen, die ein »Terroristen raus«-Tuch schwenkte, zückte ein Messer und warf es schwunglos nach einem Passanten, der ihr den Mittelfinger gezeigt hatte. Dahinter stand, groß und mürrisch wie immer, Pakka, der nur wieder und wieder rief: »Ruhe!« Eine Gruppe von Flüchlingen, die mit dem Boot am Vortag angekommen war, beobachtete das Geschehen, man konnte regelrecht sehen, wie ihre Ankunftsfreude, falls sie überhaupt so etwas empfunden hatten, in Angst umschlug.

Und dort, war das Marguerite, die mitten unter den Leuten stand?

Annie und Malika erkannten sie auch und winkten ihr zu, aber irgendwas an ihrem Gesicht veranlasste sie alle, es rasch wieder sein zu lassen. Eine junge Frau ging wenige Schritte entfernt an ihr vorüber, sie trug ein Schild in Brusthöhe und riss gerade den Mund auf, Hakim konnte selbst aus der Entfernung ihre feuchte Zunge sehen und den dunklen Rachen. Gerade noch hatte sie abwesend und verträumt gewirkt, jetzt rief sie: »Wenn es bei denen daheim so schrecklich sein soll, warum leben sie dann?«, und wiederholte die Worte »so schrecklich« mit einem solchen Vergnügen, dass nichts mehr an die ruhige, wie aus der Gegenwart gefallene Frau von eben erinnerte. Marguerite machte einen Schritt auf sie zu und schlug ihr mit der Faust ins Gesicht. Der Frau fiel das Schild aus den Händen, kurz danach ging sie selbst zu Boden, nur die Überraschung hielt sie davon ab, aufzuschreien, während sie versuchte, die Arme schützend über den Kopf zu halten. Ein paar bewaffnete Männer, die neben der Gruppe hermarschiert waren, blieben stehen und sahen einander an.

Pakka gab Befehl, nichts zu tun, und einer der Polizisten steckte die eben entsicherte Waffe zurück ins Halfter.

Marguerite ging in die Knie, schlug ein zweites Mal zu. Das harte Geräusch der brechenden Gesichtsknochen war zu hören, und Hakim biss die Zähne zusammen, so hatte sich das gestern auch angehört, als sie zu dritt über ihn hergefallen waren. Der Kopf der Frau fiel zur Seite, Marguerite stemmte sich mit ihrem ganzen Gewicht auf sie und flüsterte ihr etwas ins Ohr, ehe sie jetzt doch von ein paar Polizisten wegzogen wurde. Mehrere Männer besprachen sich mit Pakka, und der fragte Marguerite laut, ob sie sich nicht schäme. Sie antwortete erst mit Verspätung: »Gar nicht.« Direkt hinter ihr und den Polizisten war die Unruhe groß, aber einige Reihen weiter hinten kümmerte sich niemand darum, die meisten Menschen bemerkten nicht einmal, was vor sich ging.

Hakim selbst stand zwar nicht weit entfernt, aber er hatte keine Lust einzugreifen.

Ein Mann in seiner Nähe zerriss Zeitungspapier und legte es in den Grill, er wollte wohl ein größeres Feuer machen. Hakim sah, dass die Zeitungen einige Monate alt waren, die Landkarten, Diagramme und Tabellen waren ihm bekannt, vor einem Monat hatte er solche Abbildungen an freien Wochenenden und Abenden ausgeschnitten und in einer Schachtel abgelegt, fürs Archiv, er hatte Unregelmäßigkeiten und Abweichungen festgestellt: Die Artikelüberschriften zu den Berichten über aktuelle Flüchtlingsbewegungen wurden immer größer, die dazugehörigen Tabellen und Fotos wuchsen ebenfalls, dafür fanden sich immer seltener Bilder von einzelnen Menschen. Er sah dem Mann zu, wie er die Blätter in die Glut hielt, die sich ins Papier fraß.

Zwei Uniformierte drängten sich an ihm vorbei, sie hielten ihre Waffen im Anschlag. Alles war angespannt: Die Hunde wurden vom Geruch des gebratenen Fleisches und der allgemeinen Unruhe aufgehetzt, die Männer prügelten deshalb mit den Gewehren auf sie ein, dann drängten sie die Leute dazu, weiterzugehen, zogen die Frau am Boden hoch, sie blutete aus der Nase. Einige, auch Pakka, redeten weiterhin auf Marguerite ein, die natürlich Widerworte gab, nichts anderes war von ihr zu erwarten, einer der Polizisten schnappte nach ihr, verdrehte ihr den Arm, sie riss sich sofort los und rieb sich das Handgelenk. Die Frau, der sie die Nase blutig geschlagen hatte, drehte sich um, formte ihre Hand zu einer Pistole, richtete sie auf Marguerite und drückte dreimal ab. Die merkte es aber nicht einmal, weil sie ihr den Rücken zugekehrt hatte und weiterdiskutierte. Pakka befahl der Menge, jetzt doch brüllend, auseinanderzugehen und die Menschengruppe mit den Fahnen durchzulassen.

Eine dermaßen große Menge an Polizisten war schon lange nicht mehr am Hafen gewesen. Es waren wahrscheinlich auch Soldaten darunter, das war nicht leicht auseinanderzuhalten, ihre Uniformen waren aus diversen Garnituren zusammengesetzt, die Mützen, die Hosen und Jacken mussten sie aus unterschiedlichen Lagern bezogen haben. Da sollte noch einer sagen, dass man die Flüchtlinge nicht schnellstmöglich aus Makrique wegbringen sollte! Hakim wollte sich an seine Schwester wenden, aber die deutete aufgeregt in eine andere Richtung.

RECHTSLÜCKEN

Malika hatte sie sofort erkannt, als sie unter den vielen Uniformierten aufgetaucht war. Mit sehr hohen Schuhabsätzen, die langen Beine bis zu den Knien nackt, trotz der Hitze in einer schwarzen Bluse, die im Rock steckte, um die Taille ein breiter Gürtel, die Hände in die Hüften gestemmt und die Daumen in den Gürtelschlaufen verhakt, wie ein Cowboy, den Rücken durchgestreckt. Der gleiche Blick wie damals, als sie sie am Ausgang des Gefängnisses verabschiedet hatte, beherrscht und berechnet, jeder Gesichtsmuskel unter Kontrolle, unterstützt von Lidstrich und Make-up, ein gut geführtes Gesicht, und darin der Mund, der ein Lächeln formte: »Ich hoffe, es sind keine Missverständnisse zwischen uns entstanden.«

Was hätte man darauf sagen können?

Kurz nach ihrer Entlassung hatte Malika am Hafenplatz bei der Kundgebung eine Rede gehalten oder im Grunde nicht viel mehr als ein paar Sätze gesagt. Charbonnier hatte den Auftritt moderiert und wiederholt betont, an ihrer Freilassung mitgewirkt und alle Hebel in Bewegung gesetzt zu haben, um sie herauszuholen. Sie musste wohl ziemlich durcheinander gewesen sein, erschlagen von der langen Haft, hatte sich überrumpeln lassen und mit ihm Wangenküsse getauscht, das ekelte sie heute noch; schlimmer aber war gewesen, dass er zugleich sein Mobiltelefon gezückt und es quergelegt in seine linke Hand genommen hatte, um es auf sie und sich selbst zu richten. Das passierte zu schnell, sie konnte nicht ausweichen, und das Foto ging ein paar Stunden später schon auf der Website der Stadtregierung online und wanderte von dort aus durchs Internet: »Zufriedene Gesichter im Kampf für den sozialen Frieden in Makrique!«

Nach der Kundgebung fuhr sie heim, angezogen legte sie sich voller Vorwürfe an sich selbst ins Bett.

Warum hatte sie die Anlaufstelle für alle spielen müssen? Musste man denn auf jeden Bescheid mit einer Aufforderung zur Begründung reagieren und auch dort weiter Druck ausüben, wo es aussichtslos war? Weil sie das Gefühl hatte, an den armen Leuten, die sich ans Ufer der Stadt geworfen hatten, zu verdienen? Weil ihr Zentrum mit öffentlichen Geldern subventioniert wurde? Weil sie mit dem Präfekten und dem Flüchtlingsbeauftragten zusammenarbeitete, mit ihnen um eine fairere Anzahl zugelassener Asylwerber verhandelte und im Gegenzug versprach, Hungerstreiks unter Flüchtlingen zu verhindern? Obwohl sie wusste, dass es keine »faire Anzahl« gab in dieser Frage? Sie fragte sich, ob sie und die anderen all das nur aus schlechtem Gewissen taten. Weshalb andererseits gerade sie ein besonders schlechtes Gewissen haben sollten, darauf hatte sie keine Antwort, und darum fiel ihr das Einschlafen so schwer.

Während es ihr nicht und nicht gelang, sich zu entspannen, spürte sie einen lange schon mitgeschleiften Unwillen hochsteigen. Sie dachte an die Wartenden, die zu ihren Beratungsstunden kamen. Beunruhigend geduldig standen die herum, brav, folgsam, in Schlangen, sie traten durch die Tür, kamen an ihren Schreibtisch, mit runden, braunen Augen schauten sie sie hoffnungsvoll an, murmelten bereits im Hinsetzen: »Sie müssen uns helfen. Man hat uns gesagt, sie empfangen jeden.«

Der alte Widerwille wurde im Bett übermächtig, sie war müde, und ein grauenvoller Moment, den sie ein paar Tage vor ihrer Verhaftung erlebt hatte, kehrte wieder: Da war sie eben noch zur Tür unterwegs gewesen, um sie für die nächste Gruppe zu öffnen, als sie plötzlich bei sich dachte, dass sie alle Menschen davor ohne Unterschied und ohne Abstufung gleichermaßen im Stich lassen würde. Warum sollte sie zu ihnen hinausgehen, wenn sie ihnen ohnehin nicht helfen konnte? Als sie sich an die Wangen fasste, weil es sie dort kitzelte, waren sie nass, sie blieb erschreckt und lautlos stehen, aber bald schon am ganzen Körper schlotternd, als hätte sich das Weinen in ihre Glieder gefressen, in die Schultern zuerst, und dann abwärts, durch den ganzen Oberkörper, sie konnte nicht länger stillhalten und stolperte rückwärts, stieß mit dem Rücken gegen die Wand und rutschte daran entlang zu Boden. Es kam weiterhin kein Ton heraus, als wäre ihr die Luft ausgegangen; irgendwann endlich ein erstes Wimmern, das anwuchs, sie hielt sich selbst den Mund zu – ob die draußen etwas gehört hatten? Das dauerte etwa zehn Minuten, kaum länger, danach ging sie zum Fenster und riss es auf, atmete tief ein und aus, der Lärm und der Gestank waren unbeschreiblich. Sie schaute auf die sich drehenden Betonmischer und Bagger hinunter, mit denen man die Straßen aufriss. Mehrere Teile des Boulevards waren abgesperrt. Braune und schwarze Gesichter drängten sich vor dem Eingang zum Beratungszentrum und warteten darauf, hineingelassen zu werden.

Malika konnte in dieser ersten Nacht nach der Freilassung lange nicht einschlafen, drehte sich von einer Seite zur anderen, dachte nach, schweifte ab, keuchte zwischendurch und schwitzte, als wäre sie lange durch die Straßen gelaufen. Ihr war erbärmlich zumute, in der Früh erst kam der tiefe Schlaf, aber als sie spätnachmittags aufwachte, fühlte sie sich kraftvoller als je zuvor. In den Tagen danach erlaubte sie sich, verschanzt in ihrem privaten Dokumentationsarchiv, keine Ruhe mehr. Der Plan war, sich selbst nicht mehr frei zu geben, bis sie nicht in den Datenbanken und Aktenordnern gefunden hatte, wonach sie suchte. Sie fühlte sich vulkanisch, ging alles noch einmal durch, suchte eine Erklärung für das, was ihr und ihnen allen zugestoßen war. Etwas musste in den Unterlagen begraben sein, sie brauchte es bloß aus den Akten herauszuschälen, aus den schriftlich zurückgewiesenen Missbrauchsvorwürfen seitens der örtlichen Exekutive und aus der Dokumentation der Schließung eines Asylwerberheims. Sie überprüfte den Anhang des Dossiers, den sie bislang als nicht prozessrelevant abgelegt hatte, da war die Auflistung der über fünfzig Flüchtlingsheime beigeheftet, gegen die im vergangenen Jahr Brandanschläge verübt worden waren. Die Aktenvermerke – immer mit Foto und Dienstnummer – über jene Beamte, denen fahrlässige Tötung bei Abschiebungen vorgeworfen wurde, ging sie dreimal durch, danach wieder auf Anfang, alles noch mal durchblättern, zunächst Ordner eins und zwei: den Bericht des Flüchtlingshochkommissariats, der Mängel und Menschenrechtsverletzungen im Asylwerberheim Makrique-Ost feststellte; Rechnungen, die belegten, dass die Stadt der privaten »Unterbringungs-GmbH«, die das Heim betrieb und persönliche Verbindungen zur Stadtverwaltung und zur örtlichen Polizeidienststelle aufwies, weitaus mehr zahlte, als diese für die Versorgung der Asylwerber ausgab. Ordner drei und vier: Zeugenaussagen, die die Zustände in der Schubhaft beschrieben. Berichte sowie Presseaussendungen der Stadtregierung, drei Predigten eines Pfarrers in schriftlicher Ausführung, in denen er zu Andachtsfeiern in der Nähe des Polizeianhaltezentrums aufrief. Aus dem Ordner fielen Fotos von einer Andacht heraus, darauf entdeckte sie, in der Menge und sehr klein, die Köpfe von sich selbst, Hakim und Annie. Mit besonderer Aufmerksamkeit las sie die Stellungnahme Charbonniers, damals städtischer Migrationsbeauftragter, aber seine ausweichenden Erklärungen enthielten nichts, was sie weiterbrachte.

Die Fotos und Berichte über die Schläge auf den Kopf eines Häftlings im Polizeianhaltezentrum und ihre Folgen sowie den medizinischen Bericht über zwei gebrochene Arme und die Feststellung des Todes hatte sie in zweifacher Ausführung. Lückenhaft blieb die Dokumentation trotzdem. Wirklich brauchbar war nur ein Auszug aus der Anklageschrift gegen einen der Polizeibeamten, der einen afghanischen Restaurantbetreiber halbtot geprügelt hatte. Trotzdem ließ sich aus all dem die Verbindung der Poulet zu den angeklagten Beamten belegen, was noch nichts heißen musste, aber, und das bedeutete schon mehr: Endlich, endlich verband sich das alles zu einem Ganzen, oder zumindest deutete sich dieses Ganze in neuen Zusammenhängen an. Sie fand heraus, dass die Poulet engen Kontakt zu zwei Betreibern der »Unterbringungs-GmbH« hatte. Einer der Heimleiter war der Schwager der Chefinspektorin, der andere sein Freund, den auch sie aus Jugendzeiten kannte. Das Unternehmen verzeichnete einen jährlichen Bilanzgewinn von hunderttausend Euro, aufgrund eines Vertrags, an dessen Erstellung die Poulet persönlich mitgewirkt hatte und den im Übrigen auch der Charbonnier zu Gesicht bekommen haben musste sowie die Zuständigen im Innenministerium.

Der Vertrag war zwar kritisiert worden, aber nichts daran wurde im Anschluss geändert. Erst als schwere Vorwürfe gegen die Heimleitung laut geworden waren, war der Schwager zurückgetreten und von da an nur in beratender Funktion für das Unternehmen tätig. Der Jugendfreund der Poulet war Leitungsvorstand geblieben und hatte vehement geleugnet, dass an den Vorwürfen etwas Wahres dran sei. Auch dann noch, als die Korruptionsstaatsanwaltschaft eingeschaltet wurde. Vorgeworfen wurde den Betreibern, dass die Essens- und Medikamentenversorgung unzureichend gewesen war und dass der extrem hohe jährliche Bilanzgewinn dem äußerst entgegenkommenden Vertrag geschuldet war, der vorsah, dass die Stadt Makrique bei Unterbelegung gleichbleibende Summen an die Leitung zu zahlen habe.

Festgestellt wurde auch zweifelsfrei, dass erstens ein algerischer Migrant den Akku seines Handys geschluckt hatte, um sich zu töten, und dies überlebt hatte, nur um sich, weil man ihm keine psychologische Betreuung angeboten hatte, ein paar Tage später an dem Kabel einer herabhängenden Glühbirne zu erhängen; dass zweitens ein syrischer Flüchtling mit einem Hungerstreik auf die Missstände im Lager hinweisen wollte und an multiplem Organversagen gestorben war; dass drittens Flüchtlingen Medikamente systematisch vorenthalten worden waren; dass es viertens aufgrund baulicher Mängel zu mehreren Verletzungen von Heimbewohnern gekommen war; dass fünftens die Unterversorgung, die Wasserknappheit und der Mangel an Hygieneartikeln zwei Mal zu seuchenartigen Krankheiten geführt hatten; dass also, wie sie es schließlich in ihrem Bericht zusammenfasste, die Heimleitung das Leid der Menschen systematisch instrumentalisiert hatte, um sich daran zu bereichern. Und die Poulet, obwohl selbst nicht direkt involviert, stand, und das war nach der zielgerichteten Recherche dokumentiert, mit allen involvierten Personen in Verbindung, offiziell oder inoffiziell.

Nach wenigen Tagen schon hatte Malika ein neues Dossier erstellt, das sie der Korruptionsanwaltschaft zu übergeben plante, die seit mehreren Jahren gegen den Heimbetreiber vorging; ihre Kollegen waren dabei, eine Website mit Materialien zum Download und ein offenes Diskussionsforum einzurichten; auch plakatierte Hakim mit Kopien einiger der Dokumente die Backsteinmauer der leerstehenden Fabrik neben ihrem Beratungszentrum, diese wurden aber schon in der darauffolgenden Nacht heruntergerissen oder zerfetzt; daher verteilte er sie mit Annie ein paar Tage lang als Handzettel vor der Tür. Insgesamt waren sie gerade gut dabei, ihre Arbeit an der Öffentlichkeit voranzubringen.

Dann begannen die Unruhen in Makrique, und in diesem Wirbel verschwand auch die Chefinspektorin – war sie ausgereist?, untergetaucht? Einstweilen war alles Weitere vereitelt, nicht nur durch ihr Verschwinden, sondern auch aufgrund des Ausnahmezustands, der kurz darauf ausgerufen wurde.

Dass die Poulet nach Makrique zurückgekehrt war, verhieß nichts Gutes. Jemand musste ihr ein Zeichen gegeben haben. Am Ende hatte Hakim vielleicht doch recht, man musste die Flüchtlinge aus der Stadt bringen, sie waren ja hier wie auf dem Präsentierteller. Was, wenn die Stadtpolizei gegen sie vorgehen würde? Die gab jetzt schon unter dem Vorwand der Deeskalation den Hetzern Begleitschutz. Aber wie sollte man das rechtzeitig organisieren?

Malika fühlte eine große Lähmung in sich, zugleich einen Fluchtinstinkt, während sie auf die schwarze Bluse in der Menge starrte, die sich bereits von ihnen entfernte, die Gruppe der Provokateure marschierte weiter, flankiert von den Uniformierten und von Männern in Securité-Jacken, die zur Poulet zu gehören schienen. Pakka ging voran, mit unbewegter, amtlicher Miene über Marguerite wachend, die abgeführt wurde, es folgten die Aufwiegler mit ihren

Fahnen, und neben der Poulet ging der Charbonnier, der hektisch auf sie einredete. Es wirkte, als wären sie alle unter dem Spruchband »Immigration zéro« geeint. Malika zog Hakim am Ärmel: »Das sind die von der Agentur.« Sie deutete auf einen dicklichen Mann: »Da, zum Beispiel, der Rondel«, sagte sie, »ausgerechnet wieder der Rondel.«

Nach dem Abgang der Gruppe rund um die Poulet war plötzlich viel Platz zwischen den Essensbuden und Imbissständen. Als wäre man noch einmal davongekommen. Aber das war kein echtes Davonkommen, das war nur ein Hingehalten-Werden, bevor es richtig losgehen würde. Jetzt war auch zu sehen, dass ein junger Mann, der mit den Flüchtlingen angekommen war, am Beton lag, bislang war er von der Menge verdeckt gewesen, er sprach undeutlich, wirkte abwesend, wie in Trance, seine Augen glänzten, er schmatzte mit den wunden Lippen, warf sich unruhig nach links, nach rechts, klagte, wie kalt ihm sei, rollte sich zusammen. Die Leute um ihn herum legten ihm, da er trotz der Hitze zitterte, Decken um. Malika begann ebenfalls zu zittern, oder zitterte sie schon die ganze Zeit über und es fiel ihr erst jetzt auf?, jedenfalls drückte ihr Bruder sie plötzlich mit beiden Armen fest an seinen weichen Oberkörper, wie früher als Kinder, wenn sie zueinander ins Bett gekrochen waren, und sagte in ihr Ohr: »Sicher nicht der Einzige, der zu schwach für die Weiterreise sein wird.«

RICHTUNGEN

Daniel zählte die Laster, die im Halbschatten des Spätnachmittags warteten, sechs waren es, er erkannte zwei, in denen er bereits gesessen war, und dachte an den Fahrtwind in Annies Gesicht, als sie ihn am Vortag in ihrem LKW zum Hof mitgenommen hatte. Jetzt stand sie vor ihrem Wagen, wieder einmal schwitzte sie, und das Haar klebte ihr an Stirn und Rücken. Neben sich hatte sie einen kleinen braunen Koffer abgestellt. Ihre Vorfreude war kaum zu übersehen, sie winkte herüber zu ihm und zu Bakary, der ein paar Kisten mit Obst und Gemüse in seinen LKW räumte.

Es wurden immer mehr solcher Kisten herangeschafft, um alle Laster damit zu befüllen. Gesprochen wurde kaum. Unter den Schleppern entdeckte er Hakim, der geradewegs zu Annies Laderaum ging und einiges darin zur Seite schob. Beim Vorbeugen griff er sich an den Kopf, er hatte, das war zu sehen, Schmerzen. Zwei Frauen sprangen an ihm vorbei aus dem LKW und fragten nach einer Drahtschere, danach stellten sie sich an die Plane des Wagens und schnitten Löcher hinein. Bakary hatte das Problem anders gelöst und bei seinem LKW die Plane einfach abmontiert. Auf der Ladefläche seines Wagens saßen ebenfalls schon ein paar Familien und warteten. Zwei Frauen wechselten ihre Schuhe.

Aus allen Richtungen kamen weiterhin Menschen mit Rucksäcken und Taschen herbeigelaufen, es überraschte Daniel, dass so viele in so kurzer Zeit zum großen Parkplatz neben der Autobahnauffahrt herbeiströmten, als wären sie schon lange für die Abreise vorbereitet gewesen.

Man tauschte nur das Nötigste an Anweisungen und Informationen aus, ein wenig zerstreut. Ausschließlich praktische Dinge wurden beredet: »Benzin haben wir nicht viel beschaffen können.« – »Das Wetter wird schön bleiben.« – »Ihr braucht mehr Wasser.« – »Zehn Stunden Fahrzeit.« Jemand versteckte Mobiltelefone in jedem Fahrzeug, »Bloß nicht vor dem Grenzübertritt einschalten!«, Listen mit Telefonnummern wurden herumgereicht, Kontakte von Freunden oder Bekannten, die man anrufen konnte. Man tauschte Ratschläge aus, lief zwischen den Camions umher, wägte ab und überlegte gemeinsam. Annie wollte zum Beispiel über die Ostgrenze fahren, landeinwärts, Bakary lieber über die Südgrenze und an der Küste entlang, er kannte in der Nachbarstadt Sympathisanten, die seiner Gruppe weiterhelfen würden. Die anderen LKWs sollten andere Routen aus der Stadt nehmen, zwei über die Autobahn, einer durch den Tunnel, dann weiter über die Landstraße; sollte es mittlerweile verstärkten Grenzschutz vor Makrique geben, könnten sie so voneinander ablenken.

Bakary fragte Daniel, ob er ihm bei der Planung helfen könne, und faltete eine Landkarte auseinander, zwei Informationszettel fielen heraus: »Du bist ja irgendwie in die Stadt gekommen, wirst ja auch wissen, wie man am besten rauskommt.«

Anfangs fand Daniel sich kaum zurecht auf der großen Straßenkarte, denn ja, hergekommen war er schon, aber zu Fuß. Makrique bestand auf dem Plan aus vielen Strichen, die zur einen Seite hin immer weiter ausfransten und auf der anderen Seite von einer blauen Fläche abgeschnitten wurden. Die Stadtgrenze war mitten durch das Blau gezogen, die Linien sollten wohl die inneren Gewässer vom offenen Meer abteilen. Jemand hatte dort ein paar Totenköpfe hineingemalt. Das blaue Rechteck in der Mitte, das hart ins Grau schnitt, musste der Alte Hafen sein. Ebenfalls nur von Hand, und daher immer wieder unterbrochen, war auf der anderen Seite die aktuelle Stadtgrenze zum Binnenland eingezeichnet worden.

Die Linien, die Daniel mit seinem Finger auf dem Papier zog, sollten Bakary zeigen, auf welchem Weg er nach Makrique gekommen war, aber er zögerte dreimal, zog danach eine neue Linie übers Papier. War er wirklich über so viele Grenzen gegangen? Manche schienen völlig falsch eingezeichnet. Er hatte sich der Stadt vom Süden her genähert. Aber standen da wirklich Häuser? Allerdings hatten seine müden Augen bei seiner Ankunft kaum Zeit gehabt, die Stadt zu erfassen, die nach den Fels- und Hügellandschaften Schritt für Schritt langsam vor ihm anwuchs. Doch, die Karte stimmte schon, von der schlecht asphaltierten Straße aus waren weit entfernt die ersten Hochhaussiedlungen zu sehen gewesen, das mussten diese Quadrate hier sein. Und die grauen Farbflecken nahe am Blau waren wohl die Garagenplätze, die ihn beruhigt hatten, weil er langsam das Gefühl bekommen hatte, wirklich in die Zivilisation einzutreten.

Bakary zeichnete mit seinen Fingern einige Pfeile und Striche auf der Karte ein: »Ich glaube, hier und hier habe ich Überwachungskameras gesehen!«, »Da steht ein Kontrollposten!«, »Die Tankstelle war mit Stacheldraht abgesperrt, soweit ich mich erinnern kann!«, »Das stimmt nicht, dieser Zaun ist offen!«, »An dieser Kreuzung haben sie mich aufgehalten«, »Dieses Dorf steht leer, ich habe niemanden dort gesehen, da könntet ihr übernachten.«

Und schon brach die Karte ab, das Papier war zu Ende. Wie ein nicht klar umgrenztes Etwas wirkte das gezeichnete Makrique, als ob die Stadt sich an den Rändern auflöste, ohne richtigen Abschluss zum Binnenland hin, das willkürlich abgeschnitten worden war.

»Zurückfinden muss ich ja auch wieder«, sagte Bakary und zeichnete ein paar Pfeile in Richtung der Stadt ein. »Besser hier durch, oder?«

Er zwinkerte Malika zu, die über ihn hinwegsah. Sie hatte begonnen, mit einem Tuch über die Windschutzscheibe seines Lasters zu wischen, auf der Taubenkot und Fliegenreste klebten. Ihre Augen verengten sich, als Bakary jetzt die Landkarte zusammenfaltete, am Fahrersitz des Lasters Platz nahm und begann, sie durch die Scheibe zu beobachten.

PROZESSE

Malika fielen seit Längerem nur noch Dinge an Bakary auf, die sie unmöglich fand: dass er sich niemals über etwas wirklich aufregte, dass er niemals sein Recht einforderte, dass er immer freundlich und naiv war, fleißig, lieb, von der Arbeit überanstrengt und dabei so dankbar dafür. Genau wie ihr Vater.

Bakary und der Vater waren vollkommen unterschiedlich, aber in einer Sache glichen sie sich: Sie waren beide in ihrem Wesen viel zu weich. Und jemand anderes musste, wenn ihnen Unrecht geschah, für sie kämpfen, musste sie schubsen, damit sie etwas taten, aber selbst so angeschubst wollten sie nicht wirklich. Der Vater sowieso. Als Reparateur für die Marine hatte er begonnen, über die Arbeit sprach er mit Begeisterung: vom Bauch des Schiffes, in den er hinunterstieg, um zerbrochene oder verbrauchte Teile abzumontieren, auszutauschen, von der schwärzlichen Flüssigkeit, dem Heiz- und Erdölgeruch, der Schmiere in der Kleidung, die nach Salzwasser roch. Das musste ein paar Jahre nach der Unabhängigkeit Algeriens gewesen sein, als er sein Land verlassen hatte. Er erzählte nie von Feiern oder Festen oder irgendwas Lustigem aus der Heimat, auch nicht von der Zeit, als er in seiner Jugend politisch aktiv gewesen war, sondern immer nur von seiner Arbeit im Makriquer Hafen: Wenn im Winter Reparaturen auf einem Schwimmdock anstanden, war es hart, der Wind vor allem, man stand neben der still auf dem Trockenen liegenden Schiffsmasse, stellte mit den anderen Kohlebecken auf und zündete darin Feuer an, Rauchschwaden und rote Glut, warm wurde einem nicht davon. Die Kälte drang durch die dicke Arbeitskleidung und durch die Handschuhe, bis die Finger ganz steif waren und ihnen das Werkzeug aus den Händen fiel. Pro Schiff hatte man ein oder zwei Tage Zeit für Reparaturen, mehr nicht, es musste ja wieder raus aufs Weltmeer. Und wenn die Nacht durchgearbeitet wurde, umso besser, dafür gab's eine Zulage, da sagte niemand nein. Später gab es keine Arbeit mehr für ihn als Metaller, er wurde Schlichter und belud händisch Schiffe, wo keine Gabelstapler hinkamen. Das war, bevor auch dieser Beruf durch die neuen Standardisierungen ausstarb, die regelten, dass man Waren auf Schiffen fast ausschließlich in Containern transportierte.

Zwei, drei Fotografien von ihm und der Belegschaft gab es aus der Zeit, der Vater sah jünger aus, stolz lächelnd, mit dem Schnauzer und im feinen Hemd mit Sakko, auf einer war die sehr junge Marguerite vorne mit darauf. Im Hintergrund des Bildes standen wie riesenhafte Stahlinsekten die Kräne vor dem Himmel – das mussten wohl die Siebziger sein? Oder bereits die Achtziger? – und farbige Schiffsteile vor Beton, angekettet, leicht verschwommen, wahrscheinlich waren das Aufnahmen von den Hafenlagern. In einer dieser Hallen waren später seine Beine unter das Metall gekommen. Kurz darauf hatte Marguerite begonnen, bei ihnen ein und aus zu gehen, ihre Stimme, wenn auch durch die Milchglastür gedämpft, drang bis ins Kinderzimmer: »Abel, Sie müssen dagegen Beschwerde einlegen, Sie müssen sich an der Sammelklage beteiligen!« Dann der schlurfende Schritt des Vaters, Wortwechsel, das Lachen der fremden Frau in der Wohnung, die, mit Teenager-Augen betrachtet, ein absolut einzigartiges Wesen war: groß, breit, immer lächelnd, mit Haaren, die ihr vom Kopf abstanden, und weiten

Blusen, immer voll dabei, diskussionsbereit, wenn Malika sie etwas fragte, nicht dermaßen verträglich mit aller Welt wie ihr Vater, der nichts tat, nie protestierte, der nicht daran glaubte, dass irgendeine Gewerkschaftspolitik ihm persönlich helfen könnte. Auch als Marguerite ihm versprach, dass die Prozesskosten von anderen übernommen würden und dass er nicht der einzige Kläger wäre, sagte er immer nur: »Nein, danke«, und wenn sie nachfragte: »Ich will keine Probleme.« Sie scherzten auch viel miteinander, redeten über die Zeiten, als er noch Metaller war und Marguerite in der Personalabteilung seiner Werft als Sekretärin gearbeitet hatte, bevor sie nach einem Zerwürfnis mit dem Besitzer bei der Gewerkschaft angefangen hatte. Die Mutter bot ihr immer wieder Tee oder Kaffee an, sie versuchte, Marguerite möglichst lange dazubehalten, der Vater war wie ausgewechselt, wenn Besuch kam, sonst saß er in der Ecke, lehnte sich an die Wand, sah vor sich hin, fragte sich wohl, wie ihm hatte passieren können, dass er nicht versichert war, obwohl ihm der Betrag monatlich vom Lohn abgezogen worden war, weshalb kein Geld da war für Medikamente oder die Familie, und wer für den Unfall verantwortlich war, für die unregelmäßigen Wartungen und nicht vorgenommenen Reparaturen alter Geräte.

Er kam vom Stuhl am Tisch kaum hoch, Marguerites Besuche wurden seltener, bis sie nach einem Jahr aufgab. Sein Dasein wurde ein Dösen, gezeichnet von einer zunehmenden Bedürfnislosigkeit, als wollte er langsam verschwinden; immer seltener kam es vor, dass er sich wie früher zu Malika herunterneigte und ihr übers Haar strich, zunehmend war sie es, die über ihn gebeugt dastand.

Sie verachtete ihn dafür, war ungeduldig mit ihm, höhnisch, nachträglich tat es ihr leid, aber sie konnte nicht anders. Wie er tagelang im Bett geblieben, dann durch die

Wohnung geschlichen war, die wenigen politischen Gespräche über sein Land, zu denen sie ihn hatte zwingen können, und bei denen er sich im Grunde auf die immer gleiche Phrase beschränkt hatte: »Sie haben unsere Unabhängigkeit konfisziert«, und wenn sie nachfragte: »Aber wer? Aber wie? Warum? Was meinst du damit?«, kam nur ein Schulterzucken. Immer war alles an ihm unentschieden, sanft, stumm, er vertrug sich gut mit allem Übel, als gäbe es nichts zu alldem zu sagen, nicht zu seinem Land und nicht zum neuen Land, in das er gekommen war, nicht zu seinem Bein, zur erzwungenen Frühpension bei niedrigstem Tarif, dieser monatlichen Erniedrigung, die ihm zuteil wurde, ein Ausdruck der Verachtung gegenüber seiner Arbeit, die nichts wert gewesen sein sollte. Wie viel kostete sein Bein, ein paar Tausender, oder mehr, oder weniger? Auf wie viel belief sich der jahrelang einbehaltene Versicherungsbeitrag? Kein strenges Wort von ihm, nicht ihr gegenüber, wenn sie ihn beschimpfte, nicht der Mutter, nicht dem Arbeitgeber, schon gar nicht dem Staat gegenüber, da war nichts herauszuschütteln aus dem Vater. Er schlief, er schlurfte, manchmal seufzte er auf, in Erinnerung versunken, lächelte vor sich hin, alles an ihm von erschütternder Schlaffheit.

Von dem war nichts zu erwarten außer verwunderte Augenbrauen über runden, braunen Augen, wenn sie wütend auf ihn wurde. Ihm die Unterwürfigkeit aus den gebügelten Hemden schütteln? Mit ihm über die Zehntausenden diskutieren, die am Ende des Zweiten Weltkrieges in Sétif, Guelma oder Kherrata hingerichtet worden waren, weil sie die Unabhängigkeit gefordert hatten? Die zweihundert algerischen Demonstranten, die beim Massaker in Paris Anfang der Sechziger von Polizisten ermordet worden waren, oder die Hunderttausenden zivilen Opfer des Krieges in Algerien? Die Tatsache, dass man ihn nur ins Land gelassen hatte, um die Unabhängigkeitsbestrebungen in seinem Land durch Wirtschaftsmigration einzudämmen? »Das sind nicht mehr dieselben Leute hier im Land«, sagte er, und: »Andere Zeiten waren es«, oder: »Schreckliche Umstände, sie schämen sich heute sehr dafür.« Er hatte ihr – das meinte sie gleichermaßen wörtlich wie auch im übertragenen Sinn – nichts zu sagen.

Und während der Vater sich aus allem heraushielt, zerrte man an ihr herum, hängte sich mit Worten, mit Bitten an sie, belagerte sie mit Forderungen und Beschwichtigungen, eben weil sie sich nicht einfach heraushielt wie er, weil sie dagegenstand: »Könntest du, Malika?« – »Wirst du?« – »Wir kriegen dich schon!« – »Die Leute erwarten es!« – »Sie wissen Bescheid?« – »Beruhige dich!« – »So führt das zu nichts!« – »Sie weisen niemanden ab?« – »Es ist hoffentlich zwischen uns kein Missverständnis entstanden?« – »Tun Sie etwas!«

Jetzt murmelte auch die Mutter, die ihren drei Kindern in den Laster half, vor sich hin: »Wir sollen uns wieder zusammendrängen? Wieder zu viele sein im Wagen?« Was konnte man mit diesem Vorwurf anfangen, mit der unausgesprochenen Forderung, die in diesem Satz steckte, dem Anspruch, mehr zu tun, mehr zu leisten als eigentlich möglich? Sollte nicht vielmehr jemand »Danke« zu ihr sagen, wenn er schon etwas sagte?

Sie wollte etwas erwidern, aber einer der Männer, der geholfen hatte, Kartons in den zweiten LKW zu laden, mischte sich in die Diskussion ein: »Immerhin besser als in den Lagern in Libyen.«

Er zog sein T-Shirt, das ihm beim Hantieren verrutscht war, zurecht.

In Tripolis, meinte er, da war das Gedränge, über das man sich hier beschwerte, das geringste Übel, der Mann mit dem Schlagstock in der Hand, wie der auf die Menschen eingeprügelt hatte, gerade als wären sie Tiere: »Nur drei Männer gleichzeitig aufs Klo! Denkt an etwas Schönes, wenn ihr es nicht mehr zurückhalten könnt! Stellt euch vor, ihr seid nicht mehr in dem Drecksloch in Afrika, sondern reich und glücklich in Italien.« Am schlimmsten sei es gewesen, wenn er mit dem Lauf seiner Pistole die Anwesenheitsliste durchgegangen war, mit tiefer Stimme vorgelesen hatte: Senegal, Gambia, Mali, Syrien, Irak, und dazu die Mobiltelefone, SIM-Karten, Batterien und Geld eingesammelt hatte. »Hast nie gewusst, was mit denen, die er aufruft, passieren wird. Hast es nie gewusst«, das wiederholte er mehrmals, »was passieren wird. Und wenn sich jemand aufregte«, sagte er, »hat der Kerl nur seine schriftlichen Anweisungen vorgezeigt, eine europäische und eine libysche, beide mit der jeweiligen Flagge darauf.«

Der Mann fasste die Frau an den Schultern, sie nickte. Durch die bloße Erinnerung, diesem Lager entronnen zu sein, beruhigte sie sich rasch. In Malika rumorte es, sie erschrak über sich, Dank, was hieß das? Den konnte es gar nicht geben, nicht in dieser unmöglichen Situation, wenn sie selbst mit dem richtigen Pass auf der einen Seite stand und die Leute ohne Pass auf der anderen. Angesichts dieser Ungleichheit erwartete sie Dankbarkeit, wo doch der Kampf von vornherein so unfair war und kaum zu gewinnen? Es war verständlich, dass ihr Vater keine Lust auf solch einen ungerechten Kampf gehabt hatte, genauso wenig wie diese Frau vor ihr oder ihre quängelnden Kinder und alle anderen, die gerade die Fahrzeuge bestiegen.

DOKUMENTATION

Nachdem er die letzten Wasserkanister abgestellt hatte, fragte Hakim die Leute, die in Annies LKW steigen wollten: »Habt ihr eure Papiere dabei?« Nicht alle verstanden ihn, er sagte ein paar Worte auf Arabisch, dann auf Englisch, und wer ihn immer noch nicht verstanden hatte, ließ es sich in andere Sprachen übersetzen. Zwei Kinder sahen erschreckt auf die Wunde an seiner Schläfe, mittlerweile hatte er den Verband abgenommen, weil der schon ganz schön gestunken hatte.

Hakim wiederholte seine Frage.

Einige nickten oder schüttelten den Kopf, manche waren ohne Papiere angekommen, hatten sie auf ihrer Route durch Algerien, Marokko, Libyen oder auf dem offenen Meer weggeworfen beziehungsweise waren sie ihnen irgendwie abhandengekommen, gestohlen, verloren, zerstört. Andere griffen in ihre Hosen- oder Jackentaschen. Bei den meisten war eine syrische Stadt als Geburtsort eingetragen, ein paar hatten die irakische, andere die afghanische Staatsbürgerschaft. Am Ende hatte er zwölf Pässe in der Hand. Er sah sie durch, fragte, ob sie echt seien, einem Grenzpolizisten gleich, gab danach die Dokumente zurück und teilte Kärtchen mit Sondergenehmigungen für einen kurzfristigen Aufenthalt aus, ausgestellt von der Präfektur Makrique. Er informierte die Wartenden darüber, wo sich, sollten sie in diesem Land bleiben wollen, die für sie zuständige Stelle befand beziehungsweise an wen sie sich wenden konnten, wenn ihr Antrag nicht entgegengenommen würde, dann zählte er ihnen eilig auf, in welchen Staaten sie, falls sie nicht hier bleiben wollten, besser gar nicht erst Asyl beantragen, sondern nur durchreisen sollten, und in welchen es dagegen sinnvoll war, darum anzusuchen.

Annie, die eben noch ein paar Mobiltelefone und Broschüren mit Informationen zu den derzeit gültigen Regelungen und Verfahren eingepackt hatte, stand jetzt nur daneben, sie rauchte eine Zigarette und hörte ihm eine Weile zu, ehe sie ihn unterbrach: »Hey!«

Er bemerkte ihr Zögern, die Überwindung, die es sie kostete, sich direkt an ihn zu wenden, sie stieß im Umdrehen mit dem Ellbogen gegen ihn, ihre Unterarme berührten sich, jetzt kamen ihm die leisen Gespräche auf Englisch und Arabisch in ihrer Nähe aufdringlich vor, und das Quietschen, als Malika ein paar LKWs weiter hinten mit dem Fetzen über die Scheibe von Bakarys LKW wischte, wirkte überlaut. Annie warf die Zigarette weg und legte einen Arm um seine Schulter, mit dem anderen Arm umschlang sie seinen Oberkörper, ihre Augen waren halb geschlossen, den Kopf lehnte sie an seinen Bart, rieb ihre Wange daran, wie in Zeitlupe, sie roch nach Zigarette, er berührte mit seinem Mund ihre Stirn. Wollte auch sie den Moment hinausschieben? Nein, sie machte sich schnell wieder los, ging zum Wagen und stieg auf den Fahrersitz. Es war schon gehupt worden, denn sie blockierte die LKWs dahinter.

Malika rief ihr aus der Entfernung zu: »Krieg ich auch einen Abschiedskuss?«, und gleich hinterher: »Pass auf dich auf!« Annie winkte ihr mit ausgestrecktem Mittelfinger zu, überall umarmten sich nun Unbekannte und Freunde, merkwürdig, wie die Küsse auf alle gleich verteilt wurden, ohne Unterschied, Fremde klopften einander auf die Schultern und wünschten sich Glück, spontan in vorübergehender Komplizenschaft verbunden. Hakim küsste zwei alte Männer und schlug mit drei Jungs ein, man trieb zur Eile an, begann auf die Ladeflächen zu springen oder in die Wagen zu klettern, die ersten fuhren bereits los. Annie hatte Probleme beim Starten, und das Hupen beruhigte sich erst, als der Motor endlich ansprang und ihr Wagen sich in Bewegung setzte.

Auf einmal kam Panik auf, es liefen weitere Menschen herbei, sie waren zu spät und die LKWs schon voll. Eine Gruppe junger Männer, unter ihnen auch eine Frau, liefen hinter einem der Wagen her, doch der Fahrer schien sie nicht zu bemerken oder wollte vielleicht keine weiteren Scherereien, weil er wusste, dass es zu eng werden würde. Die Männer versuchten auf einen der kleineren Laster aufzuspringen. Die auf der Ladefläche Sitzenden beobachteten sie mit ruhigen Gesichtern, halfen ihnen nicht, hinderten sie aber auch nicht daran. Der Erste, dann der Zweite schafften es, die anderen blieben zurück und sahen sich schreiend nach anderen Wagen um. Es standen nur noch wenige Fahrzeuge am Platz, und auch die waren im Grunde schon voll besetzt.

Warum hatte ihm niemand beigebracht, sich normal zu verabschieden? Finger, Hand, Arme, Schultern, wie viel gibst du von dir her, die Wange, nur eine oder beide? Nicht jeder verkraftet das gleiche Maß an Nähe, und nicht jeder hat sie auch verdient.

Malika nahm gerade eine weitere Telefonliste zur Hand und wollte sie Bakary in den LKW hineinreichen. Der streckte beide Hände durchs offene Fenster heraus, griff scheinbar nach der Liste, aber dann doch nach ihrem Kopf, hielt ihn einige Sekunden lang fest und nahm erst danach das Papier entgegen. Beide bemerkten nichts von dem, was im Laderaum seines Wagens vor sich ging, wo sich mehr und mehr Leute zusammendrängten. Malika tat einen Schritt zurück und sagte, es schien ihr schwerzufallen: »Gute Reise«, sie klatschte seine Hand ab, die aus dem Fenster hing. In den Lärm des startenden Motors hinein rief sie noch etwas, Hakim konnte es aus der Entfernung nicht verstehen.

Er kannte dieses Bedauern, das einen plötzlich packte, beim Abschied, und dann rief man etwas hinterher, zum Beispiel dieses unwürdige: »Pass auf dich auf!«, das seine Schwester Annie zugerufen hatte. Bakary zeigte beim Losfahren ein Victory-Zeichen, und als er plötzlich beschleunigte, purzelte hinten ein Mann fast von der Ladefläche. Die anderen hielten ihn gerade noch fest, aber sein Koffer fiel heraus, sodass er nach einigen Schrecksekunden doch auch selbst fluchend absprang. Dahinter reihte sich sofort der letzte Wagen ein, ein kleiner Kombi, in dem nur sechs Leute Platz hatten.

Das war es also, dachte Hakim.

Gut, dass Annie wegging, gut für sie.

Die Leute wussten in der plötzlich entstandenen Stille und Leere auf dem Platz nicht, wie auseinandergehen, er wusste es auch nicht so recht; der Tourist sah herüber, es war sicher auch nicht leicht für ihn, immer unter Fremden, und Malika schaute gerade auf ihre Fußspitzen, er kannte das bei ihr, der Moment bevor ... »Komm her!«

Vom Parkplatz neben der Stadtautobahn waren sie in zehn Minuten am Hafen. Es ging nur bergab, sie liefen fast.

»Der Espresso geht auf mich!«, rief Malika, nachdem sie gemeinsam mit ein paar anderen auf der Veranda eines Cafés am Hafenplatz angekommen waren und sie sich in einen der Plastikstühle geworfen hatte. Ihre Erleichterung, als jetzt die Anspannung von ihr abfiel, war ansteckend. Eine Kellnerin brachte mehrere Tassen, sie lächelte sie alle der Reihe an, meinte: »Schönes Fest, oder?«, alle nickten.

Sie redeten durcheinander, über Marguerite, ob sie nun wirklich verhaftet worden war, man wusste nichts und überlegte, ob wegen des Bootes weitere verhaftet werden würden. Drei Abteilungen der Polizeidirektion waren wieder in die Präfektur gezogen und die Poulet zurück in ihre Kammer, sie hatte als Erstes Pakka befördert, und es hieß, dass sie sogar schon ihre Kandidatur fürs Bürgermeisteramt bekanntgegeben hatte, weshalb der Charbonnier gleich mitgezogen war und auch die seine verkündet hatte. Neuwahlen also, nach Monaten des Wartens, dachte Hakim, ausgerechnet Neuwahlen, so ging das zu Ende –

Nicht zu Ende, es begann erst richtig, man klebte bereits Plakate an alle Mauern der Stadt.

Malika rutschte, halb in ihrem Plastikstuhl hängend, hin und her. Hakim hatte Lust, ihr über das schmutzige, verschwitzte Haar zu streichen. Was jetzt? Was könnte nach den Hoffnungen dieser Monate kommen? Etwas ganz anderes? Er wusste nur: Am liebsten wäre er jetzt im LKW mit Annie gewesen. Was könnte dieses andere denn sein? Er hatte keine Lust, Bilanz ziehen zu müssen, dermaßen verfrüht. Was waren das schon für Hoffnungen gewesen, denen sie sich hingegeben hatten? Keine radikalen und umfassenden, sondern auf eine mögliche Realisierung hin bereits zurechtgestutzten Hoffnungen, im Grunde nur ein paar konkrete Wünsche, die auf die Änderung der Gesetzeslage ausgerichtet waren oder auch nur auf die raschere Anwendung der Gesetze, um die unerträglich gewordene Situation von ein paar Menschen zu verbessern, kleinteilige Arbeit für graduelle Verbesserungen und punktuelle Korrekturen, ein mühseliges Werkeln an vereinzelten Neuordnungen und weiteren Klarstellungen zu diesen Neuordnungen.

Und das sollte etwas bringen? Natürlich brachte es etwas; aber nur allmählich, gelegentlich und vereinzelt, es war zum Haareausraufen; bis man zermürbt und ausgelaugt irgendwann die Finger davon lassen wollte.

»Du solltest kandidieren«, hörte er sich sagen, halb im Scherz. Malika wehrte sofort ab, aber das konnte man nicht gelten lassen. »Natürlich wärst du ideal«, hörte er sich sagen. »Und nicht allein!« Er sprach über Marguerite, die hinter ihr stünde: »Das sind ziemlich viele Stimmen«, und dann über sie, die ihn so eindringlich ansah: »Du bist das Gesicht der letzten Monate!« Ein Gesicht, das sie jetzt lachend in ihren Händen verbarg, er stimmte ein, als glaube er immer noch an das Spiel mit der Möglichkeit, dass dies nur ein Witz sei, obwohl es für ihn längst klar war: »Wer ist sonst glaubwürdig? Du weißt, dass sie aus Makrique eine Haftzone machen wollen!« Sofort riefen ein paar mit, was auch immer ihnen gerade einfiel: »Wirst vielleicht vom Charbonnier eingekauft und küsst ihm den Arsch, wie Pakka jetzt der Poulet den ihrigen leckt« – »Die quiekt bei jedem Zungenschleck und kommt zum ersten Mal in ihrem Leben, Afrikaner bleibt Afrikaner, sagt sie doch immer« – »Wieso kein Unterschied? Du bist eine Frau, und Pakka ist ein Mann, da hast du den Unterschied.«

Man kicherte laut, und Malika am lautesten. Schon redeten alle auf sie ein, es war ihr sichtlich unangenehm, sie wehrte ab, parierte die Vorstöße mit Lachen, aber Hakim hatte irgendwann genug und sagte: »Es gibt bereits dreitausend Unterschriften.« Er genoss es, wie sie dreinschaute, und legte nach: »Wir haben in den letzten Wochen Unterstützungserklärungen gesammelt. Was sagst du dazu?«

Sie sagte gar nichts.

Offensichtlich fühlte sie sich bedrängt. Aber da war es auch schon, ihr ironisches Lächeln, der Mund stand halb offen, er hätte sie drücken wollen, er freute sich über sie, darüber, dass sie lachte, dass sie den Kopf schüttelte, sich noch ein wenig wehrte, es gab kein Entkommen. Einer am Tisch rief: »Willst du wirklich eine Poulet oder einen Charbonnier weiter ranlassen?« Das allgemeine Kichern und Lachen wurde immer ausgelassener und ansteckender, und die Kellnerin, die mit der nächsten Runde Kaffee gekommen war und zugehört hatte, während sie alle Tassen auffüllte, beugte sich zu Malika, mit Blick auf den Touristen: »Ada Colau hat es in Barcelona auch geschafft«, und im Weggehen: »Als Frau und ohne Partei.« Das änderte nichts, Malika schüttelte weiterhin lachend den Kopf, wurde nicht und nicht ernst. Hakim beobachtete sie, so war es gut, ihr Grimm war wieder da, die Neugierde, er wusste, dass sie beide heute Nacht nicht gut schlafen würden, er sagte noch einmal: »Sie erwarten es!« Damit war dieses Thema beendet, und sie schnitten es nicht mehr an.

Danach redeten sie weiter über Dinge, die sie schon lange debattierten, berieten über mögliche rechtliche Schritte gegen die Poulet, fragten sich gegenseitig, was von der Verfassungsreform in Algerien zu halten war und ob die Türkei wirklich Flüchtlinge bombardierte, diskutierten, wie die neueste EU-Mission in zwei nordafrikanischen Ländern einzuschätzen war und ob dem syrischen Präsidenten doch der Sieg gelingen würde, wieso vom neuen europäischen Asylsystem generell nichts zu halten war und wie der Lolly-Garche in diesem System immer reicher werden und sich am Ende doch Makrique samt der vorgelagerten Inseln kaufen könnte. Sie redeten und redeten, Albernheiten und boshafte Witze, immer wieder lachten sie laut, für alles andere waren sie zu müde.

KONTROLLE

Die Sonne stand tief. Am Hafen wurden Feuer angezündet und die Möwen stürzten sich in die Menge, die über den Feuerschalen Fische grillte. Daniel nahm den Basilikumgeruch an den Händen einer jungen Frau wahr, neuer Wein in Kübeln wurde herangeschafft.

Hübsch, wie das Rot am Himmel zu Rosarot wurde.

Kinder sprangen ins Wasser, krochen nass auf den Beton zurück, wurden gleich darauf erneut hineingeworfen. Eine Gruppe tanzender Frauen schwebte vorbei, Brust an Brust, Arm in Arm. Daniel ließ sich von ihnen vom Tisch und den anderen weglocken. Genug herumgesessen!, er war inmitten fremder Gesichter, die ihn lachend hin zum Meer drängten; was sich in Makrique angesammelt hatte, wollte plötzlich herauskommen. Die Sonne hatte tagsüber die Fassaden aufgeheizt, sie glühten jetzt langsam aus. Ob er Annie noch etwas hätte sagen sollen? Und Bakary? Dem reichte bestimmt das kräftige Schulterklopfen zum Abschied. Überall Glasscherben, die im Widerschein der kleinen Feuer grün und weiß glänzten, umgestoßene Schalen, Asche schwebte über den Straßen, in einer Ecke lagen blauschwarze Reste eines gebratenen Fisches, gelblicher Schleim, jemand hatte sich wahrscheinlich übergeben. Vielleicht hätte er doch zu Marguerite hingehen sollen, als man sie abgeführt hatte? Zu ihr hingehen, und dann? Was hätte das geändert, jetzt lief alles so weiter, wie es eben lief. Eine Möwe trippelte zwischen den am Boden liegenden Leuten über die glitzernden Scherben, als suchte sie etwas, die Menschen lagen auf Decken auf dem Beton, waren einfach niedergesunken, wo der Schlaf sie inmitten eines Gedankens, einer Umarmung übermannt hatte. Ab und zu blinzelte ihn ein Auge an oder richtete sich ein zerstrubbelter Kopf auf, wenn er vorbeiging.

Das also war Makrique! Warum zog es so viele von hier fort und zugleich so viele hierher?

Der Betonstreifen, der ihn vom Wasser trennte, war von Kohleresten bedeckt, hart gewordenes Brot neben ausgeschabten Schalen von Muscheln und Seeigeln, klebriges, feuchtes Algengeflecht und Zitronenscheiben daneben. In der Ferne ging eine Alarmanlage los, und über der Kathedrale kreiste kurz ein Hubschrauber, der dann Richtung Süden verschwand. Daniel verstand schon, dass das keine guten Zeichen waren, man hätte beunruhigt sein müssen, aber eigentlich war er nur gespannt, wie es weitergehen würde. Ganz aufgedreht von der Stimmung um ihn herum ging er die Dinge, die er erlebt hatte, seit er in Makrique angekommen war, in Gedanken durch, bis zu den Anfängen oder dem, was er für die Anfänge gehalten hatte: die Flugblätter in seinem Briefkasten, wahrscheinlich in Kellern oder Schuppen bedruckt, dann immer häufiger Links zu nicht-staatlichen Internetseiten in seinem Posteingang, die Blogs und Foren voller Meldungen darüber, dass im Süden des Kontinents eine Hafenstadt ihre Grenzen offen gelassen hatte, ein Mischmasch an Information und Propaganda, das er in sich aufnahm, dabei scheinbar immer teilnahmsloser werdend, von einem Artikel zum nächsten weiterklickend, nicht imstande, sich zu konzentrieren, Bilderreihen im Schnelldurchlauf hinauf- und hinabscrollend, was ein solches Durcheinander in ihm erzeugt hatte, dass er zunächst geglaubt hatte, vollkommen gefühlstaub geworden zu sein, dann aber ganz im Gegenteil dazu geführt hatte, dass er zu der vorgeschlagenen Dienstreise nach Makrique nicht nur »Ja!« gesagt hatte, sondern sogar aufgesprungen war, als man ihn danach fragte: »Wieso nächste Woche? Morgen schon breche ich auf!«

Die hohen Leuchten am Platz erinnerten ihn an Masten auf Segelschiffen, ihre Lampen waren angegangen und warfen Kunstlicht auf den Kai, im algigen Wasser, das vor seinen Füßen gegen den Beton schwappte, sah er seinen Oberkörper gespiegelt. Als er den Kopf hob, entdeckte er eine Gruppe von Menschen, die am Kai entlang in Richtung des Yachtclubs gingen, in dem derzeit die Küstenwache untergebracht war. Allen voran marschierte der Mann, von dem Malika vor ein paar Stunden behauptet hatte, er heiße Rondel, was Daniel vor Überraschung hatte aufkeuchen lassen. Wie vorhin wurde ihm auch jetzt, während er den Mann beobachtete, ein wenig unwohl. »Rondel, Rondel«, sagte er leise, und dann: »Das also ist mein Kontakt!« Er schaute zu Malika und Hakim am Tisch, sie waren nach wie vor gut aufgelegt und bereiteten etwas vor, oder waren sie am Ende, man konnte es nicht sagen. Noch einmal rollte er den Namen im Mund hin und her: »Rondel, Rondel!« Bei diesem Mann war er eingeladen oder genauer gesagt bei seiner regionalen Agentur für die Sicherheit des Seeverkehrs.

»Das also ist mein Kontakt«, murmelte er noch einmal und schaute wieder zu dem Mann, wollte ihm hinterherlaufen, sich vorstellen, ihm die Hand schütteln und sagen: »Ich hatte bereits Zeit, mich in der Stadt umzusehen, Sie haben hier viel geleistet, wirklich bemerkenswert!« Oder sonst irgendeine Höflichkeit und Belanglosigkeit, um für einen zukünftigen Austausch den Weg zu ebnen. Doch mittlerweile schwirrte ihm dieses »Mein Kontakt« mit einem Fragezeichen versehen durch den Kopf.

Dann überlegte er, was das für ihn bedeutete.

Morgen ist noch genug Zeit für ein Gespräch, fand er. Er war doch etwas überstürzt nach Makrique aufgebrochen. Das Einholen von Meldungen, Berichten, Communiqués, um sie zusammengefasst und beschlagwortet in die Datenbank zu füttern, das Erstellen von Beurteilungen, die auf diesen abgelegten Daten beruhten, nein, seine Arbeit hatte ihn auf die Stadt und alles hier kaum vorbereitet. »Fahren Sie mal hin«, hatte es geheißen, nachdem er sich selbst für den Auftrag vorgeschlagen hatte. »Sehen Sie sich mal um.« Nicken und halbwegs glaubwürdiges Interesse seitens seines Vorgesetzen: »Man müsste überprüfen, ob die Basis für gemeinsame Strukturen dort schon gelegt ist. Könnte interessant sein.« Dann gab es Lob für seinen Enthusiasmus, nicht nur vom Chef, sondern vom ganzen Team, bevor die Entscheidung mit dem Befehl »Lassen Sie sich davor aber ausreichend briefen!« rasch gefällt war. Beim Briefing hatte man ihm die Mappe hingelegt, »Neue Perspektiven für einen integrierten europäischen Grenzschutz«, er hatte die Infobroschüren darin nicht zu Ende gelesen, zu viel war von »Herausforderungen«, »Migrationsmanagement« und »Nachhaltigkeit« die Rede, und im Grunde war alles bloß darauf ausgerichtet, ihn über technische Innovationen für die Datenbanksysteme zu informieren, mit denen derzeit viele europäische Küstenwachen arbeiteten.

Er versuchte sich vorzustellen, wie Annie bis an die Stadtgrenze fuhr, mit den Menschen, für die sie von nun an Verantwortung trug; endlich ein guter Anlass, Makrique zu verlassen. Wie sie vor der gestreiften Schranke das Fahrzeug kurz anhielt, den Motor dabei laufen ließ, vielleicht ein paar Worte zum Kontrolleur rüberschrie oder mit dem Pass fuchtelte. Und wie sie dann durchgewinkt wurde von Männern in Uniform, die Witze machten, triumphierend, weil weitere Menschen aus der Stadt abhauten, ohne zu ahnen, dass es die Verbotenen waren, die sie gerade durchließen. Aber Bakary? Ob sie den überhaupt durchlassen würden, an der Grenze im Süden, mit den vielen Menschen auf der Ladefläche? Er hatte keinen blonden Haarschopf, den er wie Annie aus dem Fenster halten konnte zum Zeichen seiner Harmlosigkeit. Wenn sie bloß niemand an diesen langen, ungekämmten Haaren aus dem Wagen ziehen und auffordern würde, die Ladetüren hinten aufzumachen.

Vielleicht würde Annie die Stadtgrenze gar nicht beim Kontrollposten passieren, sondern an einer anderen Stelle, wo keine Beamten positioniert waren. Dort aussteigen, nach der Gartenschere auf dem Fahrersitz greifen, die Finger im Metall verhaken, ein großes Loch in den Zaun schneiden, diesmal, um selbst durchzufahren, den laufenden Motor im Hintergrund. Wie weit würde sie die Autobahn entlangfahren können, bis ihr das Benzin ausging? In der Dunkelheit der Nacht.

Er stellte sich vor, wie sie bei einem kleinen Straßenstand versuchte, Gemüse und Mobiltelefone gegen Benzin zu tauschen. Wie sie unter dem Vordach des Proviantkiosks an einem Plastiktisch saß und im Dunkeln auf ein vorbeifahrendes Auto wartete, vereinzelte Worte mit den anderen tauschte.

Würde sich die Gruppe anders entscheiden? Vielleicht wollten sie die erste Fluchtnacht im LKW schlafen? Annie über die Vordersitze hingestreckt, keine Position findend, die zu ihrem Körper passte, aus dem Laderaum während der gesamten Nacht das Husten wegen des Staubs. In der Früh das Zusammenzucken, wenn der Kioskverkäufer alle mit dem Gepolter der Rollläden weckte. Es sollte ein warmer Tag werden, das würde sie freuen, wenn sie nach dem

Aufwachen aus dem Laster krabbelten, sich den Staub aus der Kleidung klopften, die noch nach Meerwasser riechen würde, das während des Sturms auf ihre Anoraks und Jacken geschwappt war. Die kleinen, müden Augen in ihren Gesichtern, während sie einander bestätigten, dass sie schon weit gekommen waren, dass aber das Benzin aus war. Das Sonnenlicht stand Annie gut, es passte sicher auch zu den Mitfahrenden, es machte alles golden, und so vergoldet von den Strahlen würden sie sich, das war am wahrscheinlichsten, danach einer nach dem anderen auf die Straße stellen, den Arm ausstrecken und den Daumen hochhalten –

Mehr Literatur von Elena Messer:

Elena Messner: **Das lange Echo**
Roman

192 Seiten, 18,95 Euro, ISBN 978-3-902498-93-9
E-Book: 9,99 Euro, ISBN 978-3-903005-60-0

Ein österreichisch-ungarischer Offizier im Ersten Weltkrieg, seit 1916 im besetzten Belgrad stationiert, erlebt in bitterer Verzweiflung den Zusammenbruch seines Reiches. Hundert Jahre später sitzen die Direktorin des Wiener Heeresgeschichtlichen Museums und ihre Assistentin einander im Streitgespräch über Moral und Mitleid, Verbrechen und Verantwortung gegenüber.

»Was für ein Debut.«

Passauer Neue Presse

»... ein gewaltiges Unterfangen, ein mutiger Versuch, anders über den Krieg zu schreiben, der seine Absicht, ein Stück Gegenerinnerung zu sein, ganz bewusst nicht verstecken will. Und das ist gut so.«

Michaela Monschein, ORF/Ö1

»Elena Messner schaffte 2014 mit dem Erstlingsroman ›Das lange Echo‹ ein gelungenes Debüt, dass über den Unsinn des Ersten Weltkrieges nachdenkt und gleichzeitig die 100 Jahre später stattfindende Jubiläums- und Erinnerungsgeschichte mitdenkt.«

Ronald Posch, Die Presse

Literatur in der Edition Atelier

Wolfgang Popp
Wüste Welt
Roman

Eine rätselhafte SMS seines Bruders führt einen Wiener Musiker nach Marokko. Dort angekommen fehlt vom Bruder aber jede Spur. Eine abenteuerliche Reise quer durch das ganze Land beginnt. Eine Roadnovel vom Ende der Straße, eine Geistergeschichte ohne Geister, ein Wüstentagebuch.

160 Seiten, 19 Euro
ISBN 978-3-903005-14-3

E-Book: 12,99 Euro
ISBN 978-3-903005-92-1

Jana Volkmann
Das Zeichen für Regen
Roman

Als Irene von Berlin nach Kyōto zieht, um als Zimmermädchen in einem Hotel zu arbeiten, lernt sie bald einen der Hotelgäste etwas besser kennen, als es sich für ein Zimmermädchen gehört. Allmählich verliert sie die Kontrolle – und der Mann aus Zimmer 1009 dringt immer tiefer in ihren Alltag vor.

208 Seiten, 19,95 Euro
ISBN 978-3-903005-07-5

E-Book: 9,99 Euro
ISBN 978-3-903005-70-9

Ulrike Schmitzer
Die gestohlene Erinnerung
Roman

Eine Frau und ihre Mutter brechen in die ehemaligen Siedlungsgebiete der Donauschwaben nach Nordserbien auf. Am Telefon mit dabei: die alte Großmutter. Sie erzählt vom Alltag in ihrer Heimat, vom 2. Weltkrieg und der Deportation in ein sowjetisches Arbeitslager.

208 Seiten, 18,95 Euro
ISBN 978-3-903005-03-7

E-Book: 12,99 Euro
ISBN 978-3-903005-67-9

Margit Mössmer
Die Sprachlosigkeit der Fische
Roman

Wir begegnen Gerda als Au-pair-Mädchen in London, auf Sommerfrische in Bad Aussee oder als alte Dame in Ecuador. Wir sind bei großen Ereignissen dabei und folgen ihr auf fantastische Reisen. Gerda ist eine Frau, die immer schon dagewesen zu sein scheint und überall zugleich sein kann.

112 Seiten, 15,95 Euro
ISBN 978-3-903005-05-1

E-Book: 9,99 Euro
ISBN 978-3-903005-69-3

Dank an Daniel, Karim, Joseph, Yves & Brigitte, Richard, Hazem, Fred, Antoine, Bakary, Isabell, Borja, Ladislas, Jemal-Guillaume, Jerôme, Eva, Stéphane, Achmed, Michi, Jorghi, Sarah, Sebastian, Goran, natürlich meinen Eltern und – ganz besonders – Martina.

Erste Auflage

www.editionatelier.at
Schutzumschlag: Jorghi Poll
Druck: OOK-Press Kft., Vezprém
ISBN 978-3-903005-21-1
E-Book ISBN 978-3-903005-97-6

Mit freundlicher Unterstützung der Kunstförderung des Bundeskanzleramtes Österreich und des Literaturreferats der Stadt Wien, MA7